引 子

　　1949年刘邓大军挥师南下，势如破竹，蒋匪节节败退。11月30日，在解放军攻取重庆之际，蒋介石父子乘"中美号"专机逃离山城，于当日上午飞抵成都，行营设在成都北校场中央军校的"黄埔楼"。当天下午，蒋介石便在黄埔楼内召见在成都的所有军政要员，部署在成都周围同解放军开展的川西决战。成都，成为蒋介石在大陆直接指挥残兵败将负隅顽抗的最后一站。

　　会议一片沉寂，没人有勇气率先打破沉默。蒋介石望着仅剩的这几员大将，只好亲自点将了。他瞥了一眼坐在角落里的24军军长兼西康省主席刘文辉，问道："自乾兄，你是四川的老人，这个保卫乡土与父老，还有党国的复兴基地，你都有什么考虑啊？"

　　刘文辉中等身材，身穿蓝布长衫。他清楚老蒋问话的弦外之音，但他不动声色地又将老蒋的问题给推托过去了："总裁此次来蓉，全面主持军国大计，使我们有了主心骨。自乾决心在领袖的领导之下，拼死一战，捍卫党国的复兴基地！"

　　蒋介石看着他，想辨别出这位与自己明争暗斗了几十年的人称西康王的刘文辉，这番话的真伪。

　　作为支撑西南军事局面的重量级人物胡宗南，接过话茬说道："成都地处盆地腹心，无险可守。面临共军南北夹击之毒招，窃以为，应保存最后之有生力量，放弃成都，将主力退往西康省境内，依据那里险峻的山地、湍急的河流，对进攻的共军作叠次打击。以西昌为据点，同共军周旋，实在不得已时，全军经云南退到缅甸境内。"

"墨三！"蒋介石转而向顾祝同问道："你的意见呢？"

最了解蒋介石的参谋总长顾祝同，清楚蒋介石希望他说些什么。他不紧不慢地说道："宗南兄的见解当然有道理。但是，忽略了兵家对阵的最重要的一个条件：实力！就西南说来，虽然重庆已破，但我们比共军还占有军事实力的优势。在成都会战的最关键时刻，士气不可泄！不能后退！而应精诚团结，服从委员长指挥，组织好成都会战，给来犯之共军以迎头痛击！"

蒋介石颔首："墨三言之有理，坚守成都，决战川西就这样定了！"

会散后人们纷纷离去。

胡宗南和部下第18兵团司令官李振刚走出黄埔楼，蒋经国从后面追了上来。

蒋经国对胡宗南和李振道："家父请二位留步！"

胡宗南和李振对视了一下，不知老头子留他们下来何事。

蒋经国做了个请的手势："二位请！"

胡宗南和李振只得跟着蒋经国走了回去。

在接待室蒋介石向他们露出了真实意图："下一步行动，你们要向西康省的西昌集中。西昌是我们最后的复兴基地，这个地方很重要，你们到那里，要据险坚守，持久作战，等待第三次世界大战的爆发！"

胡宗南："校长同意了我们的方案？"

蒋介石："这是形势所迫呀！不过西康是刘文辉经营多年的地盘，你们去他一定是不欢迎的。"

蒋经国："父亲，听毛人凤局长讲刘文辉跟共党时有接触，会坏了我党国大业。"

蒋介石："我跟他几十年的账是该算算了！"

12月7日清晨，处于冬季的蓉城吹拂着冷冷的寒风，街头的树叶不时飘落枝头，落入冷冷的地下。行人极其稀少，而且都是脚步匆匆，整个给人一种萧瑟和压抑之感。

刘文辉成都的公馆位于玉沙街，门前站了两排荷枪实弹的卫兵，守卫着一扇黑漆漆紧密的大门。大门上方有块牌匾，上书刘公馆三个鎏金大字。公馆四周或明或暗地布有大量便衣，对面的一栋二层楼里，埋伏着一连宪兵。连长虎视眈眈地盯着对面的公馆，他们奉命24小时监视那栋公馆的主人。

公馆内的一间客厅里，布置得古色古香。刘文辉坐在太师椅上，面容凝重，微闭双眼，一只手时快时慢地拨动着佛珠，看得出内心的不平静。

桌上的电话铃突然响了，刘文辉睁开了眼睛，随后起身接听。电话那端传来蒋介石浙江溪口的口音："自乾，成都会战在即，下午你再到军校来，大家开个会，有要事相商。"

刘文辉与蒋介石素有芥蒂，早年拥护冯玉祥反对蒋介石，后备受蒋介石的排挤和监视，处境岌岌可危。他认为国内可与蒋家王朝抗衡的政治力量，只有共产党。为图生存，他明智地决定走亲共的道路。解放军逼近成都，蒋家王朝既倾，刘文辉向周恩来报告起义准备，请示行动。周恩来电告：大军即将西指，积极准备，相机配合，不宜过早招致不必要损失。

飞抵成都，坐镇指挥成都会战，并计划实施在西康建立复兴基地的蒋介石，察觉到他的异心，决定以开会为由，对其实施拘捕，以绝后患。

刘文辉为人精明，人称多宝道人，在军阀混战，相互倾轧中风雨几十年，嗅出了一份杀机。他放下电话，想了想摇通了一个电话："李军长，我是刘文辉，你接到蒋委员长下午去军校开会的通知没有？怎么，你不知道！好，好的！"刘文辉放下电话又拨通了几人都没有接到这样的会议通知，他感到事情不妙。

穿着军装的副官略显慌张地走了进来："军长，得到消息，原来负责城防的川军在昨晚全部被胡宗南的部队替换。"

刘文辉沉思片刻："看来姓蒋的要动手了！"

"我这就去安排，启动应急方案送您出城。"副官道。

刘文辉点点头，副官退下。

对面楼里的宪兵经过一夜的守候，出现了倦意，哈欠连天。连长怒骂：

"你们都给我睁大了眼睛，要是让刘公馆的主人跑了，你我都得吃枪子。"那些宪兵只得强打精神监视对面。

过了不到两个时辰，换成便装的副官走进刘公馆客厅，向刘文辉点了点头："军长，已安排妥当！"

刘文辉环视了一下屋子，起身快步跟随副官而出，往后院走去。

刘公馆的后门连着一条背街，有几个便衣在远处鬼鬼祟祟地盯着动静。

后门"吱"的一声开了，副官先出了门，左右望了望，朝一边招了招手。街道对面十字路口，斜刺里快速驶过一辆黑色轿车和一辆载着十几个全副武装士兵的中吉普。轿车驶到后门位置"嘎——"的一个急刹，停了下来，油门未熄火。副官上前拉开车门，刘文辉从后门内快步走出钻进了轿车。轿车一溜烟朝前快速驶去，护驾的中吉普紧跟了上去，整个时间只有短短十几秒钟。等那些监视的便衣回过神来时，轿车已绝尘而去。

一个身材矮胖的便衣掏出手枪，"砰砰砰"对天鸣枪示警，大喊大叫。声浪骇人，街巷为之震撼。公馆对面埋伏的宪兵在连长的带领下冲了出来，骑上几辆摩托朝轿车行驶的方向追去。其余的宪兵纷纷爬上一辆军用卡车，追赶了上去。

成都街头上演了一场生死追捕战，不明就里的路人见疾驰的车辆纷纷躲避。在一个关卡处，刘文辉的轿车和中吉普冲了过去。随后追来的宪兵连长刹住摩托对守关卡的一个士兵大喊："快通知关闭所有城门。"然后加大油门追了上去。

南城门处的守军在盘查过往行人，一队挑夫坐在城墙根边歇息。领头的一个挑夫解放军先遣特工李禾拿眼望着来路，结实的肌肉在褂子下隐隐突出着轮廓。他目光深邃，一双黝黑的眸子闪动着机智与精明，透着一股过人的干练。远远地他看见飞驰而来的黑色轿车，给大伙递了个眼色，暗示大家提高警惕。那队挑夫人员纷纷做好了战斗准备。

岗哨里的电话铃响了，一个中尉军官走过去接听后，连忙对那些盘查的士兵道："快，快关城门！"

几个士兵慌忙跑到城门洞前，推动两扇厚重的城门，要将城门关上。

李禾从腰间拔出一把驳壳枪，撂倒了两个关城门的士兵。其余挑夫也拔枪在手对守城门士兵开枪，守城门士兵纷纷倒地。

宪兵连长带的摩托队追到了，朝前面的中吉普和轿车射击。中吉普上的刘文辉卫队也开枪还击，两辆摩托被击中，但宪兵连长仍不放弃追逐着。后面大卡车上荷枪实弹的士兵也紧随而至，驾驶棚上还架着一挺机枪。

李禾见状冲了上去，从身上摸出一个手雷扔了出去，在几辆摩托车中间爆炸。一辆摩托当即被炸趴下，宪兵连长的摩托轮子被炸飞，摩托车歪在一边，人滚了下来。后面追来的卡车被迫停了下来，车上的士兵纷纷跳下车。宪兵连长从地上爬起来后，不但轿车和中吉普出了城没了踪影，那队挑夫也在完成阻击任务后突然间消失了，气得他哇哇大叫。

两天后，刘文辉与邓锡侯、潘文华联名在彭县宣布起义。成都大街小巷的市民都在议论，也成了报纸号外的头条。

蒋介石在成都官邸得到报告，暴跳如雷，大骂："娘希匹！"

蒋经国小心翼翼："父亲，接下来该怎么办？"

蒋介石在屋里踱了几步，停住："在西康建立复兴基地看来是不行了，你去给胡宗南讲，将从川东退下来的傅伯庸部队，进入黑水地区，开展游击武装。"

蒋经国要退下，蒋介石又开口道："还有，给侍卫长说，我要立即飞台湾。"

10日清晨，天刚放亮，北校场后大门便悄然打开，从里面开出三辆豪华型"克拉克"流线型轿车。一出大门，立即开足马力，向新津机场飞驰而去。

新津机场戒备森严，士兵荷枪实弹。停机坪上的"中美号"专机发动机已经转动起来。胡宗南、王陵基等几位国军高级将领在凛冽的寒风中穿着军大衣立在这里等候。

　　不一会三辆轿车直接驶入停机坪，披着黑色披风的蒋介石和他的高级幕僚们分别从车中走下。幕僚们先登上了飞机，蒋介石在蒋经国的搀扶下最后登上飞机。蒋介石回身站在机舱门口，向送行的胡宗南、王陵基他们摇了摇手，忧伤地进了机舱，机舱门随之关上。

　　"中美"号专机在跑道上滑动加速，然后呼啸着腾空而起，朝着东南方向飞去。经过四个小时的飞行，"中美"号专机越过了台湾海峡，降落到孤零零的海岛台湾。不久胡宗南及其余各部溃不成军，不少国民党将领起义，成都会战胎死腹中，蒋家王朝彻底覆灭。

　　国民党败退台湾，蒋介石结束了在大陆的统治，但留下的残余匪徒开展的所谓游击武装，在不少地区兴风作浪，做着等待蒋介石反攻大陆的美梦。

接 受 任 务

1949 年 12 月 27 日，成都和平解放，人民欢天喜地迎接解放军进城。

此时，被蒋介石任命为反共突击军中将总司令的傅伯庸，带领残余匪帮 5000 余人，行进在黑水地区的高山险峻之间。企图利用雪山草地险恶的自然环境和复杂的民族关系，胁迫和蒙蔽当地头人，建立所谓"陆上台湾"，反攻基地。

傅伯庸身体略显臃肿，手握马鞭骑在一匹枣红马上。

同样骑在马上的贾参谋长对着步行的士兵："黑水就在前面，弟兄们加把劲。"

有两乘滑竿跟在他们后面，上面分别坐着傅司令的夫人和小姨子苏娟。

苏娟看着前面的大山，对她姐道："姐，怎么咱们尽在山里打转！"

司令夫人："那姓蒋的委了你姐夫一个中将总司令，这不你姐夫就屁颠屁颠地来了。"

苏娟："不是姐夫跟姓蒋的合不来吗？"

司令夫人："可不是，不过那些所谓的嫡系部队不是被共产党给消灭了，就是随老蒋去了台湾，这游击武装提着脑袋耍的苦差事，就落在了平时不待见的杂牌部队身上。"

苏娟愁苦地："在这大山里待到何时是个头呀？"

司令夫人："说三个月之内台湾就会反攻大陆。"

苏娟："姐，这你也信？"

司令夫人叹了口气："不信又能怎样？走一步算一步啰！"

在黑水地区诺布土司是势力最大的土司，得知傅伯庸的部队开进黑水，一些头人和上层人士都来找诺布土司商量对策。

诺布土司在议事厅接待了大家，诺布土司的儿子贡布也在座。

一个头人站起身："土司大人，这国民党的残兵败将进入我黑水可是祸水呀！"

另一头人也道："听说有5000多士兵，我们贫瘠的土地，本来就稀缺的物资，以后拿啥来供给？"

诺布土司手拨佛珠："解放军就是以前经过咱们这里的红军，如今共产党得了天下。国民党虽说气数已尽，流窜到这里的国军5000多人马，手中拿的可不是烧火棍，古人云穷寇莫追，强行驱赶怕是办不到，大家见机行事为好！"

大家纷纷点头。

这时管家走了进来："土司大人，傅司令他们来了！"

诺布土司停止拨佛珠："哦，说曹操曹操到，就说今天我不得空，改日前去拜访。"

诺布土司的话音刚落，傅伯庸和贾参谋长以及几个持枪的勤务兵走了进来。

傅伯庸举手作揖："各位头人都在此，伯庸有礼了！"

贡布起身叱责："我阿爸让你们进来了吗？"

傅伯庸："你是公子贡布吧？"把脸掉向诺布土司，"我部奉胡宗南司令长官之命，驻守黑水地区，还望各位多多协助。"

参会者无人应答。

诺布土司："来者是客，坐下吧！"

管家把傅伯庸和贾参谋长安排坐下。

傅伯庸："兄弟今天来还带来了胡宗南司令长官的一项任命。"他侧头朝贾参谋长点头示意。

贾参谋长站了起来，拉开夹着的一个公文包，摸出一张任命书宣读起来："特任命诺布为黑水地区反共突击军，少将副总司令。"

傅伯庸举手鼓掌，见没有相和的颇感尴尬，站了起来清咳两声："在我党国危难之际，希望大家精诚团结，来之前蒋委员长专门召见鄙人，说三个月后第三次世界大战就将打响，国军反攻大陆指日可待。"提高嗓门带有威胁地道，"到时将论功行赏，论罪处罚！"

1951年仲夏。

身穿解放军军装的李禾来到新成立的公安师首长办公室前，正了正帽檐，又扯了扯衣襟，这才大声道："报告！"

"进来！"屋里一个洪亮的声音。

李禾走了进去，一个立正敬礼。

张师长和沈政委见他进来，师长笑道："来得好快，快坐下！"

李禾在二位首长面前坐了下来。

政委起身为他倒了杯水，放到他面前："想不到我们的侦查英雄还这么年轻。"

李禾站了起来："首长，有啥命令！"

师长和政委都哈哈笑了起来。师长指着他："一听说有任务，你这屁股就坐不住了。"

李禾不好意思地笑了，这又才坐下。

师长："目前我剿匪大军，正做着剿灭盘踞在黑水地区傅伯庸残部的准备。师部决定派出一支18人的特工小分队前往黑水地区建立情报站，代号208，直接受师部指挥。"

政委："情报站要像一把钢刀插入敌人心脏，摸清敌情，策反人员，说服头人配合我清剿大军。"

李禾站了起来："请首长放心，我和我的侦察小分队保证完成任务！"

师长："这次跟你一块去的不是你的侦察小分队。"

李禾不明白："那——"

政委打开柜子，拿出一个卷宗递给他："这是其余 17 人的基本情况，你先熟悉熟悉。"

李禾接过，抽出档案，念道："康斌，原国民党成都警备司令部稽查大队长；钟俊才，原四川省会警察局分局长；马亮，原国防部二厅川西游击区情报员……"

李禾抬头看着政委："政委，这档案您不会拿错了吧？"

政委摇摇头："没有错！"

李禾感到纳闷。

师长："你这次带去的 17 人，过去都是国民党的军警投诚过来的。"

"啊——"李禾非常惊讶，他显然为带领这样的人去执行艰巨的任务信心不足。

政委和李禾走在一条泥土小道上，晨雾还未散去，白色的雾幔笼罩着田野。

政委："藏族有句谚语，只有老鼠才能找到老鼠洞。这些原国民党军警人员，是逐个甄别审查后挑选的，个个身怀绝技，虽然都改造过来，有过立功表现，但旧习气依然很浓。你要在艰苦的斗争环境中，把他们改造成为真正的解放军战士。"

李禾点点头。

政委指了指前面的一排小树林："去吧，见见你的特工小分队成员，他们在那片树林里。"

李禾告辞了政委，独自朝树林走去。

小树林中，随着微微的晨风，雾幔翻转游动，一会儿散开，一会儿聚拢，姿态万千。

17 人或坐在土埂上或靠在树干上，揣摸将领导他们去执行艰巨任务的头会是怎样的人。

马亮对着这些人："嗨，你们说派来领导我们的会是啥样的？"

小武用手枪瞄准一个目标："一定是个资深的特工。"小武二十多岁，体格结实，厚厚的嘴唇，给人憨厚之感。

马亮："我看应该是五大三粗，跟钟局长一样。"

大家把眼光掉向坐在一旁的身材魁梧的钟俊才，他正把玩着手中的一把刀。一只昆虫在他眼前飞过，他顺手把刀甩了出去，那只昆虫被钉在了树干上。

此刻太阳慢慢升起，阳光穿过薄薄的雾幔，使能见度提高了。

康斌三十来岁，个子不高，做事沉稳机敏。他闭着眼靠在树干上养神，灵敏的耳朵仿佛听到什么，睁开眼："来人了！"

小武左右看没见人，嬉笑："哪来的人，康大队长怕成惊弓之鸟了！"

康斌则表现出不屑："只怕你到时掉了脑袋都不知道。"

路的一端李禾走了过来。

小武佩服地给康斌伸出了大拇指。

李禾走到他们跟前："我叫李禾，今后就是你们的头了。"

马亮和小武对视了一下，感到给他们的想象都不一样。

有不少人纷纷站了起来，马亮和小武也站了起来。康斌依然靠在树干上，钟俊才走到插刀的树前，拔出了刀。

李禾走过去："你是钟俊才，使得一把好飞刀，当年南京刺杀日本佐藤大佐就是你干的。"

李禾又走到康斌跟前："你叫康斌，原成都警备司令部稽查大队长。"

康斌扬了扬头："看来你对我们还了解不少！"

"以后就要在一起同生共死，当然要熟悉大家！"李禾道。

钟俊才："可我们的命交到你手上，还有些不放心呢。"

李禾看着他走了回去："信不过我？"

钟俊才把手中的飞刀耍得飞转："你如赢了我手中的这把刀，我就听你

的。"

"你想怎么玩？"李禾看着他。

钟俊才看见50米开外有只鸟在枝头跳跃，于是道："你用枪，我用刀看谁把它击落下来。"

李禾看了看："枪用不着。"从地上捡起一粒小石子，"请——"

钟俊才将刀在手上掂了掂，"呼——"一出手刀向那只鸟飞去，与此同时李禾手中的石子弹了出去。飞刀眼看就要刺中那只鸟，李禾的石子从后面追上，"噹——"的一声击中了飞刀，飞刀掉到了地上。鸟儿一愣，扑腾着翅膀惊慌地飞逃。

观看的人一片叫好，钟俊才脸色很是难堪。

李禾："我还忘了告诉你，8岁时我就在少林寺习武，飞石击物只是基本功而已。"

钟俊才看了看李禾的身材，不服气地站了起来，打了一套猴拳。步法灵活，出手果断，刁钻犀利。拳风所到，竟在朝阳下陡然升起一股凉意。他收了拳对李禾："如此说来我倒想领教领教你的拳脚功夫。"话音刚落，他就挥拳打来。

李禾身子一缩，让过他的拳头，猛出手抓住了他的腰，竟将他举过头顶，旋转了起来，然后一松手，他飞出去扑在了泥地里。

马亮和小武连忙过去把他扶了起来。

还有心不甘的人跃跃欲试。

康斌制止道："好了！"侧头问李禾，"什么时候出发？"

李禾环视了一下大伙："我们这次去执行的是非常艰巨而又危险的任务，要做好随时牺牲的准备！"

队员们感到他话中的分量，相互看着。

就这样李禾初步赢得了他们的认可，接下来开始做进入黑水的准备工作。

进 发 黑 水

成都西郊的一个大院内，李禾和他的特工小分队成员准备启程。

他们扮着去黑水开设商铺的生意人和马脚子（赶骡马的人），骡子和马匹上驮着藏茶、盐巴、布匹和一些日用品。

李禾和康斌随后走进一间屋，屋里桌上放着一部电台，小武在旁边守着。

李禾走到桌前拍了拍电台，黑水离成都 300 多公里，以后我们在黑水地区跟师部的联系多半靠它了。

康斌点点头："它今后就是我们的耳朵。"

李禾对小武："把它拆散了混入货物中，千万不能让敌人发现。"

小武："是！"

"还有告诉大家，所携带枪支也要在货物中藏好。"李禾道。

小武点点头："好的！"

一条通往黑水地区的蜿蜒曲折的土路上，李禾的特工小分队上路了。

师长和政委前来给他们送行，师长对李禾道："蒋匪退守黑水，犹做困兽斗，你们此去环境险恶，任务艰巨。"

李禾："请师首长放心，我们坚决完成任务！"

队员已走远，李禾给师长、政委敬了礼，追赶队伍而去。

几天后，他们进入了海拔三四千米的高原地带。不少人陆续出现高原反应，嘴唇干裂、头晕、胸闷、耳鸣，严重的开始呕吐，但他们依然不畏惧，朝

前行进着。

天上的太阳火辣辣地炙烤着大地，山道上没有一丝风，一个姓孔的队员走着走着突然昏倒在地上。

小武蹲下查看，连忙叫："头，你来看看！"

李禾从前面折了回来，查看他的病情："这是中暑了！快把他抬到那边阴凉处去。"

李禾和小武把他抬到了岩石下的阴影处，李禾给他掐了掐人中，小孔睁开了眼皮。

李禾对小武："快去把水壶拿来。"

小武："哎——"跑到一匹马前，从马驮上拿下一个皮水壶跑了过来。

李禾从身上摸出一个小布包，打开拿出两粒仁丹，塞在小孔的嘴里。接过小武手中的皮水壶，给他喝了几口，慢慢小孔才缓过劲来。

李禾抬头看了看四周，对康斌道："让队员们都到岩石后面的阴凉处休息，等太阳小些后再走。"

康斌点点头，招呼队员牵着骡马去了一块背阴处。

队员们坐了下来，马亮掏出烟盒给了钟俊才一支烟："走这山路真够呛的。"

钟俊才："是呀，长这么大还没有吃过这般苦。"

康斌："你以为这是在成都你钟局长的地盘上呀，那可是吃香的喝辣的。"

钟俊才："康大队长也别挖苦我了，就这苦你能受？"

康斌："想当初在南京沦陷区对日搞情报，苦可没少受，就是在日本人的监牢里老子也是挺过来的。"

马亮伸出手指："康大队长是条汉子！"

李禾走了过来："路上这点苦算什么，当年工农红军二万五千里长征过阿坝的雪山草地，不但要与残酷的自然环境做斗争，还要应付老蒋天上的飞机，地上的大炮，还有前堵后追的国民党部队，不是照样取得了长征的胜利，最后建立了新中国。"

康斌："你说得没错，我就是看到了你们共产党人了不起才真心投诚！"

不少队员听后点头。小武道："国民党气数已尽，我们是真心投靠共产党的，大家说是不是？"

队员纷纷附和。

钟俊才："好了、好了！你们都吃得了苦老子还不如你们吗？以后咱们走着瞧，谁拉稀摆带老子饶不了他！"

众人嬉笑起来。

李禾站起身道："我知道大家都是真心反蒋，弃暗投明的，在以后的斗争中大家将经受严峻的生死考验。在这里我要特别强调一点，你们都是老特工了，不管你们过去任过何种职务，从今起就是生意人和马脚子，不要给我开口局长闭口大队长的，去了黑水找死呀！"

队员们不敢言语了，但从心底还是佩服李禾的细心。

越接近黑水地区山道里的雾气越浓，脚下的路也越来越难走。马蹄踏在坚硬的岩石上，表面特别的滑。

李禾他们翻越一座大山，天下着雨。他们在泥泞的羊肠小道上行走，人人都成了泥人。在下山时一匹马蹄下打滑，坠入悬崖，前面双手攥着缰绳牵马的小武，被带着朝悬崖边滑去。

看到此幕的马亮惊呼起来。

一把飞镖斜刺里飞来割断了缰绳，甩出飞刀的是钟俊才。缰绳虽然断了，但惯性作用小武还在滑向悬崖，一只脚都下了悬崖。

说时迟那时快，后面上来的李禾甩出套马绳，套住了他的腰，使劲往回拉，他才没有坠入悬崖。

黄昏时分他们下到山脚，这里坐落着一个叫聂引的村庄。再往前翻越一座大山便进入黑水地区，村口的路边有个幺店子。

李禾对着大伙："今天就在这里歇了，明天再走！"

小分队的人陆续将骡马赶到幺店子外面的院坝。

一个五十来岁，穿着长褂，头戴皮帽的人，快步从屋里迎着他们奔了出来。

李禾上前，打量了他一眼："你是这里的掌柜吧？"

那人双手抱拳："啥掌柜不掌柜的，混口饭吃而已。"

李禾："掌柜的，给这些骡马喂些草料。"

掌柜的看了看驮运队伍："哟，你们这是……"

"我们是利源商行的，去黑水开分行。"李禾道。

"难怪驮了这么多货物。"掌柜回头对屋里高喊，"三娃！"

一个年轻的伙计从屋里跑了出来："掌柜的，你叫我？"

掌柜："去，多抱些草料喂这些骡马！另外把楼下的通铺收拾出来给马脚子们住。"

叫三娃的年轻伙计："好勒！"转身去了。

李禾指了指骡马驮的货物："麻烦掌柜的找间屋，堆放这些货物，要是晚间下雨淋湿了就不好了！"

掌柜用眼警惕地扫视了一下货物："老板放心，我这就去安排！"说罢朝屋子走去。

掌柜的眼神被一旁的康斌捕捉到了，他的视线跟随掌柜直到他进到屋里。

在幺店子一个简易的大棚屋里，队员们吃着玉米饼，手中端着汤碗。

马亮对小武打趣道："小武，今天要不是钟哥和头，你的小命就没了。"

小武摸着脑袋："是啊，这条命是他们捡回的，现在想起来都后怕！"

在一间小屋里，伙计对掌柜道："五哥，这帮驮队驮的是啥？"

掌柜压低声音："傅司令要我们以开店为名钉在这里，就是要作为眼线提供外面的情报，特别关于共军动向的情报。"

伙计："我看他们像是个个训练有素的人，不像以往行走的马帮。"

掌柜略微沉思："夜里你以查房为由，接近那批物品看看到底驮的是啥？"

伙计点点头。

李禾和康斌在院落里走着，康斌凑到李禾跟前："我怎么感觉这里有几分诡谲！"

"哦！"李禾看着他。

"那个掌柜的，还有那个伙计，警惕性蛮高的。"

"如今兵荒马乱，这里又人烟稀少，人有警惕性也在情理之中。"

"可我看那掌柜的眼神后面藏匿着什么东西。"康斌道。

李禾思忖了一下："作为特工的直觉很重要，你安排两名队员看守好货物，任何人不得接近。"

康斌点点头。

夜空中飘来一朵云，遮住挂于中天的月亮。四野传来虫鸟的叫声，夜显得阴森而寂静。

一间房屋的门悄悄地推开了，探出伙计的头，他见四周没有动静，身子挤出了门。随后他把头上的黑布拉下来罩住自己的脸，朝堆放货物的屋子蹑手蹑脚走去。

就在他快接近时，"嘎吱"，住马脚子的大棚门开了，一个队员走了出来，伙计连忙躲在一根柱子后面。

那个队员走到不远处的林子边，解了小手回了屋，伙计这才从柱子后面出来，摸到堆放货物的屋子外面。

门上上着锁，他移到一扇窗户前，用手捅破窗户纸往里瞧，黑黢黢的什么也看不见。他侧耳听了听没有动静，拔出一把匕首，拨开窗户栓钻了进去。

伙计进得屋里，从口袋里摸出一把小手电筒，拧开照着走到货物面前，用刀划向装物的麻布口袋。

"嗖"的一声，一个飞来的石子击中他的匕首，把他的手震麻了。

就在他发愣的当口，一个人影蹿到他跟前，在他的手腕上一拍，他的刀便掉到了地上。

他退后一步，避开袭来的一拳，挥舞手中的电筒朝对方打去，被对方挡开。

又一人从黑暗中跃出，对伙计发起攻击。

伙计挡了一拳，连退两步见不是对手，从开着的窗户一个鱼跃射了出去。

守护的两位队员也先后从窗户中跃出追了出去，伙计拼命地跑向了一片竹林，转眼间不见了。

听见动静的队员纷纷从屋里跑了出来，李禾也来到院中。

一个守护的队员上前报告："一个蟊贼，可惜让他给跑了。"

李禾："小武，去把掌柜的和他的伙计找来！"

小武来到掌柜房间外面用手拍着门："掌柜的！"

"来了！"屋里掌柜应答着，随着脚步声走到门前，房门打开了。

掌柜披着衣服："半夜三更的，啥事？"

小武："有人盗货，不知是些啥人，我们老板要你和伙计去！"

"我去就行！"掌柜出了门，"你们老板在哪？"

"你把伙计也叫上吧，他也许知情！"康斌走了过来。

掌柜看了看康斌："一个下人知道啥！"

康斌口气坚定地："还是叫上吧！"

掌柜看着他："听你这口气，怀疑他是窃贼？"

康斌："我们只想证实！"

"很不巧呀，昨晚有人带话说他娘生病，我让他回去了，现在应该是在他十几里外的家里吧！"掌柜道。

掌柜随康斌来到李禾住的房间，屋里亮着煤油灯。

一进门掌柜道："老板，听说有贼，掉了什么东西吗？"

李禾看着他："贼跑了，东西倒没掉，知道是啥人干的吗？"

掌柜摇摇头："我这幺店子地处偏僻，时常倒有蟊贼光顾，也不知啥人所

18

为。不过先前的过往客人没什么值钱的东西，也就赶跑了事，看来老板你们的货一定很值钱了？"

"是开商铺所需的日用百货，虽说不上值钱，可被贼惦记，不除难以入眠呀！"

"那是、那是！"掌柜尴尬地附和道。

康斌对李禾："店里的伙计不在，说昨晚老母病了赶回去了！"

李禾看着掌柜。

"是呀，我让他回去的。"掌柜镇定了下来，"你们不会怀疑我们这是孙二娘开的黑店吧？"

李禾一笑："看掌柜说的，既然这样我们就得自己多注意了！"

"没别的事，我就去了。这大半夜的，正好睡呢！"掌柜打了个哈欠指了指门外。

李禾："去吧！"

掌柜离开后，康斌道："要么这店没问题，要么这店问题就大了。"

李禾点点头："好了，去休息吧，明早还得赶路！"

第二天拂晓，天刚蒙蒙亮，马帮驮队就出发了。

掌柜出来送行，对李禾："翻过前面那座山，就进入黑水，目前兵荒马乱的，一路要多加小心！"

李禾双手抱拳："多谢掌柜提醒！"

李禾回身紧走几步赶上了马帮队伍。

掌柜目送他们消失在远方，伙计从旁边的树林走了出来。

"五哥！"伙计走到他身边。

掌柜回身，怒斥："昨晚怎么搞的，差点就暴露了！看到什么了吗？"

伙计哭丧道："想不到竟有两人反锁在屋里，就像知道我要去似的，要不是我跑得快，脑袋就搬家了，还看什么呀！"

掌柜："你说他们设了埋伏？"

伙计点点头："而且个个身手不凡！"

掌柜："看来真不是一般的马帮！不过现今敢闯黑水的没有几分本事谁敢去！"

"五哥，需要将此事报告傅司令吗？"伙计问。

掌柜两眼盯着远方的天空："共军进剿在即，小心为妙，立马发报！"

回到幺店子的伙计进入一间地下暗室，他点亮桌上的一盏煤油灯。昏暗的灯光照着桌上摆着的一台发报机，他在桌前坐了下来，拿过耳机戴上，手按按键，"嘀嘀嘀"向黑水的蒋匪发出了情报：有队身份不明的马帮，前往黑水地区。

勇 闯 关 卡

去黑水的道路，山连着山，峰连着峰。经过一个多月的艰难跋涉，李禾他们的特工小分队终于来到了进入黑水地区的一个山垭口前。李禾站了下来，等后面的队伍上来。

走上来的康斌："怎么了？"

李禾："过了前面这个山垭，就进入了匪巢的老窝黑水，大家一定要提高警惕。"

康斌对大伙道："大家都机灵一些，前面一定会有敌人的盘查。"

马亮回头看了看驮着的货物："要是他们每袋都开包检查可咋办？"

李禾："有前来接应我们的地下党同志，不过咱们也得做好两手准备。"

钟俊才："对，不行咱们就硬闯过去。"

李禾："不到万不得已不采用硬闯，这样会少了利源分行这块牌子作掩护，对我们接下来工作的开展会不利。总之见机行事，大家看我的手势。"

从黑水往外走的弯弯曲曲的山路上，一匹白马疾驰而过。马背上一个穿着红色翠花衣服，包着头巾的女子两眼直视前方，很快消失在远方。她便是地下党派来接应李禾他们的，她叫张瑶，老家在黑水乡下。她在成都一家棉纺厂务工时加入了共产党，两年前派回黑水地区开展地下工作。

李禾他们登上了山垭口，经幡在山头猎猎。放眼望去，天空蓝天白云。

康斌耳里传来动静，侧耳听了听，对李禾："前面有人马。"

李禾向驮队喊道："大家注意了！"

他们没走出多远，对面传来呵斥声："站住，干什么的？"

眼前出现一队荷枪实弹设卡的蒋匪，垭口的两侧高地，由水泥和石块砌筑的环形工事，各自架着两挺机枪，封锁着进入的道路。

李禾牵着头马走上前："老总，我们是商人，前往黑水开设商铺的。"

一个排长过来查看："驮的是什么？"

李禾："还能有啥，茶、盐、布匹、日用品什么的。"

"开包检查！"排长一挥手，上来几个士兵。

一个士兵拔出匕首划破头马上驮着的一个麻袋，盐撒落到地上。

"这、这……"李禾走到排长面前，从兜里摸出十几个大洋递过去，"这盐撒到地上就捡不起来了，您就行个方便。"

排长推开他："上峰有令，要是放了共军奸细进关，我们这几十号弟兄可就报销了。"回首对士兵，"给我仔细搜！"

士兵走向了其他驮着物资的骡马。空气顿时紧张起来，李禾给扮成马脚子的队员递了个眼色，大家做好了动手的准备。

这时一个声音喊道："表哥！"随着话音，刚才骑马飞奔的女子张瑶赶到了，她翻身下马，走了过来。

她走近李禾："表哥，你们来了。"转而对排长，"钱排长，这是我表哥，来开办利源商行分行的。"

钱排长："张姑娘，你前段时间张罗铺面的事就是为他们准备的？"

"可不是吗，我哪有那能耐，当个伙计还行。"女子从李禾手上抓过大洋塞在排长手里，"给弟兄们打酒喝，商铺开张了，我表哥少不了你的好处。"

钱排长把大洋在手里掂了掂："还是张姑娘会办事。"对那些士兵，"放行！"

"慢！"随着声音，走来侦缉队的队长叶桦和十几个手下。

钱排长："哟，叶队长！什么风把你给惊动了！"

"驮的东西你们都全部开包检查过了吗？"叶桦道。

钱排长："这——"

22

叶桦把钱排长手中的大洋夺了过来，看着大洋："现在可是非常时期，共军谍报人员不断向我黑水渗透，不要为了几个小钱耍丢了脑壳。"

李禾上前："看这位长官说的，我们不过是无利不往的商人而已，不知啥谍报不谍报的。"

"是呀，我表哥驮的多数是盐、面粉什么的，"女子看了看那些洒落地上的盐，"哪经得起这样的检查！"

叶桦朝手下一挥手，他手下的人马围了上来。

执行组长廖大奎走到一匹骡子前，打开了驮着的一个木箱，从里面拿出一个方铁盒子，对叶桦："队长，发现这个！"

叶桦走了过去，拿在手中看了看，拔出手枪回头对李禾严厉道："这是什么？"

李禾上前："看你紧张的，这是什么，叶队长真不知道吗？"

叶桦："我问你呢！"

李禾："这是唱机的底座。"又从木箱里拿出机头，"没事听着玩，就带来了。"

叶桦很没面子，给廖大奎递了个眼色，廖大奎把唱机底座放了回去。

叶桦看了看后面驮着的货物："卸下来，统统检查！"

一场格斗看来无法避免，李禾准备下达动手的指令。

张瑶对被夺了银元正生闷气的钱排长低声道："钱排长，这里是你们的防区还是侦缉队的地盘，到底谁说了算？还有我表哥的商铺可有你的好处！"

正冒火的钱排长经张瑶这样一说，上前拦住那些要检查人的去路："这里可是我们一支队的防区，你们侦缉队的手未免伸得太长了吧？"

叶桦将手枪抵住了钱排长的脑袋："我看你他妈的像个通共分子！"

钱排长手下也端枪对准侦缉队员，大有一触即发之势。

李禾上前："各位老总可不要伤了和气，我们就是一做生意的，还望你们高抬贵手！"

叶桦蛮横地："这货老子查定了！"

他的话音未落，不远处响起两声枪响。

人们回头看去，几十名穿着藏服拿着长枪的队伍走了过来，领头的是诺布土司的公子贡布，他手中举着的短枪还冒着烟。

张瑶悄声地对李禾道："他叫贡布，是这里诺布土司的公子！"

李禾和队员警惕地看着事态的变化。

贡布在众目睽睽之下走了过来。

叶桦："贡布少爷，你这是干啥？"

贡布蔑视地看了他一眼："奉我阿爸的旨意巡界！"

叶桦："敝人在执行公务，少爷快带着你的人离开！"

贡布一声冷笑："笑话，我既然巡界，就有管辖权，这里我说了算！"

张瑶："贡布少爷来得正好，我表哥是来黑水开商铺的，叶队长却不给放行！"

贡布看了一眼驮队，又看了洒在地上的盐，不满地看着叶队长："自从你们溃败黑水，匪患成灾，物资匮乏，民众缺乏起码的生活用品，好不容易来了商人，你们却肆意刁难，是何居心？"

叶桦："少爷息怒，我们是为了防范共军渗透。"

贡布："你们汉人之间的事我不感兴趣，商人给我们带来的是茶叶和盐，是我们藏人急需的东西。商人是我们的朋友，你这样做是对我朋友的不敬，也就是对我和我阿爸的不敬。"

廖大奎上前："我们要是非要检查不可呢？"

贡布把枪对准了廖大奎："我认得廖组长，子弹可不认得！"

贡布的手下将枪瞄准了那些侦缉队员。

廖大奎青筋暴起，对贡布："你——"

贡布以不容商量的口气对叶桦："快叫你的手下让开道！"

叶桦无奈地对手下摆了摆手，侦缉队员收了枪退到一边。

李禾对贡布抱拳："多谢贡布少爷，改日登门拜访！"回头给大家一挥手，队员们牵着骡马很快过了关卡。

下山路上李禾对接应他们的张瑶道："刚才真险！"

"是呀，多亏了那个贡布。前天我找他说了商队进来的事，想不到关键时刻还真起了作用，不然就得硬闯了！"女子摘掉了头上的头巾，露出黑亮的齐耳短发，红色翠花衣服衬着略显黝黑的皮肤，两只眼睛忽闪着亮光，俊美中显出几分干练。

李禾："来之前师首长说有人接应，想不到是一位年轻漂亮的姑娘。"

"我叫张瑶，两年前回到这里做地下工作，我也没想到派来的老特工原来是个年轻小伙。"

李禾哈哈一笑："以后就要在一起工作了，你可要多多帮助。"

"都是一家人了，客气啥！"张瑶豪爽道。

张瑶在高原长大，气质中有山一样的粗犷，心田有着蓝天一样的纯净，比一般姑娘多了几分刚健。

站 住 脚 跟

　　黑水位于如今的阿坝州中部，因境内黑水河得名。四周群山环绕，县城多为藏式建筑。李禾他们进了城，一路可见国民党残匪招摇于市。

　　驮队来到位于城中的商铺前，张瑶："到了。"

　　商铺为前店后院，有三个门面的开间。

　　李禾看了，满意道："不错！"对大伙，"卸货！"

　　众人七手八脚地把货搬了进去。

　　商铺后面的小院，分正屋和东西厢房，是汉式建筑，院子中央有一棵枝繁叶茂的大树。

　　李禾作为老板自然得经营商铺，小武作为伙计也留了下来，张瑶也作为李禾的表妹以帮助经营为由留在商行里，协助他们开展工作和充当与地方党组织的联络员。其余的队员撤到郊外一所隐蔽的藏式院落里驻扎下来，作为货郎或马脚子掩护身份。

　　傅伯庸的司令部设在一条独路而上的小山顶平台上，碉楼暗堡密布，一夫当关万夫莫开。从正面攻上去，几乎是不可能的。它的背后是悬空的海拔4000多米高的老鹰嘴，要想从其上下，就是山羚羊也无法做到。

　　司令部作战室中，体态发胖的傅伯庸和戴着眼镜的贾参谋长以及几位高级军官站在沙盘地形图前。

　　贾参谋长用木竿在沙盘上指着区位，分析战时情况："共军已进入到茂县、杂谷脑一带，逼近我黑水地区。"

傅伯庸："黑水四面环山，鹧鸪山、羊拱山、红岗山是天然屏障，会把共军挡在山外。"

叶桦队长来到作战室："报告傅司令！"

傅伯庸回过身："怎么样？"

"那驮队见着了，可没法仔细搜查！"叶桦道。

"为什么？"傅伯庸看着他。

叶桦气恼地："还不是那个贡布少爷，巡界到了那里，硬说商人是藏人的朋友，强行把他们给放行了！"

傅伯庸："你是说诺布土司的公子？"

叶桦："还有谁？其他人敢这样跟我叫板，我早就让他去见阎王了。"

贾参谋长走上前："我们要在这里立脚，还不能跟他翻脸。"

傅伯庸："参谋长说得对，目前物资匮乏，民怨沸腾，有商人进来倒也不是坏事，就怕被共军特工人员钻了空子。"

贾参谋长："你们侦缉队要加大甄别力度，绝不放过一个共党分子。"

叶桦："是！"

张瑶从睡梦中醒来，她睁开眼屋子里静静的，没有一丝儿声响，只有窗外断断续续传进来的一阵阵秋虫苏醒后的鸣叫声。她起床后李禾已经在厨房里升起炉火，准备打酥油茶。她进到厨房接过茶桶："我来吧！"熟练地打了起来。片刻的功夫，香味四溢的酥油茶已放到桌上。

小武随后进来，走到桌前闻了闻酥油茶，赞叹道："张姐打的酥油茶好香，比我们头打的香哪去了！"

李禾笑道："少贫嘴，有吃的就不错了，还嫌这嫌那的。"

他们坐下来喝着酥油茶，吃着玉米饼。

吃过早餐，李禾在张瑶的引领下，让小武跟自己一块带了两条藏茶去土司府拜访诺布土司，也答谢贡布的解围。

在官寨门口大管家见到他们，疑惑地："你们这是？"

张瑶："大管家，这是我表哥，今天特意来拜访土司大人。"

大管家看了他们一眼："我这就去通报，你们稍等。"

李禾双手抱拳："多谢大管家！"

大管家进去不一会出来，弓腰："老爷有请！"

李禾他们走了进去。

大管家把他们领进议事厅，身材魁梧的诺布土司坐在上位，一只手不停地拨着佛珠。贡布坐在一旁与他阿爸说着话。

李禾上前右手抚胸："尊敬的土司大人，我们将在这里开设利源商行的分行，特来拜会您。也要感谢贡布少爷那日的放行，使我们减少了不必要的损失。"

李禾指着一旁小武捧着的藏茶："特意给府上准备了两条上好的金尖藏茶。"

诺布土司："金尖藏茶好东西啊，如今可是比金子还贵重呀！"示意大管家收下。

大管家接过小武手中的藏茶退了下去。

诺布土司："坐、坐！"

李禾他们坐了下来，有仆人进来为他们倒上茶水。

诺布土司："利源商行我可听说过，那可是在我们藏区响当当的。咳，自从国民党兵到了这里，物资更为紧缺，你们来这里开设分行好呀！"

张瑶："以后还望土司大人多多关照！"

诺布土司："只要有利我藏民之事，理当支持！"

"我阿爸说得对，你们就放心吧！"贡布道。

李禾起身鞠了一躬："多谢！"

李禾他们告辞时，诺布土司亲自把他送到土司府外，并说商铺开张那天他一定到场。

十天后，利源商行在黑水的分行开张营业。开张这天前来贺喜的当地有头有脸的人不少，围观的民众也很多。商铺里商品琳琅满目，李禾和张瑶，还有小武忙碌地应酬着。诺布土司在贡布和大管家，以及多名卫队人员的陪同下到了现场。

　　李禾迎了上去："土司大人、贡布少爷，有请！"

　　诺布土司看着商铺的外观，笑容满面："不错，李老板看来很会做生意呀！"

　　"这都是托您的福。"李禾回身对小武，"土司大人到了，燃放鞭炮，开门大吉！"

　　小武对两个守在鞭炮前的人大声重复道："燃放鞭炮，开门大吉！"

　　那两人正要用捻子点燃鞭炮，一队士兵持枪冲了过来，列成两排。民众不知发生了什么事，惊恐地后退。李禾和混在人群中的特工小分队人员警惕地注视着。大腹便便的傅伯庸走了过来，他身边跟着夫人和挺着大肚子的小姨子苏娟。

　　诺布土司颇为不满："傅司令，你这是干啥？"

　　傅伯庸："黑水城有多大，利源分行开张弄出这么大动静我能不来吗？"

　　诺布土司："可你也不至于这么兴师动众，摆出这副阵势吧？"

　　张瑶低声告诉李禾："来的是傅伯庸和她太太，还有小姨子苏娟。"

　　李禾上前："哟，不想小店开张竟惊动了傅司令和太太，还有这位女士。"双手作揖，"失敬、失敬！"

　　李禾转身喊："放鞭炮！"

　　那两人点燃了两串鞭炮，在"噼噼啪啪"的炸响声中，李禾领着诺布土司和傅伯庸一行进到了商铺内。

　　司令夫人看到不少日用商品很高兴："以前买个香皂、牙膏、化妆品什么的都很难，这下好了，有了李老板这商铺就不用愁了。"

　　司令的小姨子苏娟，其夫到黑水不久因不习惯这里的高原气候，不久前得病身亡。她便成了寡妇，怀着遗腹子。她倒是长有几分俊俏，不过高原的紫

外线强烈，把她的脸晒得黝黑，背地里有人送她黑牡丹的称号。她也附和道："是呀，这里防晒霜也得不到，看把我脸晒的！"

"好说、好说，以后你的防晒霜就由我包了。"李禾道。

诺布土司和傅司令一行走后，涌进来的藏民选购着自己所需要的物品，兴高采烈地离去。

傅伯庸回到司令部，侦缉队长叶桦对他道："傅司令，利源分行开张你去了？"

傅伯庸点点头："利源分行可说是目前黑水最大的商铺，还可补充一些我们所缺的物资，我当然得去看看。"

"共军目前正在做剿灭我们的准备，他们此时在这里开设分行……"叶桦道。

傅伯庸不以为然："无利不起早，商人嘛，只要有利可图，哪里都敢去，不必大惊小怪。"

打 入 心 脏

黄昏的天空没有一丝云彩，远处有两个黑点逐渐变大，伴随着轰鸣声，两架从台湾飞来的运输机，来到黑水的上空，盘旋一阵后，分别投下了十几个白色的降落伞。

空投物资落到了匪帮划定的区域，士兵们纷纷上前接收降落的物资。蒋介石为了打造黑水这个所谓的"陆上台湾"，作为反共的基地，不计血本地向其空投大量枪支弹药和食品。

夜色之中，黑水城一片沉寂，利源分行商铺早已关门。小武在商铺里侧耳听着外面的动静，偶尔传来几声狗叫。

在后院的客厅里，一盏煤油灯下，李禾戴着耳机在发报机前接收师部的电文，他用笔抄录着一组组密码。

张瑶站在门前，监视着外面的动静。

李禾接收完电文后，将发报机装入一个皮箱内，打开靠墙边的一个立柜，取下后面的木板，露出一个暗洞，他把皮箱放了进去，随后恢复了原状。他又从书架上取出一本精装版的《红楼梦》，对照着翻译出了电文。《红楼梦》作为密码本，是一般人想象不到的。

张瑶走了过来："师部有啥指示？"

李禾一边在煤油灯的罩子上将电文纸点燃销毁，一边道："要我们设法搞到敌机空投的准确时间！"

张瑶："这可是敌人的核心机密，怎么才能搞到？"

"我明天去找康斌他们商量！"李禾道。

而此时在公安师部作战室，师长和政委在交谈。

师长："黑水的匪帮依靠台湾的空投物资在做最后的挣扎，只要切断了它的空中补给线，就会使他们难以支撑。"

政委："更重要的是动摇他们的军心，摧垮其抵抗意志。"

师长点点头。

翌日早晨，清爽的秋风徐徐吹来，山野的花朵随风摇曳。仰望苍穹，白云起舞，宛有一幅秋风起兮白云飞，草木黄落雁南归的意境。

李禾和小武扮成采买的模样，来到城外的一处不起眼的人户家。

小武放着哨，李禾对着门有规律地敲了三下，门从里面开了，开门的是钟俊才。

李禾："老乡，有药材卖吗？"

"有虫草要吗？"

李禾："要的！"

钟俊才点了个头，李禾跨进了门。钟俊才给外面的小武点头示意了一下，反手把门关上。

这里是小分队其他队员隐匿的场所。

在里屋，李禾、康斌和钟俊才商量着办法。

李禾："当前台湾方面对傅部枪支弹药以及食品的空投很频繁，这对我大军进剿和我们的策反工作都极为不利，上级要求我们掌握敌人空投的准确时间，只要狠狠打击了空投的敌机，就会让傅部的匪帮绝望。"

"要知道敌机空投的准确时间，就得破译台湾发来的密电。"钟俊才道。

李禾："敌人更换密码频繁，破译尚需时日。"

钟俊才："还有就得从敌人内部取得！"

康斌："你这样一说，我倒有一个办法！"

李禾："哦，说来听听！"

康斌低声说出了自己的主意。

黑水城的西边，有个汉人开的怡红院，前去光顾的有不少是傅部的那些军官们。这天夜里，黑水城早早就沉入了黑暗，只有一些人户里零星地散落着几盏油灯。偶尔传来几声狗叫，更反衬出夜晚的安静气氛。而此时的怡红院倒是出奇的热闹，男人的吆喝声和女人咋呼声此起彼伏。在后院二楼的一个房间里，司令部侦讯室的主任姚廷轩在与一妓女调情。

姚廷轩："你，你过来。"

那妓女撅起红红的嘴唇，娇嗔地扭了扭柳腰，走到他跟前，姚廷轩将她搂到怀里。

钟俊才和马亮突然闯了进去，姚廷轩要掏枪，被钟俊才用刀抵住了他脖子。

姚廷轩恐惧地僵在那里："你、你们是什么人？"

钟俊才冰凉地说了一句："把手举起来！"

姚廷轩顺从地把手举过头顶，马亮迅速地捏了一下他的腰部，从衣服里掏出一把手枪，在手中把玩了一下，指着他的头部。

姚廷轩害怕地："你们要杀了我？可我与你们远无冤，近无仇！"

他的话音刚落，康斌走了进来："姚廷轩，你还认识我吧？"

姚廷轩看了看他，恐惧地："康、康斌！你、你还活着？"

康斌在一根凳子上坐下，跷着二郎腿："我还算命大，民国三十一年我们同在南京搞情报，我深入虎穴，你带人接应，我出来你跑哪里去了？"

时间回到1942年冬天的一个夜里，康斌和姚廷轩带着几个人摸到南京日本作战司令部外面。司令部岗哨林立，戒备森严，两盏探照灯交替着照射四周。

康斌对姚廷轩："我进去，你带人在这里接应。"

姚廷轩点点头。

康斌避开探照灯，绕过岗哨，悄悄潜入到楼房前，从墙壁处一下水管道爬

上了二楼，然后撬开窗户钻进了司令部的办公室。在屋里他找到了保险柜，用万能钥匙将它打开，拿到一份绝密文件揣进了怀里，准备撤出。

一队日本兵在院内巡逻，突然外面开来两辆大卡车，满载的日本宪兵纷纷跳下了车。一个日本特高科的中佐大声喊着："快，把大楼包围起来，不准放跑一个中国特工！"

日本宪兵迅速围住了大楼，日本作战司令官走了出来："发生了什么事？"

中佐上前，立正敬礼："报告司令长官，我们破获情报，有中国特工前来盗取机密文件。"

司令官："给我抓住他！"

中佐一挥手，不少宪兵冲了进去。

中佐又大声道："外面一定有他们接应的人，仔细搜！"

一队日本宪兵跑到司令部外面搜寻，朝姚廷轩他们这边搜来。

观察着动静的姚廷轩焦急地："咳——"一砸拳。

一个手下："我们咋办？"

姚廷轩看了看司令部，又看了看搜寻过来的一队日本宪兵："撤！"

那人："康斌他？"

"再不走就都走不了了！"姚廷轩带头撤走了。

康斌击毙两名冲入屋中的日本宪兵，从二楼跳下，脚刚落地就被持枪涌上的日本宪兵团团围住。康斌被捕受尽拷打，吃尽苦头，直到日本投降才获救。

想到这，康斌牙齿咬得咯嘣直响。

姚廷轩胆怯地："别，你别怪我，我当时也是没有办法。"

"你他妈就是个怕死鬼！"康斌从怀中摸出手枪抵住他的脑袋。

那个妓女："你、你们是来寻仇的，与我无关。"说着要往外走。

钟俊才手一伸拦住了她的去路。

姚廷轩佯装强硬地："你、你们要干什么？这里可是我的地盘！"

康斌枪往他脑袋上一杵："别给老子说这些没用的，看我不一枪崩了你！"做着要开枪的样子。

那个妓女惊叫着撒腿往外跑，钟俊才一把抓住，一刀刺向了她的腹部。妓女双手捂住刀，倒在了地上。

姚廷轩这才相信康斌要杀他的话，求饶道："你要怎样才肯放过我？"

康斌收了枪，拍了拍他的肩："这样就对了。"指了指一旁的马亮，"这是我的一个结拜弟兄，现在没有去处，想在你的侦讯室找碗饭吃。"

"侦讯室可是机要部门，再说了专业性也很强他会什么呀？"

"技术方面你放心，他当年在上海可是在戴老板办的无线电培训班受过训的。"康斌道。

姚廷轩还有些犹豫。

钟俊才看着倒在地上的妓女："怎么，你不是看她去了，怕她在黄泉路上冷清，想做鬼也风流吧！"

姚廷轩没有了办法，看着康斌："好吧，就照你说的。"

康斌笑道："这就对了。"

康斌对马亮："还不去送送你的长官。"

马亮把枪还给姚廷轩："姚主任，请——"

姚廷轩抓过枪不甘却也无奈地走了出去，马亮跟上。

钟俊才走过去关上门，妓女从地上爬了起来："长官，我假死演的还行吧？"

康斌从口袋里摸出十来个大洋放到她的手上："要不想演砸真死，就得连夜离开黑水，走得越远越好。"

妓女接过大洋："我早收拾好了，这就走！"

康斌点点头。

利源商行黑水分行开业后生意不错，李禾祖上是行医的，懂得些医术，他还免费给当地藏民看病，很快他们就融入到了当地。这天李禾和张瑶在铺子上接待顾客，诺布土司带着儿子贡布和大管家，以及几名卫士走进了商行。

李禾迎上："哟，今天土司大人需要些什么？"

大管家："土司老爷头昏脑胀，听说你会行医，前来想请你给看看。"

诺布土司："是呀，大家都在传利源分行不但给我们带来了所需的物资，李老板还是位好门巴（医生），治好了不少人的病，而且分文不收。"

"应该的，应该的！既然土司大人是来看病的，我们就去后院。"李禾回头对张瑶，"铺子上的事就交给你打理。"

张瑶点点头。

贡布和大管家他们在院中等候，李禾带诺布土司到了客厅。李禾为他把了脉，看了看舌苔："你这是偶感风寒无大碍，一会儿我给你抓副中药吃吃就好。"

"多谢李老板！"

"跟我还客气啥？"李禾起身为他抓药，"如今黑水地区跟外界的往来不畅，蔬菜瓜果很少运进来，生病的藏民不少。"

"咳，自从傅伯庸的国军开进来，这里本来就稀少的物资就更加供应不上了。"诺布土司倒着苦水。

李禾不经意道："听说台湾还封了你一个副司令。"

诺布土司不以为然："啥副司令不副司令的，还不是利用我想在这里站稳脚跟罢了！"

"土司大人不是外人，你不介意我就说句实在话。"

诺布土司看着他："你讲！"

"不要看傅伯庸他们蹦跶得欢，说什么这里是陆上台湾，我看呀是兔子的尾巴长不了！"

"哦，他不是说国军很快就会反攻大陆吗？"诺布土司瞪大了眼睛。

李禾把抓好的药用纸包好："吹吧！国民党八百万军队都被打垮了，蒋介石逃到了小岛，他这是跟老蒋学的，就剩下吹牛了。"

诺布土司若有所思。

李禾把药包放到诺布土司面前："土司大人，我们经商的是不该过问政治的，没把你当外人才说了这些。"

诺布土司："我知道，你是好人！"

敌人的侦讯室设在离司令部有一段距离的一个大院内。机房里，几台发报机"嘀嘀嘀"收发着电报。姚廷轩领着马亮走了进来："大家听着，"指了指马亮，"这是你们新来的同事，名叫马亮。"

马亮立正："大家好，初来乍到，以后还请多多关照！"

姚廷轩对一个瘦高的人道："孙组长，人我可交给你了。"

孙组长走过来打量了一下马亮："听姚主任说，你是老牌报务员了。"

马亮谦恭地："孙组长才是前辈，以后多多关照。"

就这样马亮打入了敌人的侦讯室，跟电文打交道，掌握了不少傅伯庸匪帮与台湾的联络情况。李禾让张瑶作为商行的女货郎，与马亮秘密保持联系传递情报。

午后的太阳暖暖的照在大地上。

马亮在侦讯室外的院子里一边晒着太阳，一边与同僚吴强闲聊。

张瑶用马驮着货物出现在大院门口，高喊着："香烟洋火！"

马亮对吴强道："我去买包香烟。"

马亮出了营房大院，走到张瑶跟前："来包哈德门！"

"好的，老总！"张瑶为他取烟，低声道："台湾空投有消息吗？"

马亮："傅伯庸向台湾发去了催促粮食和枪支弹药的电报，应该这两天有消息过来。"

"一定要搞到准确时间。"张瑶拿出一包香烟递给他。

马亮接过烟给了钱，转身回到了大院。

"在这鬼地方，有了这些货郎也方便不少。"吴强道。

马亮撕开香烟盒，弹出两根香烟，一根递给吴强，一根自己叼上："谁说不是！"

吴强："也不知要待到啥时候？"

"台湾那边不是天天在喊反攻大陆吗，只需再坚持一年半载。"

"这话我都听了一年了，尽他妈放屁！"

"嘘，小声点，你就不怕传到侦缉队那帮人的耳朵里。"马亮道，"轻者说你动摇军心，重者说你是共党在做宣传。"

"那帮人，见着谁都像共党。"吴强愤愤道。

孙组长从屋里走了出来："干活了，你们在那瞎聊啥！"

吴强："孙组长，太阳这么好，出来透透气不行呀！"边说边往回走。

黄昏中，李禾在客厅缝制挂破了的衣服，一不小心针刺破了手指。回来的张瑶进来看见，接过帮他缝起来。

李禾："马亮那里去了？"

张瑶点点头。

"有消息吗？"

"马亮说应该就在这两天，一有消息就会设法通知我们。"

张瑶缝好衣服，用牙咬断线头，递给李禾。

李禾起身穿上，道了声："谢谢！"

"跟我还客气啥！我想问一个问题，你可要如实回答！"张瑶看着他。

"要问什么？"

"你娶媳妇了吗？"

"一年到头东征西战，哪顾得上。"李禾看着她，"怎么问这？"

张瑶莞尔一笑："不可以吗？"

"当然可以！"李禾笑了。

张瑶盯着他："你看我……如何？"

李禾端起桌上的茶盅："什么如何？"喝了口水。

张瑶不紧不慢："做你媳妇。"

水还在李禾嘴里，听她这样一说，一口水喷了出来："这、这……"转而笑了起来，"你是逗我开心呢！"

　　张瑶嗔怒："谁跟你开玩笑？"起身走了出去。

　　李禾思量了一下，苦笑地摇摇头。

　　张瑶喜欢上了年轻能干的李禾，展开爱情攻势，李禾虽然也喜欢她，但任务在身哪敢分心，张瑶以为他不喜欢自己而充满忧伤。

击 落 敌 机

早晨，侦讯室里响着滴滴答答的发报声，几个电报员坐在发报机前忙碌着。

马亮在一张桌前整理文案。

孙组长点着一根烟站在窗前看着外面，徐徐的烟雾飘过他冷冷的脸颊。

靠北边的一台发报机红色的灯闪亮起来，发出嗡鸣声。这是一台专门接收台湾来电的发报机。

马亮整理文件的手停顿了一下，警觉地用余光瞄了一下那台发报机，又继续整理文件。

吴强走过去戴上耳机开始抄录电文，接收完电文后，抬头对孙组长道："孙组长，台湾急电。"

孙组长将手中的烟蒂弹向窗外，快步走了过去。

吴强把电文给了孙组长，孙组长看了一遍叫道："我这就去交给姚主任。"快步出了电报室。

马亮意识到，一定是有关空投的电文，他想如何才能得到它。

中午，吃饭的时间到了，人们纷纷朝外走。吴强路过马亮处："怎么，你还不走？"

马亮指着整理的文档："你先去吧，我这就好。"

吴强走了出去。

马亮见屋里已没有一人，快步走到刚才吴强收报的电台前，将吴强书写电文下面的那张纸撕下，刚揣进衣兜里，后面传来孙组长的声音："你在干啥？"

空气一下凝固了。

马亮稳住自己快跳出的心："哦，我看这台发报机上有灰尘，给清理一下。"拿过一旁的抹布擦拭起来。

孙组长走了过来，半信半疑地看着他。

"我在上海受训时，教官就讲过要保持电台干净，不然会影响它的灵敏度，从而影响使用寿命。"

孙组长："你受过正规训练，以后这里机器的保养就由你来负责。"

马亮："是！"紧张的心情这才舒缓下来。

马亮回到自己的寝室，把门关上。从衣兜里掏出那张撕下的电文纸，拉开一个抽屉拿出一支铅笔，在纸上涂抹起来，很快电文纸上显出了一组组阿拉伯数字。他又从床板下拿出一本密码本，破译起来，电文显示出来是：明日 15 时，接收空投物资。马亮划亮一根火柴把电文纸烧了。

马亮出了房门，朝营房外走出。迎面走来的侦缉队长叶桦和执行组长廖大奎堵住了他的去路。

叶桦质疑他："去哪？"

马亮站住："我的牙膏和香皂没有了。"

叶桦："从现在起到明日 15 时，任何人不得离开这里。"

"为什么呀？"

"不准就是不准，哪来这么多废话！"廖大奎道。

"我要是坚持出去呢？"马亮不服。

叶桦掏出手枪指着他："你要是敢出这道门，我就以通共罪逮捕你！"

姚廷轩走过来："叶队长怎么回事？"

叶桦："你的手下要外出，我向他宣布明日 15 时以前不得离开这里。"

姚廷轩看着马亮："你外出做什么？"

"报告姚主任，我的牙膏和香皂没有了。"马亮道。

"我们是高度保密单位，有重大任务时都会这样，既然叶队长不让出去，你就解除禁令后再去吧！"

"是！"马亮只得转身回到寝室。

台湾空投的情报不能及时送出，马亮心急如焚，焦急地在屋里走来走去。时间一分一秒地过去，他的眼睛定格在了一盒药水瓶上。他走过去拧开喝了下去，然后把瓶子藏了起来。

不一会，他肚子疼起来，疼得倒在床上。

吴强走了进来，看到床上疼得滚来滚去的马亮，惊慌道："你怎么了？"

"我肚子疼，快，帮我叫姚主任。"

吴强奔了出去，在办公室找到正与叶桦交谈的姚廷轩。

吴强："姚主任，马亮他肚子痛得好厉害，你快去看看吧！"

姚廷轩连忙同他往外奔去，叶桦想想也撵上他们，一同来到马亮所在的屋里。

马亮头上的汗一颗颗往下滴，姚廷轩奔到他跟前，摸了一下他的额头："好烫！快去叫卫生员。"

吴强跑出去不久，带着卫生员进来了。

卫生员给他检查了一下："姚主任，我也不知道他这是什么病，无法下药，不及时送医院会出人命。"

姚廷轩："他妈的，这哪来的医院，军部的两个大夫在部队进黑水时就半路逃跑了。"

马亮趁起身："听说利源分行的李、李老板、治、治病得行，送我去那里。"

姚廷轩对吴强和卫生员："快，送马亮去。"

叶桦拦住："解禁之前，所有人员不得外出。"

姚廷轩："叶队长，这人都快要死了，他能等吗？"

叶桦："我可是在执行傅司令的命令！"

姚廷轩有些犹豫。

"姚主任，我可不想死，我要就这么死了，我娘家人会、会来向你要人的。"马亮向他亮出了娘家，是在警告他按他提出的要求去做。

姚廷轩一咬牙对吴强："你跟我一块送他去利源分行找李老板。"

叶桦还想阻挠，姚廷轩道："我不能见死不救，你不放心跟着去好了！"

吴强把马亮背到背上往外走，姚廷轩走了出去，叶桦想想也跟了去。

马亮被马驮着来到了利源分行，正送商铺里客人出来的李禾看见，忙走上前去："他怎么了？"

牵马的吴强："上午还好好的，不知怎么就病成这样了。"

李禾看了看跟来的姚廷轩，姚廷轩点点头。李禾意识到马亮此时前来，一定有重要情报要告诉自己。

李禾："快、扶他到店铺里来。"

吴强把马亮扶进了店铺，叶桦和姚廷轩跟了进来。

姚廷轩："李老板，你好好给看看，他到底犯了啥毛病？"

李禾："你放心，我会的。"

张瑶看到扶进的是马亮，大吃一惊："这人怎么了？"

李禾："病人，刚给送来的，快去烧些水。"对柜台里的小武，"小武，去把病人扶到后院的房间。"

小武连忙跑出了柜台，替换下吴强扶着马亮去到后院，进了一个房间。

姚廷轩和叶桦要跟进去，李禾拦住："他这病怕是不轻，我得给他做全身检查，你们就在此等候。"

叶桦推开李禾："不行，此人必须在我的视线范围内。"

房间里马亮被放到一张小床上，李禾给他做检查。叶桦和姚廷轩立在不远的一旁看着。李禾让马亮张开嘴看了看，又搬开他的眼睛看着。此时马亮眨着眼，向李禾示意。懂得发报的李禾发现他在用摩尔斯电码在向自己传递情报。他读懂了内容：明日 15 时，台湾有空投。

李禾明白了马亮以自虐的方式，前来传递情报。他心头想着好样的，为他的行为感动。

张瑶端着一盆热水进来，李禾侧头对张瑶："快，得给他先洗胃。"

叶桦："李老板，他这是啥病？"

李禾："吃了不干净的食物。"

接下来李禾在张瑶的帮助下，给马亮清洗了胃，又给他打了针。李禾对姚廷轩："幸好送得及时，再晚一点怕就救不过来了，回去得注意好好休息。"

李禾在送走他们后，赶忙转身回了商铺。

张瑶急忙上前："马亮怎么了？"

李禾低声："他传递了台湾空投的情报，你和小武看着点，我得马上向师部发报。"李禾急忙朝后院走去。

李禾来到客厅，反闩上门，从立柜后暗洞里将电台搬出安装好，戴上耳机按动键钮，发出"嘀嘀嘀"的声音。

电波传到了公安师部，电报员接收到了这份电报，立即起身跑向作战室，向师长和政委汇报。

电报员奔到了作战室："报告首长，208来电！"

师长和政委抬头看着他。

电报员上前两步，双手将电文呈到师长面前："明日15时，台湾将向黑水空投物资。"

政委："终于逮住了线索！"

师长接过电文看了一遍，立即摇了桌上电话机的摇柄，然后拿起话筒："给我接高炮营……杨营长吗？"

公安师高炮营随一团抵近黑水布防，杨营长在战壕的指挥所接到了师长打来的电话，电话那端传来师长铿锵的声音："立即把高射机枪给我扛到敌机途经黑水的山头，一定要把他给我揍下来。"

杨营长："是！"

电话那端师长："还有，此次行动要保密。"

杨营长放下电话大叫："一排长！"

杨营长亲自带领一个排的兵力，穿着老百姓的服装，化妆成驮队将6挺高射机枪伪装好，立即出发，朝抵近黑水的山头进发。

傍晚时分，杨营长他们来到了那个位于聂引村庄的幺店子处。

在门外砍柴的伙计，见远处来了一驮队，丢下斧子跑进屋对掌柜道："五哥，过来了一队驮队！"

掌柜："有多少人？"

"三四十人。"

"走，看看去！"

掌柜来到幺店子外，看到驮队已到了跟前，但没有要停下歇息的征兆。

掌柜上前："老板，这天就要黑了，到店里歇息吧？"

杨营长："掌柜的，我们还得赶路呢！"

掌柜警惕地看着匆匆走着的驮队："过了我这个村，前面可没有店了！"

杨营长："谢谢你的好意，"对驮队，"大家抓紧跟上！"

驮队匆匆走了过去。

伙计靠近掌柜，看着走远的驮队："五哥，他们是些啥子人？"

掌柜看着："这不是一支驮队！"

伙计："不是驮队？"

掌柜："从他们的步履看，是一只训练有素的部队。"

伙计看着掌柜："你是说他们会是共军？"

掌柜点点头："你悄悄地尾随在他们的后面，看他们会去哪？"

伙计点点头。

天黑了，杨营长带的伪装的驮队，打着火把走到一个分路处，拐向了右边的山道。伙计跟踪至此，看到火把逐渐消失的驮队，返回身去报告。

掌柜看着伙计："你说他们不是往黑水而去，而是上了右边的山道。"

伙计点点头。

"你不会看错！"

"千真万确！"

掌柜纳闷地嘀咕："右道是通往海拔 4000 多米的高山，共军的驮队连夜赶往那里去做什么？"

第二天中午前，杨营长他们将 6 挺高射机枪扛到了海拔 4000 多米的山头。他们刚安装好不久，天空便传来了飞机的轰鸣声，两架运输机出现在云端。敌机的飞行高度虽然有海拔 6500 米，但由于高射机枪位于近 5000 米的山头，完全在射程之内。

一个战士："狗日的，还真来了！"

杨营长下达了命令："给我瞄准好，进入射程就揍下它来！"

傅伯庸和贾参谋长带着一队匪军在一块空地上等待空投的飞机。地上用红布摆了个十字架，给飞机指引空投方位。傅伯庸看了一下手腕上的表，对身旁的刘副官："还有几分钟飞机就该到了，让弟兄们做好接收准备！"

刘副官："是！"回转身对那些散坐在地上的士兵，"飞机就快来了，都给我打起精神！"

士兵们这才陆陆续续起身。

随着轰鸣声，两架飞机已出现在远方的天空。

刘副官兴奋道："来了！"

而这时两架大摇大摆地飞来的敌人运输机，正进入了高射机枪阵地上空。杨营长一声令下："给我狠狠地打！"

6 挺高射机枪发出了怒吼。毫无准备的敌机飞行员突然发现密集的子弹朝机身射来，顿时慌了神，想拉高躲避，可是迟了。一架运输机被击中，冒烟栽下，在飞行员绝望的哀叫声中撞向了山壁，爆炸后腾起一股浓烟。

另一架运输机慌乱中，投了物资就跑，物资都投到了荒山野岭。

突然的变故令守望接收物资的傅伯庸他们还有士兵们惊愕。

刘副官好半天没有回过神来："司令，这、这怎么回事？"

傅伯庸回头对贾参谋长追问："难道共军的防空力量已抵近到了黑水周边山头？"

贾参谋长摇摇头："这山路崎岖，根本不可能有共军的大股防空队伍，只是一小股力量而已。而目前处于高寒时期，人在那上面待不了几个时辰。"

傅伯庸："你是说共军掌握了空投的确切时间？"

贾参谋长点点头。

"谁会把情报传递给共军？"傅伯庸歇斯底里。

贾参谋长："我这就去找叶桦队长，要他严查！"

傅司令："限令他必须挖出共党眼线。"

小武站在一个斜坡上，目睹了这一切，快步回到利源分行。他看到四下无人，兴奋地低声对李禾："一架被揍了下来，一架慌乱逃跑，把个傅伯庸的嘴都气歪了，蒋匪如丧考妣！"

李禾兴奋道："太好了！对了，你去后面跟张瑶说说，让她多做两道菜，咱们得庆贺庆贺！"

小武高兴地："好勒！"兴冲冲地朝后院走去。

傅伯庸气急败坏地回到家，司令太太奔了上来："伯庸，听说空投物资的飞机被打下来了？"

傅伯庸沮丧地点点头。

司令太太担忧地："要是这以后台湾的物资进不来，我看共军不攻咱们都会自破。"

司令小姨子苏娟从里屋走了出来："是呀，姐夫如何是好？"

傅伯庸把帽子从头上抓下，坐了下来："我不也为这事着急吗？"

"当初你就不该来这里建立什么反攻基地，你看那些到台湾的高官还有他们的家属，凭什么就照样吃香的喝辣的，我们却在这里受苦？"司令太太埋怨

道。

傅司令吼道："别说了，我他妈够烦的了！"

司令太太伤心地哭了起来："你就知道对我吼，对那姓蒋的你却屁都不敢放一个！"

傅伯庸站了起来，往外走去。

苏娟："姐夫，你去哪？"

"找个耳根清净的地方！"傅伯庸气冲冲地离去。

追 查 泄 密

台湾蒋介石士林官邸，环境清幽，三面环山。

蒋介石身着长衫坐在院中，一旁的石桌上摆放着一杯绿茶。蒋经国和毛人凤匆匆走来。

蒋经国："父亲！毛局长来了。"

蒋介石抬头看着紧跟而来的毛人凤。

毛人凤一个立正，头往下一点："校长，今天对黑水的空投失败。"

"嗯！以前不是都很顺利的吗？"蒋介石盯着毛人凤。

"共军事前知道了此次空投的准确时间，在飞机进入黑水地区的山头设伏，用高射机枪击落一架，一架空投失利返回！"

蒋介石威严地："你告诉我，共军是怎么知道的！电报被他们破译了？"

"电报是新启用的，而且是加密的。"毛人凤弓着腰。

"那就是黑水那边渗透进了共军的特工，你给傅伯庸去电，要他严密追查。"蒋介石用浓厚的浙江奉化口音说。

毛人凤："是！"

黑水傅伯庸司令部办公室。

傅伯庸对叶桦："老头子发火了，说我们内部有共军特工，你去给我查出来。"

"司令，接触那份电文的人很少，按理说不应该出问题的。"叶桦道。

"侦讯室那边呢？"

"能正常接触的也就姚主任和那个叫吴强的收报员，不过，如是他们，要出事早该出了。"

"那非正常接触的呢？"傅伯庸看着叶桦。

"侦讯室那帮人都在我的视线范围内，从接到电报到空投时间应该没有机会传递。"

贾参谋长："不要低估了共军的特工人员，这方面我们国军吃的亏可不少。"

"你回去一个个给我排查，要是断了台湾的空投物资，你我都得喝西北风去。"傅伯庸向叶桦道。

叶桦回去后，立即带着侦缉队的人包围了侦讯室所在的院落。

姚廷轩正在机房查看各岗位的工作情况，吴强无意间从窗户中看到外面的一幕，惊讶道："你们看！"

大家涌到窗前看到外面荷枪实弹的侦缉队人员都很茫然，感到诧异。马亮警惕地看着事态的变化。

孙组长对姚廷轩："姚主任，这——"

姚廷轩看着叶桦和廖大奎气势汹汹地进到侦讯室。

姚廷轩走过去，愤怒道："叶队长，你这是干啥？"

叶桦："对不起姚主任，你们这里出现了共军特工。"

"共军特工！我们这里有共军特工？我们可在工作，你们没事一边去！"姚廷轩气愤地说道。

叶桦看着姚廷轩，从口袋里摸出一张指令，在他面前一晃："这可是傅司令的指令，谁敢违抗，就地正法！"

姚廷轩"哼"了一声要离开机房，被廖大奎拦住。

姚廷轩看着叶桦："你这是？"

"我话还没说完，我宣布从现在起，侦讯室的任何人不得擅自离开这个大院，每个人都必须接受调查。"叶桦看着姚廷轩，"对不起委屈你了！"

姚廷轩不屑地瞪了他一眼，回到自己的办公室。

叶桦走到每一个侦讯室人员的面前，挨个审视。孙组长不屑地看着他。

吴强告诉马亮："孙组长的舅舅是贾参谋长，没把姓叶的看在眼里。"

叶桦又挨个看过来，到了吴强身边。

叶桦："电报可是你接收的？"

吴强胆怯地："是，可我、我没有泄密。"

"那封电文还有谁见过？"

"我接到后就交给孙组长了。"

叶桦走到孙组长面前。

孙组长："按规定，我直接去姚主任办公室交给了他。"

叶桦拍了拍他的肩头："我会查出来的。"

叶桦把眼光掉向马亮，马亮挺直身子平视着他。

叶桦："你能告诉我点什么有意思的东西？"

"很遗憾长官，我让你失望了。"马亮平静道。

叶桦回转身对大伙："你们都不肯说是吧，不要紧，我会让你们开口的。"

侦缉处审讯室。

一个侦讯室的人被吊起拷打，发出痛苦的惨叫声。

叶桦在一旁："说，是不是你？"

那人哭丧着："不是我。"

"那你知道是谁干的？"

"我不知道，要知道就告诉你了！"

"你不说实话是吧。"叶桦给两个打手一挥手，两个持鞭的打手又开始抽打。

那人的惨叫声传到外面候审的侦讯室人员耳里，听者噤若寒蝉。

不一会廖大奎走来对孙组长道："轮到你了。"

孙组长："廖大奎，你是了解我的，我怎么会是共军特工呢？"

廖大奎将嘴贴到他耳根："可叶队长不这样认为，你放心有我呢！"

孙组长进了审讯室，看到被绑在柱子上，打得皮开肉绽的那人，冷冷对叶桦道："你也要对我动刑吗？"

"不要以为你是参谋长的外甥，我就不敢把你怎样？你要真是共军特工，我一样崩了你！"叶桦粗声道。

孙组长不恭地朝地下吐了一口痰："我倒要看看你有多大能耐。"

孙组长的话还没有说完，叶桦一个耳光扇到了他的脸上。

孙组长捂住被打疼的脸："你，你真敢打我！"

叶桦掏枪抵住他的下巴："要不是看在你舅舅的份上，就冲你刚才对我的不恭，就可以定你个共党罪，直接拉出去毙了！"

孙组长只得好汉不吃眼前亏："算你狠，不过我告诉你，我可不是你要找的共军特工。"

叶桦："是不是共军特工，过了堂就知道了，来人！"

两个打手上前逮住孙组长的手拖着就要按到老虎凳上去，廖大奎："慢！"上前对叶桦，"队长，打狗还得看主人，皮肉之苦就免了吧，要是他真是共军特工再动刑不迟。"

叶桦不满地看着廖大奎："你给他做保？"

廖大奎看了孙组长一眼："行！他要是共军特工，把我也一块杀了！"

叶桦一挥手，孙组长被带下去，不一会马亮被带了上来。

叶桦："你，刚到侦讯室不久，一定是共军特工！"

"叶队长看来是急红眼了，逮到谁都像共军特工。"马亮道，"我一没有接触到那份电文，二没有送情报的机会，那天不是突然病了还是你送我去就诊的吗，我还没来得及感谢你呢！"

傅伯庸和刘副官走了进来。

叶桦："司令，你怎么来了！"

傅伯庸："审共军特工这样的大案我当然要来了。"

"傅司令，我不是共军特工。"马亮叫道。

"你和叶队长的对话我都听见了，那你怀疑你们当中谁是共军特工。"傅伯庸道。

"每个人都有可能，但又都不可能。"

傅伯庸："哦！此话怎讲？"

"在我们党国内部出现的共军特工还少吗？不少还是高级别的。谁是共军特工我一点都不惊讶，包括司令和叶队长在内。"

叶桦恼怒："哼！"

傅伯庸："你继续说下去。"

马亮："我说的不可能，是接到空投的电报后，我们所有人员不得外出或都在叶队长监控的视线范围之内，根本没有传递的可能。"

"我也在考虑这个问题，可情报明明就泄露出去了，不是内部的人还有谁？"叶桦道。

马亮看着叶桦："我斗胆说一句，叶队长你能保证不是台湾方面出的问题吗？还有你能保证密电没有被共军破译？"

叶桦："台湾方面不是我们能怀疑的，密电码则是刚启用的。"

"台湾方面你不能怀疑就怀疑跟傅司令出生入死的弟兄。"马亮看了看绑在柱子上被打昏过去的人，"这样会让弟兄们寒心，今后还怎么与司令同心同德。还有你也太低估共军对密码的破译能力了。在正面战场上，我们的密电被共军破译而损失惨重，这样的例子还少吗？"

傅伯庸听了马亮的话，思量了一番，觉得也有几分道理，于是道："你回去吧！"

"谢谢司令！"马亮走了出去。

叶桦："司令，这就放过他们了？"

"如真有共军特工，能被你这样问出来？"

叶桦不吭声。

傅伯庸："参谋长已在向我要人了，他的侄儿你也抓，我可不想搞得孤家寡人，最后成了光杆司令。"

"司令说咋办？"叶桦看着他。

"你就不能暗中调查，要多动点脑子！"

夜晚，在利源分行后院客厅。李禾接收完电报，兴奋地对在座的康斌、张瑶、钟俊才、小武道："因为我们提供的情报，台湾空投失败，师部表扬了我们。"

"马亮应该记头功。"小武道。

李禾："是呀，他机智地拿到情报，又不惜自残送出。"

张瑶："我今天去他们的营房前叫卖，他还在我手中买走了洋火，看来对他们的审查结束了。"

康斌："据我的经验，这是改变了调查策略，内紧外松，暗中调查。"

"对！"李禾对张瑶，"你要马亮千万别大意，敌人不会轻易就放过去。"

张瑶点点头。

孙组长和廖大奎在一个小酒馆里喝着酒。桌上一盘牛肉，几个小炒，一瓶白酒。一盏煤油灯亮着幽幽的光。

孙组长给廖大奎倒了一杯："今天我可得谢谢你，要不然就被叶桦那小儿上了老虎凳。"

廖大奎喝下了那杯酒："他这是立功心切，也不看看孙组长是什么人，怎么会是共军特工呢，真是！"

孙组长："你敬我一尺，我回你一丈，我可给我叔叔说了，要他想法提拔你！"

廖大奎高兴地拿过酒瓶，自倒了一杯，端起来："那敢情好！这杯酒算我敬你叔叔的。"

孙组长也端起面前的酒杯，与廖大奎碰了杯，各自一饮而尽。

叶桦在侦缉队里来回不安地走着，身影投在墙壁上像鬼魅一般。他在想到底是谁把情报泄露出去的。他想到了那天马亮先是要外出去买牙膏和香皂，他不同意后，突然生病送到利源分行李老板那里治疗。是偶然的巧合，还是精心的策划。他的直觉告诉他马亮事出蹊跷，问题很可能就出在他身上。可情报他是怎么得到的，他并没有机会看到那份电文；又是怎么送出的，去利源分行的整个过程都在他的全程监控之中。

叶桦决定以情报为诱饵，抓捕潜伏的共军特工。

马亮他们似乎恢复了正常，这天马亮正在一台电台前抄录来电。那台专门接收台湾来电的电台又亮了红灯发出嗡鸣声。吴强开始收报，孙组长走了过去。吴强收完后孙组长接过编写的一组组数码，离开侦讯室，朝姚廷轩办公室走去。

马亮起身走到吴强跟前，掏出一包烟，递过一根："来，休息一下！"吴强接过，马亮又抽出一根自己用嘴含上。划燃一根洋火与吴强和自己点上。

马亮："怎么，台湾又来了电报？"

"可不！"

"不会又是空投的事吧？"

"这可说不准。"

马亮回到自己座位上，拉开抽屉将面上的电文纸藏到抽屉深处的书本下，叫道："糟糕！"

吴强："你怎么了？"

马亮："我的电文纸没有了，你借我几张行吗？"

吴强从自己的电文薄上撕下几张走到马亮跟前递给他。

马亮接过："谢谢！"

马亮在吴强转身往回走中，将上面那张电文纸撕下迅速揣进了口袋。这一切被在另一栋楼房，二楼上用望远镜监视的叶桦看在了眼里。

叶桦放下望远镜："果然是他！"

廖大奎："我立即带人去把他抓起来！"

叶桦摇摇头："只知道了消息的来源，可他把消息传递给谁我们还不知道，先不动他，待他接头时再动手不迟。"

廖大奎点点头。

马亮回到自己的屋里，拉开抽屉拿出一支铅笔，掏出那张电文纸涂抹起来，很快显示了接收电文的号码，他又从床板下摸出密码本破译起来。显示出的电文是：明日18时，接收空投物资。

马亮不知这是叶桦设的一个局，他将带回的那张电文纸烧掉，想怎么才能送出这份情报。这时营房外面传来张瑶的吆喝声："香烟洋火！"

马亮想了想写了一张小纸条：明日18时敌机空投。然后将小纸条夹在纸币里。

另栋楼监视的叶桦，指着营房外叫卖的张瑶对廖大奎："那叫卖的人你看见了吗？"

廖大奎点点头："是利源分行的。"

叶桦："我怀疑她是来跟马亮接头拿情报的。"

廖大奎："哦——"

"你带几个弟兄在她周围秘密布控，通知岗哨准许马亮外出，一旦与她接头就实施抓捕，然后直扑利源分行把所有的人给我带回来。"

廖大奎："是！"匆匆离开。

叶桦又拿起望远镜观察，不一会马亮的房门开了，马亮走了出来，他四下望了一下朝营房外走去。

马亮走到营房门口，对岗哨说："我出去一下。"

岗哨拉起横杆让他出了门。马亮朝张瑶方向走去，边走边想，今天外出怎么这么顺利，以前有绝密行动前他们都是被严格禁止外出的。

藏在暗处的廖大奎，窥视着马亮走向用马驮着货物叫卖的张瑶处，对身后的几个手下："准备行动！"

几个手下提着短枪点点头。

走着的马亮越想越觉得不对头，无意间回望了一下营房内，看到一栋楼房的二楼窗口有一个人影一闪，直感告诉他那人是叶桦。他知道自己暴露被跟踪了，此时他已来到张瑶的流动摊前不远。

张瑶看到他："老总，买香烟吗？"

马亮毅然决定放弃跟张瑶接头，冲她摇摇头。

张瑶："老总，照顾点生意吧！"

马亮不耐烦地："去、去……"边说边走了过去。

张瑶感到诧异，意识到有什么情况发生。马亮加快了步子朝前快步走着，廖大奎带人手持短枪跟了过来。

张瑶意识到出事了，将驮物的马横上去："老总，买点什么吧！"

廖大奎把马一推，马背上的货物散落一地。

张瑶上前拉住廖大奎："不买也用不着这么凶，你赔我的货！"

廖大奎推开她，用枪指着："再嚷嚷我毙了你！"

前面的马亮回头见状奔跑起来，廖大奎高喊道："站住，我开枪了！"

马亮继续跑着，后面响起了枪声，他掏枪还击，朝一个山岗跑去。

廖大奎带人追了上去，一阵枪战马亮撂倒了几名追击人员，跑向山地。

廖大奎等人举枪射击，马亮腿部被击中，他拖着受伤的腿没跑出多远便跑不动了。他躲到一棵大树后还击，击毙了扑上来的两名追击人员。马亮再举枪射击，枪膛里没有了子弹。

敌人一窝蜂围了上去，马亮赤手与他们搏斗，被廖大奎一枪柄砸中了头部，倒了下去。敌人用脚狠狠地踢他，最后遍体鳞伤的他被敌人抓了起来。

张瑶看着廖大奎的两个手下把受伤的马亮架着从自己身边走过，带回了营房。张瑶非常难过，连忙收了货摊往回赶去。

壮 烈 牺 牲

傍晚，张瑶急急地回到了商铺。李禾正在接待两个顾客。

李禾看到她着急的样子，知道发生了不好的事情，用征询的目光看着她。

张瑶颔了颔头，示意有紧急情况汇报，朝后院走去。

李禾对柜台外整理商品的小武道："小武，你来接待一下。"

"唉！"小武领会地回到柜台内。

李禾去到后院，进到客厅反手把门关上。

先进屋的张瑶迫不及待地对李禾道："老李，出事了，马亮被捕了！"

李禾大吃一惊，看着张瑶。

张瑶："就发生在我的眼前，我们正要接头，他好像发现了什么放弃了，在逃走时受伤被侦缉队抓住了。"

李禾："情况紧急，我这就去找康斌他们商量对策。"

张瑶点点头。

李禾开门朝外走去。

李禾来到了郊外康斌他们的驻地，与康斌和钟俊才紧急商量对策。

康斌："马亮被捕，我看咱们得做好撤离的准备。"

钟俊才："你怕他受不了酷刑，把咱们供出来。"

"没有几人能过得了上老虎凳和灌辣椒水。"康斌道。

"一旦撤离，我们将前功尽弃。"李禾道，"从马亮上次不惜自残送出情

58

报看，我相信他能经受住考验。不过你俩和其他队员暂时不要到店铺里来。"

康斌和钟俊才点点头。

李禾对康斌："你去会会那个姚廷轩，打探消息，争取营救！"

康斌点点头。

好味道酒馆坐落在县城的十字路口。

这天中午，来往的行人不少，一个店小二在门口招揽生意。

在酒馆的二楼包间，桌上摆着几盘菜和一壶酒。康斌立在窗户后，注视着楼下的街面。他看到身穿西装的姚廷轩从远处走来，在酒馆门前停下了步子。

店小二看见："这位官爷，里面请！"

姚廷轩朝两边看了一下，跨进了酒馆。

不一会外面传来上楼的脚步声，姚廷轩在店小二的引领下来到了康斌所在的包间，推门走了进来。

康斌对店小二："你去吧！"

店小二退了出去，随后把门关上。

康斌："请！"

姚廷轩在凳子上坐了下来，康斌给他把酒斟上。

"你找我是为马亮之事吧？"姚廷轩道。

康斌点点头。

"你把他推荐给我，你可知道他是共军的特工？"

"他是谁我不想知道，他是我的拜把兄弟，我不得不管！"

"你想救他？"

康斌点点头。

姚廷轩压低声音："他犯的是重案，连台湾的毛人凤局长都在过问，由叶桦亲自在审，根本没有释放的可能。"

"他被关在什么地方？"

"侦缉处审讯室，重兵把守。"

"他目前的情况？"

"倒是条汉子，老虎凳辣椒水都用了，他硬是没有开口。"

康斌心情很是难过。

姚廷轩一仰脖，将面前的一杯酒喝了下去："康兄，你可把我害苦了，他是我安排到侦讯室的，要是说出什么对我不利的话，我可要受连累了。"

康斌拍了拍他的肩膀："放心，他不会乱说的。你给我盯着点，我要想法救他出来。"

侦缉处审讯室，坐在老虎凳上的马亮遍体鳞伤。他的衣服几乎都被鞭子抽成了一条一条，血迹斑斑，脸上脖子上也是一道道血痕。一旁立着几个打手，炉子上的火烧得旺旺的，几把烙铁在火炉上烧着。

一个打手拿了烧红的烙铁走了过来，叶桦接过烙铁杵在马亮的胸膛上，立即冒出青烟，空气中弥漫着皮烧焦的味道，马亮一声惨叫。

叶桦收了烙铁："说，谁是你的联络人？你们的联络点在哪里？"

马亮声音很微弱："我、我不知道你在说什么？"

"进了这里的人，不说实话没有一个人走得出去。"叶桦吼道。

叶桦又举起了烙铁："我再问你一遍，说还是不说？"

马亮看了看拿到胸前烧得红彤彤的烙铁，脸上露出恐惧的神色，向叶桦动了动指头，示意他靠近。

"这就对了，早说了就免受皮肉之苦。"叶桦靠近了他跟前。

马亮蠕动了一下嘴，发出微弱的声音。叶桦听不见，又将右耳朵贴近他的嘴巴。

马亮一下趁起身，一口咬住了他的耳朵，死死不松口。叶桦痛得像猪一样惨叫，拼命挣扎，耳朵竟被马亮咬了下来。马亮吐掉咬下的耳朵哈哈大笑。

叶桦恼羞成怒，掏出手枪连发数枪，打在马亮的身上，马亮光荣牺牲。

康斌匆匆走进利源分行店铺。

李禾："客官，你想买点什么？"

"有适合我做衣服的蓝布没有？"

"刚到了一批，颜色深浅都有，不过还没上柜，要看随我去库房。"

"好的。"

康斌随李禾进了后院。

康斌迫不及待地对李禾："姚廷轩说马亮昨晚牺牲了！咬下叶桦一只耳朵，被他打死了。"

李禾一拳砸在院子中间的那棵树上，沉痛道："他是经受住考验的战士，我们要除掉叶桦替他报仇！"

康斌点点头："叶桦非常狡猾，行踪不定，随时身边都有几个随从人员。"

李禾想了想："他的侦缉处不是住在南郊城外吗，我们就设法把他调出来。"

康斌看着李禾。

李禾在他的耳边说了自己的想法。

康斌点点头，于是分头行动起来。

除 掉 顽 敌

　　这天黄昏，康斌和小武来到叶桦的侦缉处外的一块高地上观察，发现门外有岗哨，门内有暗哨。

　　康斌给小武递了个眼色。

　　背着一个挎包的小武来到不远处一棵架着电话线的树下，从挎包里拿出一部话机，逮住一个线卡爬到树上电话线的位置。他用嘴含住线卡，摸出小刀剥了一截电话线的外皮，然后将线卡夹在电话线上，向下面的康斌点了点头。

　　康斌摇动了电话机的把柄。

　　叶桦右边的耳朵包着，和副队长张嘹、执行组长廖大奎在屋里说话。

　　廖大奎："队长，挖出了共军在侦讯室的特工，听说毛局长给了你嘉奖！"

　　"可惜没有能顺藤摸瓜挖出他的上线，害得老子还丢了只耳朵。"

　　张嘹："廖组长行事过于鲁莽，要不是急于求成，也许已将共军特工一网打尽。"

　　廖大奎不满地："哼，还一网打尽呢！要不是我和弟兄们拼命追赶，那叫马亮的早他妈跑得没踪影了！一个虾子也捞不着。"

　　叶桦："好了，事已至此都别说了！"

　　这时一旁的电话铃响了，叶桦走过去接听。话筒传来一个声音："叶队长吗？我是司令部。"

　　叶桦："我是！"

　　树下的康斌："台湾有新任务，傅司令叫你立即前来参加会议。"

电话那端叶桦："是现在吗？"

康斌用不容置疑的口气："是的！"

叶桦放下电话，走回座位。

廖大奎："是司令部来的？"

叶桦点点头："说台湾有新任务，让我立即去开会。"

张嘹："上午你不是见了傅司令吗？这突然通知开会……"

叶桦想想张嘹说得有道理，点了点头，返身走到电话机旁，摇了手柄："司令部吗！我是叶桦，请傅司令接电话。"

傅伯庸办公室，刘副官一手捂着话筒，对桌旁的傅伯庸："司令，是叶队长来的。"

傅伯庸起身走了过去："喂，是叶队长吗？"

叶桦办公室，叶桦："刚才接司令部通知……喂、喂……"电话里突然没有了声音。

此时树上的小武正一只手握住割断的电话线头。树下听着话筒的康斌给他竖了个拇指。

傅伯庸放下了电话，不满地："这个叶桦！"

叶桦办公室，张嘹："怎么了？"

叶桦又摇了电话手柄，仍然没有声音："电话怎么突然断了？"

廖大奎："不会出了什么事吧？"

"也许风刮断了电话线，这样，你多带几个弟兄跟我一块过去。"叶桦对廖大奎道。

廖大奎："行，我这就去安排！"说罢走了出去。

叶桦在十几个手下的簇拥下，骑马出了院子。

高处监视的康斌："带这么多人，他还是闻出了点什么。撤！"康斌和小武顺着山坡撤走了。

从叶桦的侦缉处进城，要经过一段狭窄的道路，一面是陡峭的山壁，一面

是湍急的河流，只容得下一匹马通过。

李禾埋伏在河对面的灌木丛中，持着一杆狙击步枪。在远处的高地上站着观察的钟俊才，只见他把戴在头上的毡帽取了下来，李禾知道目标出现了。他把枪在土埂上架好，做好了射击准备。

不一会儿叶桦和十几名手下来到了河对岸，因路窄他们放慢了马速，叶桦走在中间。李禾狙击步枪枪口的十字准星瞄准了马上的叶桦，随着他的行进而移动。

骑马走在叶桦后面的廖大奎："队长，你说天就快黑了，傅司令召集开会有啥要事？"

叶桦："谁他妈知道，既然是要事也就顾不得天黑不天黑了。"

"也太巧了！"

"你说什么？"

"接到开会通知，你跟傅司令通电话，怎么突然就断线了呢？"

叶桦回头看着后面的廖大奎："你怀疑这里面有诈？"

"别忘了，前几天共军一个特工刚死在我们手上。"

经廖大奎这一提醒，叶桦如梦初醒："糟了，一定是共军特工设的圈套！快……"他的撤字还没出口，这边李禾的枪口准星已经固定在了他的脑袋上，扣动了扳机。"叭"一声闷响子弹射出了枪膛，高速旋转地朝对岸呼啸而去，空气如水一般泛起微微波动。"砰"子弹击中了叶桦的太阳穴，穿过大脑皮层，从另一端飞闪而出，带着一丝绯红色的血。他一个倒栽葱从马上跌落，滚到了湍急的河流中，瞬间被冲得无影无踪。

突然的变故令廖大奎和其他手下不知所措，慌乱地从马上滚下来趴在地上。

李禾和钟俊才见得手，悄然而退。

傅伯庸和太太以及小姨子苏娟在家中用餐。

苏娟放下碗筷不想吃饭，司令太太关心地问道："你这快生孩子的人了，不多吃点怎么行？"

苏娟抱怨道："这饭也太难吃了。"

司令太太看着傅伯庸："这空投物资啥时能到呀！"

傅伯庸："这不挖出了共军潜伏在侦讯室的特工，台湾的空投很快会恢复。"

这时刘副官带着廖大奎急匆匆地来到他们跟前。

傅伯庸诧异地看着廖大奎："你来干什么？"

廖大奎沮丧道："傅司令，叶桦被人打死了！"

傅伯庸震惊："啊！什么时候？"

司令太太和苏娟也感到非常惊恐。

廖大奎："就在刚才，接到司令部的电话说是司令您召集开会，在来的途中……"

傅伯庸"霍"地站了起来："上礼拜叶桦枪杀了共军特工马亮，今日被杀，一定是共军特工复仇所为。"

司令太太："共军特工如此厉害，伯庸……"

"是呀，姐夫，你可得小心！"苏娟道。

傅伯庸："不必忧虑，我会加派人手保护。"

康斌和姚廷轩在好味道酒馆二楼包间喝酒，姚廷轩一杯酒下肚悄声问："叶桦死了，你可知道？"

康斌也喝完杯中酒，放下酒杯点点头："罪有应得！"

姚廷轩试探地看着他："你们干的！"

康斌为他们倒上酒："谁干的不重要，只是他作孽太多。"

"你实话告诉我，究竟为谁做事？"

康斌看了看他："你真想知道？"

姚廷轩把嘴伸了过来，压低声音："你现在是共军的人？"

康斌未置可否地看着他。

姚廷轩把枪拔了出来，指着康斌："你果真是共军的人？"

康斌把他的枪管拨到一边："看你紧张的，我若是共军的人，你不是已在为共军服务吗？"

"我那是受了你的蒙蔽！"

"古话说识时务者为俊杰，退守黑水的这些残匪都是兔子的尾巴，你难道还看不出来？"

"我愿与党国共存亡！"

康斌威严地："糊涂！杀日寇我康某不比你差。你我当年一腔热血要报效国家，可国民党为什么会吃败仗，你想过没有？"

"我军将领贪生怕死，投共叛党的不少！"

康斌摇摇头："我也是最近才明白，共产党得民心，古人云得民心者得天下。"

姚廷轩看着他。

康斌："你我的家乡已经解放实行了土地改革，你家也分得了土地。"

"你说的这是真的。"姚廷轩怀疑地看着他。

"我能骗你吗？"

姚廷轩沉默了。

"现在你处于十字路口，何去何从你可要想好了。"

姚廷轩额头出了汗："你容我好好想想！"

康斌："现在侦缉队由谁负责？"

姚廷轩："本来应该由副队长张嘹接替队长职务，结果贾参谋长提议让执行组长廖大奎当了队长。"

康斌："廖大奎？"

姚廷轩点点头："不知怎么的，他攀上了贾参谋长这棵大树。"

康斌为姚廷轩端起酒杯递到他手中，自己也端起面前的酒杯："来，干了！"

他们各自饮了杯中酒。

别 动 小 组

台湾保密局办公大楼。

一位身穿中校军官制服的年轻女军官赵紫蝶，走在走廊中。一张桌前坐着的副官见她来了起身："去吧，局长在等候你！"

赵紫蝶走到一扇门前，响亮地："报告！"

屋内传来局长毛人凤的声音："进来！"

赵紫蝶正了正衣襟走了进去。

伫立在落地窗前的毛人凤回转身高兴地："我们的保密局之花美国受训归来了。"

赵紫蝶走上前，敬了一个军礼："赵紫蝶前来报到！"

"好、好！"毛人凤走回座位上坐下，对赵紫蝶："坐下说！"

赵紫蝶在他对面坐了下来。

毛人凤严肃地："我们的陆上台湾黑水地区，近来渗透进了一股共军的特工，空运物资的飞机被他们窃取情报，致使空投物资失败。侦缉队的叶桦也为党国殉职。"

赵紫蝶："我的任务是？"

毛人凤："蒋委员长非常看重这块反攻大陆的基地，我们的美国朋友中情局，称它是插入中国腹地的一把匕首。"

赵紫蝶看着他。

"我要你带领一个特别行动小组，进入黑水地区，破获这支共军特工。"

赵紫蝶站了起来："是！"

毛人凤也站了起来："这是一次艰难的任务，是你为党国效力的时候！"

赵紫蝶："局长放心，誓死报效党国！"

毛人凤点点头，表示赞许："像你的父亲，他也是我们军统的元老了，可惜早些年在上海死于共党之手。"

夜色下的停机坪上，二十多名经过精心挑选的保密局特别行动小组成员身着便衣，携带精良武器，走上了一架运输机。

一旁的赵紫蝶向前来送行的毛人凤敬了军礼，转身紧跑几步登上了运输机。

飞机发动了，很快腾空而起朝大陆飞去，消失在茫茫夜空中。

毛人凤身旁的副官："局长，为什么不给傅伯庸发电报，告诉他空投人员之事。"

毛人凤："这是赵紫蝶的主意。谁能保证电报不会被共军破译？她带着我的亲笔信去见傅伯庸。"

飞机在高空飞行，气流的原因机身颠簸有些摇晃。

这些即将空降黑水的保密局特务分坐在飞机的两边。

赵紫蝶摸出身上的怀表看了看："飞机进入了大陆腹地，还有 20 分钟就到达黑水上空，大家做好跳伞准备。"

一个有点胖的人对身边一人道："你说，我们还能活着回来吗？"

那人："鬼才知道！"

"别说话！"赵紫蝶严厉道，"大家听好了，在黑水县城的西南面 10 公里处的山地中，有一片茂密的树林，我们将在那里建立我们的据点。"

胖子："赵组长，我们不住县城呀！"

赵紫蝶："我们此次秘密潜入黑水地区，对付的是共军的特工，他们在暗处，我们也必须在暗处，螳螂捕蝉黄雀在后的故事你们都知道吧？"

没有人回应。

赵紫蝶："我可告诉你们，谁要是不听指挥，背叛党国，姑奶奶我就地正法！"

飞机进入了黑水地区上空，开始下降高度。

飞机上的播音器传来飞行员的声音："飞机已到达空降地点上空。"

赵紫蝶拉开机舱门，一声令下："挨着给我往下跳！"

副组长高平带头跳下了飞机，随后一顶顶白色降落伞飘在夜空中。保密局特别行动小组的队员落地后，纷纷将降落伞用土埋了或藏匿起来，然后朝指定的集合地点摸去。

在树林中赵紫蝶他们开辟出一块空地，搭建起几顶帐篷，成了他们的临时处所。安顿下来后，他们立即像狗一样到处嗅着，一有目标便穷凶极恶地进行追杀。

李禾手下的一名特工人员，戴着一顶破草帽，穿着一身破衣裳，用锄头挑着个柳条筐，装着捡牛粪，抵近侦察一守卫山头的驻军，随后离开。被两个头戴礼帽，黑衣黑裤的特别行动小组的队员挡住了路，其中一个中年人，个头较高；另一个年轻点，身材矮一些。他们剑拔弩张，平端着手枪。

特工人员："你们要干啥？"

高平从一侧走过来："干什么的？"

特工人员示意了一下装着牛粪的柳条框："我干啥的，还用问！"

高平："一个捡牛粪的，能在营房外呆那么久，我看你分明就是共军特工。"

"我不明白你说啥！"特工人员说完要离开。

"我给你找个能让你明白的地方！"高平对两个手下，"把他给我带走！"

两人上前要抓特工人员，特工人员推开他们就跑。两手下举枪射击，特工人员被击中，倒在了血泊之中。

一名特工嘴里含着一根烟在郊区的路上走着，迎面走来一胖一瘦两人。擦肩而过之时，胖子站了下来，摸出一根烟："老乡接个火。"

特工将嘴上的烟递了过去，对方点燃后，将烟还给他。他伸手要接，对方突然掏出手枪："你是什么人？"

特工："来这里经商的生意人。"

那人抓住他的手，看着他的食指："你这分明是扣动扳机的手。"

特工一拳朝那人的面门打去，那人一闪，特工拔枪在手正要射击，瘦子抢先朝他开枪射击，击中了他的胸膛。他捂着胸回身举枪，高个人又猛烈射出几发子弹，打在他的身上。他扣动了扳机，但子弹射向了一边，他一头倒在了地上，也牺牲了。

夜色降临。

利源分行会客厅的小桌上燃着一盏煤油灯。李禾和康斌、钟俊才围在桌前坐着，张瑶在屋另一边接收着电报。

李禾："近期我们两名同志牺牲，对敌斗争出现了新的情况。咱们分析分析原因，好作出下一步的行动计划。"

康斌："我们两名特工牺牲，我感觉不对劲，这些都不像是侦缉队的那帮人干的。"

李禾点点头："对我们的工作方法很了解，出手也狠，像是经过专门的训练。"

"看来我们遇到对手了。"钟俊才道。

接收完电报的张瑶走过来："师部来电，说据可靠情报，台湾所派保密局特别行动小组空降我黑水地区，专门针对我们的特工小分队。"

李禾："与我们的分析是一致的，通知下去大家要格外警惕。"

钟才俊："我们的策反和侦察任务还进行吗？"

"工作不能停，但活动要更加谨慎。"李禾道。

张瑶："师部还说台湾很快会再次空投，要我们想法掌握准确空投时间。"

李禾对康斌："我看还得从那个姚廷轩身上入手。"

康斌点点头："我再去找机会跟他接触。"

李禾："你也问问他，知不知道台湾派来保密局特务之事。"

康斌："好的！"

为避开台湾保密局特别行动小组和侦缉队的耳目，康斌和姚廷轩的见面约在怡红院。

夜晚，怡红院灯红酒绿。

西装革履的康斌走了进去，老鸨迎上："这位先生喜欢啥样的姑娘？"

康斌："我是来找人的。"

老鸨："来这里的男人都是找人的，你有相好的？"

康斌掏出两个银元给老鸨："一位姓姚的先生。"

老鸨看了他一眼："你是姚先生的朋友？"

康斌点点头。

老鸨："你怎么不早说，他在二楼最靠东的那间屋里。"

康斌径直上了楼走到最靠东的屋前，抬手有节奏地敲了敲门。

门开了，露出姚廷轩的脸，康斌走了进去，姚廷轩把门重新关上。

康斌和姚廷轩坐下。

姚廷轩："你约我见面有啥事？"

康斌："上次你说好好想想，想好了吗？"

姚廷轩："不会是为了台湾空投的事？"

康斌指着他："算你聪明！"

"想要我做什么？"

"提供台湾空投的准确时间！"

"你们的那个马亮不是为这被捕死了吗？再说了，一旦恢复空投，说明气数未尽，这鹿死谁手……"

71

"你可想好了，别后悔。"康斌拍了拍他的肩，"你真还指望蒋介石能反攻大陆？"

"美军不是正在朝鲜战场作战吗？"

康斌蔑视一笑："指望美军更是南柯一梦，实话告诉你吧，美军目前已陷入朝鲜战场的泥潭，很快就会被赶回三八线。"

"可我不想当第二个马亮！"

"这个你放心，总部在得到情报的同时，会让人从台湾发出电文，干扰他们的判断，让他们折腾去。"

"我给你们做了这，算是立功吧？"姚廷轩看着康斌。

"当然，我以前跟你一样也是跟着老蒋跑，现在算是清醒过来了。你不会对我也信不过吧？"

姚廷轩想了想，这才下了决心："好，我答应你们！"

康斌："算你还算识识务……对了，你知道台湾有空投保密局特务的事吗？"

姚廷轩摇摇头："怎么，台湾有派保密局特务过来？"

康斌点点头："有一个特别行动小组空投到了这里，看来是想在暗地里活动，你得格外小心！"

姚廷轩有些胆怯："啊——"

康斌又拍了拍他的肩膀："别害怕，没啥了不起的！早晚会收拾掉他们。"说罢起身出了房间。

再 挫 空 投

这天下午姚廷轩在办公室翻阅文件，孙组长拿着公文夹走了进来："姚主任，台湾来电。"

姚廷轩抬起头，孙组长从公文夹中取出电文递过去。

姚廷轩接过一看，翻译的电文："今晚9时空投，三堆火为号。"

"去吧，我马上去司令部。"姚廷轩支走了孙组长，拉开抽屉拿出纸笔，在一张字条上将电文内容写了下来。

一辆吉普车从侦讯室开出，姚廷轩坐在副驾驶位。

车经过大门口不远张瑶摆设的流动摊点，姚廷轩叫道："停车！"

车停了下来，姚廷轩对张瑶："拿包烟！"

"好的，老总。"张瑶拿了包哈德门走到姚廷轩跟前，递给他。

姚廷轩递了纸币给她，对司机："开车！"

吉普载着姚廷轩朝司令部开去。

张瑶连忙收了摊，牵马往回走去。

张瑶回到利源分行，在后院的客厅里将纸条交给了李禾。

李禾看后道："敌人看来狡猾了！"

张瑶："咋了？"

"敌人的空投时间在今晚9时，这份情报就是发给了师部，派高射部队山头阻击也来不及了！"李禾道。

"那咋办？"张瑶着急起来。

李禾在屋里来回走动着。

"这电报发还是不发呀，老李！"

"电报当然要发，不过我有了个新的想法。"李禾停了下来。

"快说说！"

"敌机不是晚上空投，以三堆火为号吗？我们就想法让其落到我们指定的地点去。"

"能行？"张瑶问。

"只要今晚9时在我们指定的地点升上三堆火，然后想法不要蒋匪升火就成。"

"这主意倒不错！"

"给师部的电报我来发，你立即去告诉康斌他们，在20里以外黑水河的上游找个地点，夜里9点升上三堆火，拿到空降物资后，运往山里藏匿起来。我和小武想法阻止蒋匪点火，还有你让当地的地下组织配合我们行动。"

"我这就去！"张瑶往外便走。

傍晚，傅伯庸官邸。司令太太和参谋长太太，与人在屋里打着麻将。

参谋长太太摸到一张和牌，推倒了面前的牌："我和了！"

司令太太满不高兴地把面前的两个筹码丢了过去。

洗牌后又开始码牌打牌，另一位太太也和了。司令太太脸有愠怒："今天的手气真背！"

傅伯庸走了进来，满脸喜悦地："哟，打牌呢！"

一旁观牌的苏娟："姐夫回来了！"

傅伯庸对她道："你去跟厨房说，搞几个好菜。"

苏娟："好的！"

司令太太看了他一眼，抱怨道："人家输牌呢，你不知高兴啥？"

"今晚台湾的空运物资就会到来，你们说该不该庆贺庆贺！"傅伯庸道。

参谋长太太高兴地："就说我今天手气不错，原来是有好事呢！"

傅伯庸对牌桌上的人，"你们一会儿也不要走了，都在这里吃饭。"转身对刘副官，"你去请贾参谋长一块过来，就说他太太在这里。吃了饭大家一块去看空投。"

刘副官："是！"

张瑶给康斌传话后，在一处民房里和地下党负责人吴祖德见了面，汇报了李禾他们的行动和想法。

吴祖德："好的，我这就去安排人员，配合他们晚上的行动。"

张瑶点点头。

吴祖德："那个李禾你们以表兄妹相称，他对你咋样？"

张瑶："挺好的！"

吴祖德："他们来到这里人生地不熟，可要多帮助一些。"

张瑶点点头："我这就去了！"

吴祖德点点头。

晚上，夜空中没有厚云层，星星在远天闪烁。

一队蒋匪在一处较为平缓的山坡上，架起了三堆柴火。傅伯庸和贾参谋长穿着大衣，在警卫人员的簇拥下和家属站在远处看着，新任侦缉队长的廖大奎站在他们身边。

傅伯庸："这下好了，挖出了共军在侦讯室里的特工，台湾的空运又恢复了。"

"是呀，我真担心，台湾要是再不空运物资过来，说不准那些士兵哪天就哗变了！"参谋长道。

康斌、钟俊才带着特工人员，赶着几辆马车朝黑水河上游而去。来到一个岔路口，康斌："吁——"勒住马的缰绳，停下了马车，指着左边一大片平缓地带，"我们就在那点火，接收空投物资。"

特工队员们从马车上搬下柴火，走到平缓地带，开始架设。

75

李禾和小武、张瑶与地下党的几位同志在一个山沟中碰了面。

吴祖德指着几个地下党同志背上的背桶："桶里都装满了水！"

李禾："很好，我们这就出发。"

他们在夜色中朝前摸去，来到了蒋匪接收地前观察。

李禾指着对小武："看见了吗，那是他们将点燃的三堆柴火。"

小武点点头。

李禾："一会我去把敌人引开，然后你掩护地下党的同志行动。"

小武点点头。

有蒋匪在外围巡逻，朝他们走来，他们连忙隐蔽了起来，待巡逻人员走远又才露出头来。

康斌他们已堆起了三堆柴火。

康斌看了看手表，对大家道："再过一刻钟点火。"

小孔："你说敌机会把空投物资丢到我们这里来？"

康斌："这是头的主意，你就等着瞧吧！"

郊外树林深处，保密局特别行动小组的几顶帐篷前，有人持枪在周围警戒。这里与外界隔绝非常地隐蔽。赵紫蝶在一顶帐篷里，简易的桌上点着一盏马灯，旁边铺着一张黑水地图。赵紫蝶显得有些焦灼不安，高平等几个手下站在一旁。

高平："组长，今晚不是就要恢复对黑水的空投了吗？应该高兴才是。"

赵紫蝶抬头扫视了一下周围的人："不可低估了共军特工的能量，"指了指地图上的一块地方，"据情报，傅伯庸选择在这里接收空投物资，走，我们去山头观察情况。"

赵紫蝶一行登上了离他们不远的一个山头，黑水城在他们的视野之中。

夜空中传来了飞机的轰鸣声，傅伯庸："来了！"对传令兵，"快去让他们点火！"

传令兵跑了过去："快点火，飞机来了！"他的话音还未落，一颗子弹飞来击中了他的胸部，一头栽到地上。

匪帮还没回过神来，蒙面的李禾朝傅伯庸和贾参谋长的位置边开枪边冲了过去。

贾参谋长大叫："有人行刺，快保护司令！"

廖大奎拔枪射击，点火处的不少匪帮也被吸引了过来，朝李禾射击。李禾边打边退，吸引了更多匪帮去追赶。

小武见时机成熟叫了声："行动！"蒙着面领头冲了出去，一飞镖甩出，插在一个拿着火把正要引燃柴火的匪帮喉上，那人还没来得及叫出声就倒地毙命。吴祖德和张瑶领着背水的地下党同志跑向三堆柴火处，将背桶里的水倒在三堆柴火上。

有匪帮回过神来，朝他们冲了过来。小武朝来者射击，掩护地下党同志撤退，很快便消失在山野里，整个行动前后不到两分钟时间。

有匪帮想要点燃柴火，淋湿的柴火怎么也点不燃。

傅伯庸气急败坏地跑过来，狠狠踢了那点火的人一脚："你他妈的还不快点！"

那人哭丧道："司令，柴火被淋湿了，点不燃！"

傅伯庸看到地下的背桶，气得哇哇直叫。

站在山头观察的赵紫蝶听到夜空中隐约传来的枪声，对高平道："你听到枪声了吗？"

高平听了一会："是在县城边沿，难道是共军特工去抢空投物资？"

赵紫蝶摇摇头："小股共军特工去抢物资无异于虎口夺食，他们是不会的。"

高平："那？"无意间他扭转头，手一指惊讶道，"组长，你看！"

赵紫蝶顺着他的手指看去，也惊住了，在视线左前方20多里处，燃起了三堆大火。

敌人的运输机此时飞临了黑水地区上空，副驾驶位置的飞行员，指了指前下方："在那！"

主驾驶员看到了燃起的三堆火，转动操纵杆，飞机朝三堆火上方飞去。到了头顶一按按钮，发出了空投信号。机舱里的人打开机舱门，将物资朝下推，落下的物资在半空中打开了降落伞，底部亮着红灯，朝下慢慢坠去。第一架飞机还没投完，第二架飞机又飞来投下了物资。

一名特工队员看着空投下来的物资高兴地："敌机果然把物资投到我们这里来了。"

康斌揶揄地："老蒋还是挺大方的，大家动作要快，降落伞就地埋了，物资给我搬上马车运往山里。"

傅伯庸看着飞机在远处投下物资，气得大骂："奶奶的，瞎了狗眼，往哪里投呢？"

贾参谋长："司令，一定是共军特工搞的鬼。"

傅伯庸这才回过神来，对廖大奎道："快，带着你的人马给我抢回来。"

廖大奎对手下大叫："快跟我来！"带着几十名侦缉队员，跑向一边的马群，跨上马朝黑水河上游奔驰而去。

山头上，高平："难道傅司令改变了空投地点？"

赵紫蝶思量了一下："不对，一定是共军特工所为！"

高平倒吸了口冷气："啊——"

赵紫蝶："快，集合队伍，绝不能让物资落入共军特工之手。"

康斌和钟俊才带领特工人员埋藏好降落伞，把物资搬上马车。

康斌借着月光看了下手表后对大伙大声喊道："敌人很快就会赶到，大家行动快一点。"

特工队员装好马车后，赶着往山里而去。他们前脚刚走，廖大奎的人马后脚就到。

廖大奎手下杜彪："队长，空投的物资应该就在这一带了。"

廖大奎对着手下："大家下马给我仔细搜。"

侦缉队的人四下搜寻，杜彪在远处大叫："队长！"

廖大奎高一脚低一脚地举着火把跑过去，杜彪指着的地方发现了燃烧后的柴火，还发现了地上的马粪。

廖大奎："他们没有跑远，快给我追！"

杜彪："队长，前面有两条道，一条顺河，一条通往山上，往哪条道追？"

"他们用的是马车，走山路跑不了多远，一定是沿着河边的大道跑了！"

副队长张嘹："应该是往山上去了！"

廖大奎没有理睬他："沿河道，给我追！"

廖大奎带着人马沿河道奔驰而去。

张嘹没有办法也只得跟了上去。

他们刚走出没有多远，赵紫蝶带人骑马赶到了。

高平看着远处打着火把的廖大奎队伍："他们往那边追去了！"

赵紫蝶骂了声："笨蛋！共军特工一定是朝山里去了。"

高平看着她。

赵紫蝶："共军特工要拿走空投物资，显然得用马车，沿河道虽然便于奔跑，但前方几十里一边是悬崖，一边是湍急的河流，没有回旋余地，跑不了十来里地便会被轻骑追上，他们不会想不到这，而进入山区回旋余地就大了。"

高平："那我们？"

赵紫蝶："往山道追击，这也是歼灭他们的最佳时机。"

高平大喊："大家跟我来。"一夹马带头朝山道追去。

康斌他们驾着马车，在弯曲的山道上跑着。康斌的耳朵里传来动静，他静耳听了片刻："敌人追来了！"

钟俊才："妈的，他们来得倒是蛮快的！"拔出腰间的手枪，"我来掩护你们！"

康斌："他们人数上占先，你挡不住他们，一旦粘上增援部队就会赶

来。"

钟俊才："那咋办？"

康斌："前面有片树林，你带人把马车上的货物藏匿起来，我带几人赶着空马车，把敌人引开。"

钟俊才："我去吧。"

在他们的下方已传来马蹄声，可看到火把的亮光。

康斌："时间紧迫不要再争执！"说话间转过一个弯道来到了树林前，康斌把马车停了，"大家快把车上的物资运到树林里藏起来。"

钟俊才和队员们纷纷以最快的速度将物资搬到了树林里，康斌点了几个将："你、你，还有你，跟我驾上马车把敌人引开。"

几个队员分别跳上马车，驾车朝前奔去，卸了货的马车速度明显加快了。

不一会赵紫蝶、高平他们追到了树林前。

赵紫蝶停住马："从时间和速度上看，他们应该在这附近，高平，你带人给我四下搜。"

高平："好嘞！"翻身下了马，指着藏匿物资的那片树林，"跟我去那边搜！"

树林里的钟俊才和队手中提着枪，注视着眼前的这帮敌人。

一个队员压低声音："他们一旦进入树林就会发现还未藏好的物资。"

钟俊才："他们靠近树林就给我打！"

队员们点头，握紧手中的枪。

康斌和几个队员驾着马车跑着，在一个垭口，一个队员回首朝下看，看到敌人的火把没有移动，对康斌道："敌人在那片树林前停了下来。"

康斌回头看了看，命令道："点燃火把赶路。"

那人道："敌人会不会以为我们故意引开他们。"

康斌："他们会以为我们是为了加速奔跑，不会置之不理。"

队员们点燃了火把，马车更快地朝前跑去。

赵紫蝶的一个手下指着远处往山上快速移动的火把大叫："他们在那！"

赵紫蝶抬头一看："快，不能让他们跑了。"拍马追去。

高平等人也连忙退了回去，上马追赶。

钟俊才这才松了口气："快！"

大家七手八脚地把物资放入一个深坑中，然后用土和树枝遮盖好。

赵紫蝶离康斌他们越来越近，高平喊："站住！"并朝他们开枪。

康斌丢掉了手中的火把，其余队员也把火把弃于光秃秃的山岭。

康斌他们举枪还击，一个赵紫蝶的手下一头栽了下来。

但赵紫蝶他们并没有放缓速度，而是继续朝他们冲来。

一个队员："来吧，老子跟你们拼了！"举枪射击。

追赶的敌人密集的子弹也射了上来，那个队员的胳膊受了伤。

康斌："我们不能跟他们硬拼，大家照着我的做。"

说话间康斌在悬崖前停住了马车，解开马套，将板车推到了悬崖下。

其他队员也照他的做了，然后他们骑着马朝前跑去。

马车的车体在悬崖下翻滚，在夜空中发出震耳的响声。

声音传到追赶的敌人耳里，高平："组长，这是什么声音？"

赵紫蝶："遭了，一定是共军特工眼看带着物资跑不掉，掀到悬崖下去了！快！"她快马加鞭。

待赵紫蝶他们追到悬崖前，已没有了康斌他们的影子，赵紫蝶他们举着火把看着黑黢黢的万丈深渊，陷入万分沮丧之中。

台北毛人凤官邸，客厅里一阵急促的电话铃响起。毛人凤从寝室披衣出来拿起电话，话筒里传来蒋经国的声音："是毛局长吗？"

毛人凤："我是！"

电话那端蒋经国凝重地："伯庸发来电报，空投的物资被共军特工拿到，还有飞回的两架飞机在福建上空被共军的高射炮击落。"

毛人凤惊出了一身汗："怎么会这样？"

电话那端蒋经国："显然共军还是掌握了空投的准确时间，你要迅速查明消息的走漏是黑水那边出的问题，还是台湾出的，一定要挖出潜伏在我们内部

81

的共军特工。"

毛人凤："是，经国主任！"

台北毛人凤办公室。

一人在向他报告："据电讯处反映，就在我们制定出空投计划不久，台北出现有发给大陆的异常电波。"

毛人凤："破译了吗？"

那人："使用的是极少出现的电波，一时还无法破译！"

毛人凤："要他们抓紧破译，还有你以保密局的名义给国防部去函，建议在没有彻底挖出共军特工之前，暂停空投物资。"

那人："是！"

毛人凤："还有，你给赵紫蝶发电，要她严查是否黑水方面消息走漏。"

赵紫蝶特别行动小组落脚点。

高平拿出一份电文走进赵紫蝶的帐篷："组长，毛局长来电！"

赵紫蝶接过电文扫了一遍，对身边几个人道："台湾空投失利，而返回的运输机也在福建上空被共军击落，毛局长要我们查明是不是这边出了问题。"

高平："据我了解，空投电报是由侦讯室的吴强收到电文后，由孙组长直接翻译交姚廷轩主任，由后者报傅司令。也就是说只有三人接触过电文。而翻译的密码是加密的，吴强不可能破译。"

赵紫蝶："你说孙组长和姚廷轩会是共军特工或是提供情报的人吗？"

高平："孙组长和姚主任都是积极反共的，特别是姚主任双手沾有共产党人的鲜血，我看问题多半是出在台湾。"

赵紫蝶："你的分析有道理，不过他们的嫌疑不能排除，要暗中对他们开展调查。"

高平："是！"

赵紫蝶："从这次共军特工的行为和整个事件来看，是里应外合，说明他们的情报往来是畅通的。从现在开始，加大对黑水地区电波的监控，捣毁共军电台，必要时我会去面见傅司令，要他封锁进出黑水的道路，彻底阻断共军特工与外界的联系。"

高平："这股共军特工，对我们建立陆上台湾的威胁实在太大！"

赵紫蝶："他们一定还有下一步的行动，你让组员们加大对重点部门重要人员的监视。"

侦讯室里吴强他们在议论。

吴强："台湾空投又出事了，我们又是被怀疑的对象啰！"

上次被叶桦拷打的那人心有余悸："不会又怀疑上我们吧？"

孙组长牢骚满腹："一出事，我们这里就成了首先怀疑的对象！"

被拷打过的人："我可再也受不了了。"

姚廷轩走了进来，人们闭住了嘴。

孙组长："姚主任，这次泄露空投的人抓住了吗？"

姚廷轩："大家不要紧张，如今国军的情报那是千疮百孔，是台湾方面出的问题也说不准。"

吴强："是呀，凭啥说是我们这边出的。"

桌上的电话铃响了，孙组长过去接听，听到里面的问话，看了姚廷轩一眼："姚主任呀，在的！好，我这就给他说！"

孙组长放下电话："姚主任，我舅舅让你去他那里？"

"贾参谋长！"姚廷轩心头一惊，"他说了找我什么事吗？"

孙组长摇摇头："他让你马上去！"

姚廷轩回身出了侦讯室。

吴强走到孙组长面前："参谋长找姚主任去，不会跟台湾空投泄密有关吧？"

孙组长："谁知道！"

一路上姚廷轩心里七上八下的，他在猜想参谋长找他会有什么事，难道自

己给共军提供情报的事败露了。如是那样侦缉队早就上门逮捕他了，如不是那又会是什么事呢。就在忐忑之中他赶到司令部，来到参谋长办公室："参谋长，你找我？"

贾参谋长："来，坐！"

姚廷轩在他面前坐了下来。

贾参谋长走过去关上门，然后回到自己的座位上。

姚廷轩："参谋长，你找我来，是关于台湾空投泄密的事吗？"

贾参谋长："那个马亮不是已被挖出了吗？这次泄密的事多半是台湾方面出的问题。"

"这就好，不然我那些手下又要受苦了。那参谋长叫我来？"

"你是我信得过的人，我有些私事想请你帮忙。"

姚廷轩看着他。

"我手上有一批药材，想运出去换成金条。"

姚廷轩不解地看着贾参谋长，不知他是何用意。

贾参谋长："事到如今我也就不瞒你，共军进攻在即，我可为党国尽忠，可我的家属不能不为她留些后路。"

"可我对生意一窍不通，也没有路子呀！"

贾参谋长："你是老四川人，认识的人多，总有些办法。"

姚廷轩摇摇头："现在出了黑水便是共产党的天下，这事可不好办。"

贾参谋长："明的当然不行，你就不能通过熟人暗地里交易。"

"可我困在这里出不去呀！"

贾参谋长："这我不管，总之，你得给我想想办法！"

姚廷轩看着参谋长："既然参谋长信得过我，我就试试！"

贾参谋长点点头。

小溪湍急的流着，李禾和姚廷轩站在溪边，望着远处的草甸。康斌站在离他们30米外的坡上监视着四周的动静。

李禾："敌人这批空投的药品和食物正是我们需要的，对你的这次表现，首长给予了高度肯定。"

姚廷轩："你是说你们的师首长知道了我。"

"不只是师首长，是西南军区首长。"

"军区首长也知道了我。"姚廷轩显然有些意外。

李禾："我们不会忘记给我们有过帮助的人，希望你彻底划清与蒋匪的界限。"

姚廷轩："请你们放心，我会洗心革面，多为你们工作。"

李禾转身看着他，给他伸出了手，他们的手握在了一起。

李禾："台湾这次空投失败，一定会加大台湾和这边内部的排查，你要格外小心，除平时跟康斌联系外，有紧急情况可来店铺找我。"

姚廷轩点点头："对了，我有一事汇报。"

李禾看着他。

姚廷轩："前几天贾参谋长找到我，想让我把他私下搜集的一批药材，想法运出山外换成金条。"

李禾："看来他是在想退路。"

姚廷轩点点头。

李禾想了想："也许这里面有可利用的东西，你可告诉他你在积极想办法。"

姚廷轩："好的！"

姚廷轩离开后，康斌走了过来："头，你说我们下一步的任务是什么？"

李禾："台湾空投补给暂时不会有了，但傅伯庸匪帮的弹药还是充足的，会给我们的解放大军构成威胁，一定要找到敌人军火库的位置。"

"你是想？"

"我们只要炸掉了敌人的军火库，彻底阻断了台湾的空投物资，就会打掉他们的嚣张气焰和心存的一丝幻想。对我们开展的分化瓦解敌军的工作将大为有利。"

康斌点点头："对了，那天我们拿到空投物资撤离时，侦缉队那帮家伙明明是顺河追的，可突然我们上山的道路上出现追击的便衣，差点就让他们得手。"

李禾："那些人一定是台湾空投的保密局特务！"

康斌："我也这样想，他们军纪严明，行动迅速诡秘，过去我们在暗处敌人在明处，现在他们来了个以暗对暗。"

李禾："这样一来给我们构成了不小的威胁，我们要想法摸清他们。"

康斌点点头。

炸 军 火 库

夕阳西下，余晖渐渐褪去。一缕缕轻纱般的薄雾在沟壑里悠然地浮动着。

假扮走村串户货郎的张瑶和小武，看到了旁边一条路延伸的尽头，有十几间房屋。外有铁丝网围着，还有岗亭和碉堡，有一个排的人在外线警戒。

张瑶："这地方怎么会有重兵把守？"

小武看了看："是不寻常，要不看看去？"

张瑶点点头，他们牵着驮着商品的马靠了上去。

外围的一个士兵看见他们，端枪在手："站住，干什么的？"

张瑶："我们是货郎，想进去看看，有没有老总们需要的。"

从旁边走来士兵排长，破口大骂："妈的，也不看看这是啥地方。快滚！"

张瑶和小武退到了一旁。

张瑶："你看见没有，里面好像是依山而建的仓库。"

小武点点头："会是堆放什么的？"

张瑶："设了两层岗哨，一定是重要物资。"

这时里面有两辆马车拉着满满的物资出来了，有一个班的士兵护送着。

张瑶看到两辆马车快到跟前，在身边的那马耳朵上狠狠一拧。马一受惊朝前奔跑起来，路窄前面过来的马车避让不开，受惊的马撞到了满拉着货物的头辆马车上，货物撒在了地上。

张瑶奔过去："对不起，马惊了！"

掉到地上的货物有一个箱子砸坏，装的子弹散到了地上。

押运的班长走过来："你他妈的，马怎么不看好？我看你们这是成心捣蛋。"

张瑶："不敢、不敢，这马胆子小，见到你们这阵仗，就受惊了！"

班长："箱子坏了咋说？"

张瑶："我赔、我赔！"摸出十几个银元递给班长。

班长接过银元，掂了掂："算你懂事！"对后面的几个士兵，指着地上的箱子，"把它们捡起来！"

不远处有两个赵紫蝶的手下看在眼里。

傍晚，树林深处特别行动小组的临时据点，赵紫蝶在帐篷里与那两个监视弹药库的手下谈着话。

赵紫蝶："说说你们监视弹药库的情况。"

一人："防守还是挺严密的，一般人不准靠近，今天有两个货郎想进去卖东西，都被赶走了。"

赵紫蝶警觉地："你说那里出现了货郎？"

那人："是的，他们的马还惊了，撞到一队拉弹药的马车上，结果一个子弹箱被撞到地上，子弹还散落一地。"

赵紫蝶皱了皱眉："有这事？"

另一人："我们亲眼所见。"

赵紫蝶在桌上的地图上看了下位置："弹药库是防备的重中之重，绝不能出半点问题。明天你们继续去给我盯死了。"

两人："是！"

而此时张瑶和小武回到商行也在将他们看到的情形报与李禾。

李禾分析："如此看来，那里正是我们要找的敌人的弹药库，必须清除它！"

张瑶："戒备很严，有两道岗哨，很难接近弹药库。"

小武："我们只有十几个人，根本无法冲进去。"

李禾想了想："你们刚才说就是那提弹药的匪帮，也得验证和盘查后方才能放进去。"

"是呀！"张瑶道。

小武也点点头。

李禾叫道："有了！"

第二天中午，有两辆马车行走在通往弹药库的道路上，两辆马车上分别坐着十来个穿国民党制服的匪帮。土路失修，坑坑洼洼，路况很差。他们走到一个坡地的弯道处，前面一辆装满草料的马车慢悠悠地走着，草料车体积大，高高垛起于车板的草捆从车厢板伸出，几乎占了两倍空间，土路不宽，找不到错车空间，堵住了去路。

领头的上尉军官在马车上骂道："快让道！"

前面赶车的人是化妆后戴了假胡须的李禾，他故意显得慌乱，左车轮陷入一条深辙，车一颠簸，拉的草料向一侧倾斜，竟翻到了地上。

上尉军官跳下马车，走上前："他妈的，怎么赶车的？老子毙了你！"

他的话音未落，李禾倏地掏出手枪抵住了他的脑袋。与此同时从山坡上跃下十几个手持长短枪的人，还没有等他们反应过来就缴了他们械。

他们被押到山上的一块洼地上，衣服被剥了下来，特工们换上他们的服装。李禾走到上尉军官面前："只要你们配合，不会伤及你们的生命。"

上尉军官胆怯地："我们听你们的。"

李禾："你们是去拉弹药的？"

上尉军官："是的。"

李禾："把你的手续和证件给我。"

上尉军官："这——"

李禾："怎么，它比你的命还值钱吗？"

上尉军官只得交出了证件和手续。

李禾接过检查了一遍："你和你的人在这里呆两个时辰就放你们走。"

于是这些被缴了械的匪帮被两名特工人员端枪看守着。

李禾和其他特工穿上国军服装，两辆马车由钟俊才和小孔赶着，大摇大摆地朝敌人的弹药库而去。

在外围暗中监控的两位赵紫蝶手下看着这队人马走了过去。

李禾他们来到岗哨前。一个哨兵拦住他们："干什么的？"

钟俊才："你他妈的看不出来我们是干啥的吗？"

哨兵走过来："证件！"

李禾走上前掏出证件和手续："我们是三支队的，奉命前来提取弹药。"

哨兵查看证件后，拉起横杆将他们放了进去。他们也顺利地通过了第二道岗哨。他们来到在山体中挖出的弹药库前，李禾把手续给管弹药库的一个姓侯的军需官看。

侯军需官在查看李禾递过的证件后，突然问："你们那里的副支队长认识吧？"

李禾："哦，你说的是马旺副支队长，他是我们的长官。"

军需官："我们是河南的老乡。"

李禾："老乡见老乡两眼泪汪汪，有空去我们那里玩玩。"

军需官把证件和手续退还给他："整天在这山沟里，哪能出去！"一挥手，"跟我来吧。"

军需官把他们带到军火库大门前，对守库的一点头，其中一人掏出钥匙打开了大门上的一把大铁锁。

李禾带的人走了进去，军需官按照单子上的清单点武器弹药给他们，然后由李禾带的人搬走。

康斌趁那军需官不注意，从怀里摸出一捆管状炸药，上面绑有一个定时器，放在了标有烈性炸药箱的背后。

李禾他们装好需要运走的弹药，李禾给那军需官打过招呼，领着人马往外走。

赵紫蝶的两名手下坐在地上装着歇脚，监视着弹药库的动静以及过往的行人。赵紫蝶围着一条花布围巾走了过来。

一人回头看见，起身："组长，你来了？"

赵紫蝶："今天有什么动静？"

那人："没发现异常，一队领弹药的人进去了。"

赵紫蝶往弹药库方向看去，李禾他们正朝外而来。

赵紫蝶："是他们吗？"

那人看了看："是的！"

赵紫蝶把围巾捂住自己的半张脸，扮着行路的人朝前走去。

李禾他们上了大道，他看到了迎面走来的赵紫蝶，发现她用眼在扫视着他们，当与他的视线对接时，射出一道探究的目光。随后与之擦身而过。

李禾他们走远后，赵紫蝶仍然看着他们。两名手下走了上来。

一人："组长，你怎么了？"

"刚才过去的那些人我总感到有什么地方不对劲。"

那人："我可没看出来。"对另一人，"你看出来了吗？"

另一人摇摇头。

赵紫蝶回想了一下他刚才看见的："你们没有发现他们的衣服极其不合身。"

那人："经组长一说，是有一些。"

赵紫蝶："很可能那是共军的特工，快去仓库！"她说完朝仓库跑去。

赵紫蝶跑到第一道岗哨前，要往里冲。

一哨兵把枪对着她："站住！"

赵紫蝶还要往里，岗哨拉动了枪栓："再往前一步我就开枪了！"

赵紫蝶只得站了下来，回身把证件掏出给哨兵看。哨兵看见上面写着保密局黑水地区特别行动组组长。

哨兵："在这等着，我去通报！"

那名手下从后面冲了上来，给了那哨兵一耳光："他妈的，误了大事毙了你！"

其他的哨兵见状都把枪对准了他们。那人还想发火，赵紫蝶制止了他，对那哨兵说："你通报吧！"

哨兵进到掩体中摇了电话："侯长官，有人要见你，说是保密局的，证件查了……好的！"

哨兵出了掩体，对赵紫蝶："进去吧！"

赵紫蝶他们快步朝里走。在第二道岗哨处，侯军需官迎了出来。

军需官看了看赵紫蝶："是你要找我？"

赵紫蝶把证件给他看了一眼："刚才有来提军火的！"

军需官："是，怎么了？"

赵紫蝶："很可能是共军的特工，他们去了哪里，快领我去！"

"啊——跟我来！"军需官领着赵紫蝶他们朝山洞的军火库跑去。刚跑到半路，只听得连环的爆炸声，山洞的大门被火光吞噬，冲击波把赵紫蝶掀翻在了地上。山洞随之开始垮塌，瞬间山洞的库房消失得无影无踪。

赵紫蝶垂头丧气地从地上爬起来。

那两名手下爬起来后战战兢兢地走到赵紫蝶面前。

赵紫蝶气急败坏地："还是没能阻止共军特工对弹药库的破坏！"

司令部里，傅伯庸得到弹药库被炸的消息，气得暴跳如雷，一巴掌拍在桌上，对前来报告的廖大奎："潜入黑水的共军特工，是我心腹大患，掘地三尺也要给我挖出来，统统剿灭！"

廖大奎："是！"转身而去。

贾参谋长神情沮丧："司令，台湾空投中断，这弹药库又被炸，雪上加霜呀！恐怕坚持不了多久就会自乱阵脚。"

傅伯庸不满地看了贾参谋长一眼："不可长他人志气，灭自己威风！"伸出手掌握成拳头，"只要抓住了共军特工，空投就会恢复，我黑水地区是一把插入共党腹地的尖刀，老头子不会坐视不管的。"

晚霞映红了西边的天际，高处的雪峰镀着一抹金色。

雪山下的草甸上，李禾他们的特工队员们开心地哈哈大笑。

李禾："我们成功地炸毁敌人的弹药库，值得庆贺！"

康斌高兴道："我们还免费得了两马车的弹药！"

钟俊才："傅伯庸一定肺都气炸了！"

"这将沉重打击和动摇匪帮的士气，不过敌人一定会疯狂报复，大家要多加警惕。"李禾道。

全 城 搜 捕

早晨，黑水城里扮着货郎的张瑶，牵了驮着货物的一匹白马，朝西门走去。马脖子上挂着的响铃发出叮叮当当的响声。

小武在铺面上用鸡毛掸子在打扫灰尘，机警地看着外面，这时没有顾客上门。

后院客厅，李禾在戴着耳机接收师部的电报，一边抄着电文。

西边的街头发生了骚乱，有人在奔跑。

张瑶不知发生了什么事，对跑过身边的一位男子道："老乡，怎么了？"

那男子道："那帮兵在挨家挨户地搜查，抓了不少人。"

张瑶思量了一下，朝前去看究竟。

走出不远便看见廖大奎带着一队人马立在街头，有两名侦缉队的人，将一位汉人从屋里抓出，其中一人腋下夹着台收音机。

那人将收音机向廖大奎展示："报告队长，在屋里发现的。"

廖大奎盯着那汉人："告诉我，这是什么？"

汉人苦笑道："不就一台收音机吗？我喜欢听戏。"

廖大奎："听戏？怕是收听共军传递的情报吧？"

汉人："老总，你说的我可不懂！"

廖大奎："有地方让你懂！"手一挥，"带走！"

上来两个手下把那汉人押走了。

侦缉队的人又往前搜查而去。

张瑶看在眼里，想到了正在收报的李禾，牵了马急急地返回利源分行。

小武看见张瑶跨了进来，疑惑地："张姐，你怎么回来了？"

张瑶："侦缉队的人在全城搜捕，就快来了，你要想法拖住他们。"说完匆匆朝后院奔去。

李禾接收完电文，正在用《红楼梦》翻译电文。门外响起有规律的急促的敲门声，他知道是张瑶，这时回来一定有急事，连忙起身开了门。

张瑶挤了进来，将门反手关上，面部有些紧张，急促地对他道："廖大奎带着侦缉队的人在挨家挨户搜查，凡有怀疑的就抓起来，很快会搜查到这里。"

"不要慌，沉着应对！"李禾快步返回去，把电台和未翻译完的电文装入皮箱，打开柜子把皮箱放到暗板后面的暗洞里，再将暗板装好。在张瑶的帮助下，将外面的瓶瓶罐罐重新放了进去。

这时外面的商铺传来小武的声音："这里可是利源分行，你们要干嘛！"

李禾和张瑶对视了一下，他连忙将柜子门关好出了客厅，朝前面的商铺走去。张瑶也跟了上去。

"老子在抓共党嫌疑！"廖大奎大大咧咧地带着几个持枪人要闯入后院。

小武伸手拦住他："我们可是正当生意人，你不能说搜查就搜查。"

廖大奎拔出手枪，另一只手推了小武一掌："你敢阻挡老子公干，先把你当共党嫌疑抓起来。"

李禾和张瑶从后院跨进了商铺，李禾："哟，这不是廖大队长吗？怎么今天有空光临，想买点什么？"

廖大奎："敝人今天是奉命追查共军特工！"

"哟，这可是大事，那廖大队长不去抓共党，却到我这店铺来……"李禾看着他道。

"李老板，共军特工就潜伏在这城里，每个人都可能是我要找的人。"廖大奎边说边四下打量。

"如此说来，你是没有目标想来个瞎猫撞死耗子。"李禾调侃道。

廖大奎脸胀红了："老子的眼睛亮着呢，我看你就像共军特工！"

一旁的小武怔了一下。

李禾哈哈一笑："廖大队长还真会开玩笑。"

张瑶走了过来："是呀，不过这玩笑可随便开不得，搞不好会掉脑袋的。"

廖大奎："李老板，你不介意我的人进行搜查吧！"

李禾："我当然介意了，谁愿意被当作你要抓的嫌疑人，你这样兴师动众，擅自闯入民宅，搞得怨声载道，就不怕惹怒了众人。"

"说的好！"随着话音贡布少爷走了进来。

廖大奎软中带硬："贡布少爷，我在执行公务。"

贡布怒视着廖大奎："你少拿执行公务要挟我，你们军中之事我自无权干涉，可你在我阿爸的管辖之地肆意抓人，搞得鸡犬不宁，我就不得不管！"

廖大奎："我今天就要挨家挨户搜查咋了？你家官寨只要我高兴也要去！"

贡布一声冷笑，拔出腰刀，将刀从刀鞘中抽出一半："那要看看它答不答应！"

廖大奎举手将枪对着贡布："我倒要看看是你的刀利还是我的枪快！"

贡布："你到门前去看看外面，再跟我比刀利还是枪快！"

廖大奎疑惑地走到门口往外一看，上百个土司的卫队人员举着长枪对着他手下的二十来人，他的手下垂头丧气地已被缴了械。

廖大奎回头对贡布："贡布少爷，你这是？"

贡布："我阿爸说过，商人是我们的朋友，李老板在此开商铺，替人治病，你却怀疑他，还要搜查，就是跟土司府过不去。"

李禾出来打圆场："误会，这是误会，廖大队长也是在执行公务。你们两家可不要伤了和气，贡布少爷，快让你的人收起枪来！"

贡布一挥手，护卫队的人放下端着的枪。

李禾又对廖大奎道："既然要搜你就搜吧，要不然还真怀疑我是共军特工呢！"

廖大奎双手抱拳："那就得罪了！"对手下，"里里外外给我仔细搜。"

那帮手下四处搜查起来，贡布冷冷地看着他们。

外面不远处乔装成普通百姓的高平看着这一切。

商铺搜了没有发现可疑的东西，廖大奎又来到后院，有搜查后院的手下报："报告队长，没有发现可疑物品。"

廖大奎径直进了客厅，李禾和张瑶跟了进去。

廖大奎四下打量着屋子，这看看那敲敲。他看到了桌上的那本作为密码本的《红楼梦》，拿起看着，然后翻开内页。

李禾和张瑶不经意地对视了一下，李禾暗自责怪自己的疏忽。

廖大奎抬头看着李禾："想不到做生意的李老板竟然对《红楼梦》感兴趣？"

李禾笑道："曹雪芹先生写这本书时可没说做生意的不能看，再说书里讲了不少治病的方子呢！"

廖大奎把书放了回去，又走到柜子跟前，回头看了看李禾，然后把柜子门打开，里面是些瓶瓶罐罐的杂物。

李禾走过去："是些不常用的物品。"

廖大奎并没有放过，捡出瓶瓶罐罐。

张瑶看到他誓不罢休，退了出去。

廖大奎检查完柜子里的东西后，用手开始敲四周的板壁。

李禾未免内心有些紧张。

廖大奎正要敲到后面暗洞的板壁，外面传来张瑶的怒吼："谁把我的玉镯搞坏了！我要宰了他！"随之传来厮打推搡的声音。

李禾："要出人命。"奔了出去。

廖大奎也赶忙出了屋。

张瑶一手拿着断成两截的玉镯，一手拿着藏刀刺向一个侦缉队员。

李禾："张瑶，住手！"冲过去抱住了她。

张瑶哭诉道："这是我妈生前留给我的，竟被他们打烂了！"

李禾对着跟出来的廖大奎："廖大队长，你不是说搜查共党嫌疑吗？竟破坏起财物了，我看是以搜查之名行破坏之实吧？"

廖大奎看了看他的手下："说！你们谁干的？"

他的手下你看我我看你，一人道："不是我！"

另一人也道："我不知道！"

"你们不承认是吧，那我就去找你们傅司令去，他得评评这个理！"张瑶不依不饶。

李禾："廖大队长不是说了吗，他们是执行公干，你不能让他下不了台是吧？"看了看廖大奎为难地，"你看这……"

廖大奎就坡下驴地向手下道："撤！"

廖大奎的人退出了利源分行，李禾送他们出了商铺。李禾对廖大奎："廖大队长你放心，我利源分行如果来了共党分子，一定向你禀报！"

廖大奎和手下灰溜溜地走了。

李禾对还在门口守护的贡布以手扶胸道："谢谢贡布少爷！"

贡布："没啥事就好。"贡布带着卫队也撤离了。

李禾回了商铺，远处观察的高平这才离去。

李禾回到后院，张瑶迎上："他们走了？"

"走了，多亏你反应及时，演了这出戏。"

张瑶看着自己手上的断玉镯，显得非常心疼。

李禾："谢谢你保护了电台，以后我送你一个。"

张瑶高兴地："你说话可得算数！"

李禾："当然！"

张瑶在他脸上亲了一下。

李禾胀红了脸："快别闹，师部来电说，要我们加紧开展对敌人的策反工作，我这就去找康斌和钟俊才他们商量。"

张瑶点点头。

弄 巧 成 拙

高平回到郊外的宿营地，赵紫蝶正坐在土埂上，手中拿着一把匕首在泥土地上无意识地插着。她心想：弹药库前出现货郎不久就被炸，货郎很值得怀疑，而这货郎十有八九是利源分行的。她知道商行和黑水的各阶层都有很紧密的联系，仅凭推理就抓人，会得不偿失。还有他们的电台监听到不明电波，说明共党的活动还是很活跃。

高平走到他跟前："组长！"

赵紫蝶抬起头："城里什么情况？"

"傅司令的手下侦缉队那帮家伙，在挨家挨户搜查共匪。"

"利源分行去了吗？"

"去了的，土司的公子贡布带着卫队前去保护，双方发生了不愉快，但没有搜查出什么结果。"

赵紫蝶不屑："就他们这样能搜到啥？简直一群废物！不过倒值得利用一下。"

高平："哦——"不解地看着赵紫蝶。

赵紫蝶起身突然将手中的匕首一划，高平的胳膊被划破，一股血冒了出来。

高平惊恐："你——"

赵紫蝶给他招了招手，要他靠近自己。

高平迟疑着不敢靠过去。

赵紫蝶威严地射出一道冷光，高平只得战战兢兢地凑了过去。

赵紫蝶给他耳语一番。

利源分行里没有一位买主，显得非常冷清。

商铺里的小武看了看街面，走近在柜台里站着的张瑶："侦缉队的人在到处抓人，街头都很少有人行走。"

张瑶："李禾走了几个时辰了，怎么还没回来？"

正说着高平手上带着伤跑了进来。

小武："哎、哎——你这是？"

张瑶看到他血染了的胳膊："老乡，你怎么了？"

高平回头看了看街面："我被侦缉队的人追杀，救救我！"

"他们为啥要追杀你？"张瑶道。

高平欲言又止。

"你是共产党？"小武试探道。

"事到如今，我也不瞒你们了。"高平道。

张瑶和小武对视了一下。

"跟我来吧！"张瑶对小武，"你把铺子关了。"

小武点点头，将商铺打烊，上了门板。

张瑶把高平领到后面的客厅，拿出酒精和绷带给他包扎伤口。

小武把门板上完后，闩上门往后院走去，门外响起敲门声。

"关门了，要买东西明天再来。"小武道。

门外响起李禾的声音："是我！"

在门外不远处的一间民房内，赵紫蝶和另一人观察着斜对面利源分行商铺的情况。他们身后是几个拿着枪，随时准备出击的别动队员。

旁边一人："那是商行的李老板。"

赵紫蝶嘴角浮起一丝冷笑："好戏就要登场。"

旁边那人："什么时候行动？"

赵紫蝶："再等一会儿！"

小武从里面把门打开了，对李禾："回来了！"

李禾走进商铺："怎么就把铺子关了？"

小武把门重新闩好："有个我们自己的同志被敌人追捕，受了伤，张瑶在给他包扎。"

李禾疑惑："自己的同志？"

"应该是其他活动小组的。"

李禾感到不对，快步朝后院走去。

张瑶包扎完高平的伤后道："好了！"

"谢谢你，同志！"高平握住张瑶的手。

张瑶刚想说什么，李禾跨了进来："这位老乡的话我们可不明白！"

"我是共党的地下工作者，"高平道，"谢谢这位女同志给我包扎。"

李禾心想对共党的称呼可不是党内的称谓，对他更起疑心。

李禾："我们不知什么共党不共党，行善是我们的为人之道，生意人不问政治。"

高平从口袋里摸出一支烟叼上，把脚跷到前面的矮凳上："你就不要瞒我了，我们都是同志。"

李禾看到高平的举止，断定这是一个冒充同志的敌人。

"你坐着我去给你倒杯水。"李禾走到一张桌前提了提茶瓶，"没水了，我去烧一些。"

李禾出了客厅，几步跨到铺面里，对小武低语。

小武脸上露出惊讶："你说是敌人的圈套？"

李禾挥手让他快去，小武开了门闩，溜了出去。

李禾将门闩好，换了瓶水回到客厅。这时店铺外传来一阵急促的砸门声，张瑶从客厅出来，急急朝外走去，还没有走到商铺，门便被强行砸开，赵紫蝶带着几个头戴礼帽，身穿西服的彪形大汉冲了进来。

张瑶上前阻挡："你们这是？"

一个大汉嗓门老高："刚才有没有一个人跑进来。"

张瑶："你说啥？"

"你们窝藏共党分子，给我搜。"赵紫蝶一挥手，带人闯进客厅，却被眼前的一幕惊呆了，高平被捆绑在椅子上。

赵紫蝶："把这里的人统统给我带走！"

张瑶："你们凭啥要带走我们？"

赵紫蝶："你们是共军的特工！"

李禾："你们才是！"指着高平，"他已被我捉住，你们是想救走同伙。"

赵紫蝶在李禾脸上扫视了一番，不由分说地："把他们全部给带走！"

李禾、张瑶和高平被他们带着刚走出商铺，只见廖大奎带着侦缉队的人，在小武的带路下，端着枪赶到了利源分行。

小武上前指着高平："他是共党！"

廖大奎手下的人围了上去。

"廖队长来得及时！"李禾指着赵紫蝶和那些别动队员，"他们是一伙的，冒充国军想救下他！"

廖大奎手下上前将他们团团围住。

高平："我们是大水冲了龙王庙，一家人不识一家人！"

李禾："廖队长，别听他的，他刚才分明说他是共产党呢！"

廖大奎给了高平一耳光："他妈的，谁跟你是一家人！"

高平捂住脸："你竟敢打我？"

廖大奎把手枪抵在他的脑袋上："老子还要一枪毙了你呢！"

高平这才老实下来。

廖大奎给李禾作了个揖："你没有食言，叫伙计报信抓共党，我会报告傅司令给你奖赏。"

李禾还礼："多谢廖大队长。"

廖大奎一挥手，他的三四十个侦缉队员把赵紫蝶一伙十来人押走了。

赵紫蝶气得咬牙切齿。

廖队长的侦缉队押着赵紫蝶和她的手下，回到司令部。

傅伯庸的办公室里，墙上悬挂着一面青天白日旗。

下面的椅子上坐着的傅伯庸，对侦讯室姚廷轩瞪着血红的眼睛："飞机误投物资被拿走，还有我的军火库被炸，都是共军特工所为，可廖大奎到现在还没有抓到共党，一群废物！"

姚廷轩："司令，你叫我来！"

"我要你给台湾去电，重新空投枪支弹药，发了吗？"

"发了的。"

"怎么说？"

"国防部回复，共党间谍未挖出之前暂缓空投。"

"妈的，这共党间谍能挖得完吗？这队伍每天要吃要喝，等挖出了才恢复空投，手下这帮人，早他妈不是饿死就是投共了！"

廖大奎在门外大声地："报告！"

傅伯庸："进来！"

廖大奎大步走了进来："司令，我抓到一伙共军特工。"

傅伯庸高兴地："哦！人呢？"

"领头的给司令带来了，"廖大奎冲门外喊："带进来！"

姚廷轩一惊，对傅伯庸："司令，我这就去了！"

傅伯庸："去吧！"

姚廷轩走到门口，遇到廖大奎的两个手下把赵紫蝶带进来，擦肩而过之时互相看了一眼。姚廷轩的心才放了下来，走了出去。

廖大奎两个手下把赵紫蝶往前一推，赵紫蝶站到了傅伯庸面前。

廖大奎给手下一挥手，让他们退了下去。

突然间赵紫蝶回身猛地给了廖大奎两个大嘴巴子，廖大奎拔枪对准了赵紫

蝶："你他妈的女共党，还敢给老子在这里撒野！"

赵紫蝶从身上摸出证件上前递给傅伯庸。

傅伯庸看后："你是台湾派来的？"

赵紫蝶点点头，看了看廖大奎："要不是你手下愚笨搅局，共军的特工组织就被我挖出了。"

"司令，别听她的！"廖大奎捂着脸道，"她才是共军特工呢，证件是她伪造的。"

傅伯庸盯着赵紫蝶："台湾来人我怎么没听说，来人，把她押下去审讯！"

那两个廖大奎的手下又奔了进来。

"慢！"赵紫蝶又拿出一张函："这是毛人凤局长的手谕。"

傅伯庸看后，埋怨道："既然是毛局长派来的，事先也不来个电报什么的，搞得一场误会。"

赵紫蝶："这样做一是为了保密，司令能说你这里就没有共党分子了？二是为了以暗对暗，对付共军的特工。"看了看廖大奎，"这倒好，经这位廖队长一闹，我这个秘密的保密局特别行动小组组长也只得公开身份了。"

傅司令看着赵紫蝶："好了，今晚我给你设宴款待。"对廖大奎，"你可得好好敬敬赵组长，给她赔罪哦！"

廖大奎心里恨得直痒痒。

红云垂布的黄昏，夕阳照在山野上，满山开着的野花在风中摇曳着。充溢着清新的泥土味道，鲜嫩的花朵上，有些还凝结着水珠。

张瑶和李禾在山道上漫步走着，不知不觉到了一个山谷。眼前出现一道飞瀑，瀑布从高处飞流直下，犹如一条白练坠入山涧，在底部形成一汪清澈的潭水。潭水周边赤橙黄绿秋意飘飘，好像季节还停留在饱满丰硕的秋色里。

在晚霞的映衬下，伫立在潭水边的张瑶长发迎风飘舞，李禾看着美丽的张瑶竟有些痴迷。

张瑶回身看着他："你怎么了？"

李禾这才回过神来："没、没什么！"

张瑶淡然一笑走过来，拉着李禾来到潭水旁的一块岩石上坐下。

张瑶用手轻轻摩挲着脚下一朵朵格桑梅朵："今天要不是你及时回来，后果还不知会怎么样？"

李禾："那女的看来不简单，她显然不属于廖大奎的人，也很可能不是傅伯庸的人。"

张瑶："会不会就是从台湾来的那批保密局的人。"

李禾思量："一定是他们，敌人离灭亡越近，会越疯狂，看来敌人盯上了利源分行。"

张瑶："不要看眼前敌人很疯狂，这是黎明前的黑暗。"

李禾点点头："黑水的天就要亮了！黑水解放了，你想做啥？"李禾看着张瑶。

"你看这里的山这里的水多美，我当然得参加到建设黑水的行列中去。"张瑶望着李禾，"你呢？"

"我得听组织的！"李禾道。

张瑶深情地："老李，你跟组织请求留下来，咱们一块建设这块土地，愿意吗？"

李禾微笑地点点头。

张瑶幸福地笑了。

张瑶看着那汪清澈的潭水，对李禾道："那潭水真好，我下去洗洗。你可不许偷看！"

"我，我去那边吧！"李禾指了指远处的一个山岗。

"不行，这荒郊野外的，我出了问题咋办？"

"那？"

"你转过身去把眼闭上。"张瑶撒娇道。

李禾只得照办。

"不许偷看哦！"张瑶说罢来到水潭边，脱了衣服，下到水里美美地洗起来。

李禾只得那样傻傻地站着，随后盘腿坐了下来。张瑶洗好后穿上衣服，悄悄走到李禾面前，长长的影子遮住了照在李禾脸上的夕阳。

李禾睁开眼睛："洗完了？"

张瑶愉快地点点头，在他额头上亲吻了一下，笑道："你真老实！"

李禾不由脸胀红了。

张瑶心里像着了火，她发现自己从心底里爱着眼前的李禾，心怦怦地跳了起来，脸上不由发热露出窘态。李禾看出了她的心思，感到身体上的骨骼都在爆裂，突然抱起了她，走进了不远处的一片树林。

李禾把张瑶放到了地上，他们紧紧地拥抱在一起，热烈地亲吻，在地上翻滚着。

张瑶感觉自己就要死了，就要死在他的怀里。这时李禾却将她放开了，仰躺在地上，抑制住自己的冲动。

"你怎么了？"张瑶坐起身不解地看着他。

李禾站起身，向张瑶伸出手去把她拉了起来。

张瑶虽心生不满，对他也更为敬重，他们朝山下走去。

西下的夕阳把他俩的剪影融进了金色的霞光中。山峰的另一侧云雾晦暗，仿佛暗示着他们今后人生存在的不确定变数。

夜晚，司令部的食堂燃着松明灯，傅伯庸设宴招待赵紫蝶，贾参谋长参加。司令太太和大着肚子的苏娟，以及参谋长太太也来作陪。

傅伯庸端起酒杯："早就听说过赵小姐的美貌与才华，不过百闻不如一见，保密局之花赵小姐名不虚传。此时前来黑水，对弟兄们是莫大的鼓舞，敝人深表敬意。"说完一口干了。

司令太太不满意了："哟，我听这话身上都起鸡皮疙瘩了！"转过脸跟她的妹妹嘀咕，"啥莫大鼓舞，还不是来监督的。"

赵紫蝶端起酒杯环视了一下大家："我来之前，毛局长交代，要与傅司令精诚团结，把黑水变成坚若磐石的陆上台湾，迎接蒋委员长反攻大陆时刻的到来。"

傅伯庸带头拍手欢迎，廖大奎不情愿地跟着拍手。他脸上被赵紫蝶打耳光后还火辣辣地痛，心里极其不痛快，但慑于傅司令的淫威也不好发作。对赵紫蝶也只是敷衍着，心里寻思你哪天落到了我的手上，我要让你知道我廖大奎也不是吃素的。

司令太太对她的话更是不以为然，嘴一撇把手中的杯子往桌上一放："说得好听！"

不知怎么的司令太太对赵紫蝶并不友好，宴席上冷一句热一句的夹枪带棍。赵紫蝶也只好装作没看见没听着，圆滑地应承过去。

苏娟突然捂住了肚子，一副很难受的样子。

司令太太："你怎么了？"

苏娟："肚子痛。"

司令太太："不会是要生了吧，我先带你回去休息。"

傅伯庸："刘副官！"

另一桌的刘副官跑过来："司令！"

傅司令："送我太太她们先回去！"

刘副官："是！"

翌日清晨，小武刚取下利源分行商铺的门板，刘副官带着一队士兵突然包围了利源分行。小武不知又发生了什么事，显得有些紧张。

刘副官问小武："你们李老板呢？"

小武："你找他有什么事？"

刘副官："少啰唆，快去叫！"

小武："唉——"跑了进去。

不一会李禾和张瑶随小武出来。

李禾："哟，刘副官你这是？"

刘副官走上前，对李禾："你跟我们走一趟。"

李禾："去哪儿？"

刘副官："跟我走就知道了！"

小武以为暴露了暗中要动手，李禾递眼色要他冷静。

李禾对刘副官："去干什么？"

刘副官："你懂医术，傅司令的小姨子难产，要你去帮助接生。"

原来虚惊一场，大家这才松了口气。

李禾："我只接生过一头牛，没接生过人。"

刘副官不容分辩："牛都能接生，人更没有问题。请——"

李禾没有办法，只得跟他们而去。到了傅司令的家，他听见里屋傅司令小姨子痛苦的叫声。

傅伯庸见他到了，对李禾："你可来了，快去吧！"

李禾："司令，我……"

傅伯庸："什么都不要说，我小姨子的命就掌握在你手中了。"

李禾只得硬着头皮进了里屋。屋里司令夫人和赵紫蝶都在场，接生人员满头是汗，对难产的胎儿束手无措，司令夫人非常着急。

李禾看到赵紫蝶，明白了她的身份，断定她就是台湾保密局派来的特务头子。

李禾接手接生婴儿，他以前学过医，虽没有接生过小孩，常识还是懂的。李禾在接生的过程中始终在赵紫蝶的监控之下。

李禾指挥赵紫蝶帮助递水、递毛巾什么的。尽管她不愿意还是只得去照做，恨得牙痒痒。

李禾对孕妇苏娟："已看见头部了，我喊一二三，你就使劲！"

李禾："一二三！"

苏娟一使劲，但小孩还是没有出来。

苏娟痛苦地："啊！啊……好痛！我、我不行了，保住孩子！"

司令夫人在一旁抹泪，赵紫蝶看着李禾。

李禾的额头也出了汗，汗水快掉进他的眼眶，赵紫蝶迟疑了一下，也用帕子揩了一下他的汗水。

李禾对苏娟："你想亲眼看见你的小孩吗？"

苏娟点点头，受到了激励。

李禾："好，别紧张，我们再来一次，放松一点！一二三！"

苏娟使出了吃奶的劲，小孩终于生了出来。婴儿的哭声，在抑郁的人群中格外刺耳。

司令夫人转悲为喜，赵紫蝶也长长出了口气。

李禾出外对傅伯庸说："司令，母子得以平安！"

傅伯庸高兴地站了起来："李老板，多亏了你，我会重重奖你大洋。"

"司令见外了，救人一命胜造七级浮屠。"

赵紫蝶走了出来："李老板不是生意人吗？哪有见钱不要的。"

"可今天司令不是以谈生意要我来这里的，是吧，傅司令？"

傅伯庸："当然、当然。李老板什么时候是生意人，什么时候是大夫分得清的。"

赵紫蝶话里有话："李老板可真是能干人，不知你还有没有我们不知道的身份？"

"这位小姐，你说这话我可不明白？你不会还认为我是共军特工吧？我倒要问你了，昨天你不是被廖大队长作为共党分子抓走了吗？今天却成了司令的座上宾，你是否还有其他身份？"

赵紫蝶噎住了："你——"

"李老板，那不是场误会嘛！"傅伯庸出来打圆场，"赵小姐也是职责所在，你就别往心里去。"

瓦 解 敌 人

城外特工人员驻地，门外有人放着暗哨。

屋里，几把高低不一的旧木凳子上，坐着的李禾、康斌、钟俊才和张瑶，他们在商议对敌瓦解之事。

康斌："按照对傅部军官甄别的情况，我接触了十多位，不少军官都有怨气，一个副支队长的家在山东，思乡心切，我准备作为重点突破。"

"我也接触了好几位，跟老康说的差不多，有两位低级军官家在成都郊区，在这里也是身在曹营心在汉。"钟俊才道。

李禾："目前的形势对我们很有利，但也要格外小心，对老蒋心存幻想的人也还大有人在。"

张瑶："我明天去驻扎在松坡岭的二支队，摸摸支队长龚明富的情况。"

李禾："你想做他的工作？"

张瑶点点头："我以前与他有过接触，发现他有厌倦情绪。"

李禾："可得多加小心，千万不要暴露你的身份。"

张瑶点点头："我知道了！"

鹰鸣秋空，马嘶荒坡。

匪帮驻扎在北边松坡岭的二支队，相对比较偏远。

用木头修建的营房内，二支队长龚明富焦愁地坐在火塘边，用火钳夹了块木炭点燃嘴上的一支香烟。

外面传来一阵吵闹声，他起身走到窗前望去。

对面搭建的伙食团里，十几个士兵围着炊事员，一人对着盛饭的木桶骂道："吃几天玉米糊了，老子要吃白面大米！"

炊事员："我手里就只有玉米面，要吃白面大米，等着台湾空投吧！"

另一士兵："空投个屁，见有飞机被打下，就不敢再飞了，他们命值钱，我们却在这里当炮灰。"

再有士兵道："再这样下去，老子不投共，也开小差了。"

龚明富快步走到门口，掏出手枪对天鸣了两枪，争吵的士兵才停了吵闹。

龚明富："你们嫌玉米糊是吧，那我请你们吃枪子！"

士兵这才乖乖盛了玉米糊走到一边。

一旁走来牵着白马，驮着货物的张瑶："龚支队长啥事发这么大的脾气？"

龚明富回身见是张瑶："哟，是张姑娘！"

张瑶："好了，别生气了，看我给你带什么来了？"她从货物中拿出一瓶泸州白酒。

龚明富喜出望外地走过去接了过来："好久没有喝过正宗白酒了，外面冷，走，去屋里。"

张瑶随龚明富进了屋，取下脖子上的围巾，在火塘边坐下："刚才到底怎么了？"

"咳，你也看到了，就不瞒你。"龚明富道，"空投中断，面粉和大米运不进来，顿顿吃玉米糊，也难怪士兵闹情绪！"

张瑶："听口音支队长是四川的？"

"是呀，郫县的！"龚明富叹了口气，"老婆孩子都在老家，还有七十多岁的老母，也不知他们现在咋样了？"

张瑶看着他道："我们商铺经常有人外出运货，要不我叫人帮你打听一下？"

龚明富眼里放出亮光："能行？"

"放心吧，多大一个事呀，也就是顺便的。"

龚明富："那感情好！"

晴朗的天空无声无息地暗淡下来，渐渐涌上了一阵灰色的雨云。几只山鹰从雨云下飞过，瞬间化着一只只天幕下飘摇的暗色，昭示着一场风雨即将来临。

李禾在商铺里忙碌着，天边传来雷声。他走到门边望着北边黑着的天："不好，要下大雨了。"

小武走过来："遭了，张瑶姐今天走得早，没有带雨具！"

"你看着店铺，我去接她。"李禾边说边从货架处拿出两件雨衣，奔出商铺。

李禾在马厩处牵了匹枣红马，翻身上马往北边而去。

张瑶骑着白马往城里赶来。头顶乌云密布很快就大雨从天而降，四处荒野没有躲处，她只得冒雨而行。

很快她全身就淋湿了，转过一个山坳时，马蹄一打滑前蹄跪了下去，张瑶从马背上摔了下来。张瑶再看那马，左蹄一瘸一拐的，她知道马已不能再骑，焦愁而无奈地看着前方。

这时，前面奔过来一匹马。马背上的人穿着雨衣，高喊："张瑶！"

待那人骑到跟前，张瑶看见是李禾。

"张瑶！"李禾翻身下马来到她身边。

张瑶兴奋和感动得热泪盈眶："你怎么来了？"

李禾拿出雨衣给她穿上："看你衣服都湿透了，出门勤带雨具你懂吗？"

张瑶感激地点点头："我的马蹄崴了不能骑！

李禾走过去看了看马蹄："上我的马！"

李禾跨了上去，伸手给张瑶。

张瑶把手伸给了他，被拉上马背，他们往回骑去。被崴蹄的白马，一瘸一拐地在后面跟着。

他们开始穿越一条峡谷。

李禾："峡谷遇雨易滑坡，我们得快速通过，拽紧我。"说着"驾"一声让马加速起来。枣红马听懂了主人的意思，一下加大了奔跑的速度，张瑶骑的那匹白马，也跛着跟了上来。

他们很快穿越了峡谷，在马疾奔当中，张瑶两手紧紧搂住了李禾的腰。

雨越来越大，李禾："雨太大，不安全，前面有个溶洞，我们得先进去躲躲，等雨停了再走。"

李禾和张瑶下马，各自牵马朝山洞走去。

溶洞很大，里面也比较宽阔，他们把马一同牵了进去。张瑶因衣服湿透浑身发冷，一连打了好几个喷嚏。

李禾在溶洞里捡了些枯枝，掏出打火机点燃，对张瑶："把你身上的湿衣服脱下烤烤。"

李禾走到洞口背对着里面。

张瑶冷得直颤，脱下了湿衣服，穿着背心短裤在火上烤着衣裤。

李禾一直站在洞口，看着外面的雨雾，直到张瑶喊道："我好了，你也来烤烤吧！"

他回过身去，看见张瑶已穿戴好。

李禾走了过去，在火堆前暖着自己的身子，情不自禁地看着张瑶。

张瑶迎着李禾的目光脸色泛红起来，她故意道："你看什么？"

李禾慌乱地避开眼神，张瑶却偷偷乐了。

"你去了龚明富的二支队，情况怎样？"李禾问道。

"果然军心涣散，他还请我们帮助打听他郫县老家妻儿老母。"

"很好，这对我们做策反工作很有利，我会及时安排。"

他们等到雨小了，才出了溶洞，继续往城里赶去。

因淋了大雨，回到城里的张瑶还是生病了，夜间发着高烧，人烧迷糊昏过

去了。李禾在她的屋里看着躺在床上的张瑶，用手摸了摸她的额头："好烫，这里没有了治感冒的草药，我得去挖些。"

一旁的小武："可这天都黑了，你上哪去挖？"

"我去后山，她烧得不轻，不及时治疗，会很危险。"

小武还想说什么，李禾："你看着她，我去去就回。"

"唉——"小武应承着，"夜晚上山你可得当心山路，下过雨会很滑的。"

李禾拍了拍他的肩膀，走了出去。

李禾提着马灯背了个小背篓来到山间，寻找治感冒发烧的草药，他高一脚低一脚的四处查看着。一不留神脚下一滑摔到了山坡上，人往下滑了一截路，幸好抓住一根藤条才止住了下滑。他爬起来捡起已熄灭的马灯，看看没有摔坏，重新点燃又继续往上攀去。他挖了些桂枝、炙甘草、麻黄等药材，后半夜才回到商铺。他配了药方，熬好中药，抱起昏迷中的张瑶，在小武的配合下用勺给张瑶喂了下去。

小武："吃了这药，张瑶姐会醒过来吗？"

"你去休息，我来照看她。"李禾道。

"还是我来吧。"

李禾不由分说："你去，明早还得开铺子呢！"

小武只得离去。

李禾把张瑶放到枕上，盖好被子，在她床边坐了下来。用爱怜和自责的目光看着仍昏睡的张瑶。

早上的阳光照进了屋子，张瑶从高烧中醒了过来，她睁开眼睛，窗外的鸟声传了进来。她一侧头看到李禾趴在床沿上睡着了，她动了动身子。

李禾惊醒过来，抬起头看到张瑶醒了很高兴："饿了吧，我给你熬些粥去。"

张瑶看到他额头上的划痕："你怎么了？"

"没啥！"李禾起身出了房间，进到厨房熬粥去了。

不一会小武走了进来，高兴道："张瑶姐，你终于醒了！"

张瑶："我睡了很久吗？"

小武："昨天晚上你昏迷以来，直到现在呢！可多亏了头。"

张瑶："李禾怎么了？"

小武："昨晚连夜上山挖来草药给你熬上，喂你喝了就一直坐着守候你到天亮。"

张瑶听了，心中一阵感动，脸上浮起了一丝笑意。

高平走进赵紫蝶在司令部的办公室："组长，听组员反映，不少军官受到不明身份人的约谈。"

赵紫蝶站起身走到窗前，凝视着外面的天空，回转身："这事你怎么看？"

"我看是共军的特工在策反我军将士！"高平道。

赵紫蝶："在这生死攸关的时刻，总有党国的叛徒，我们来这里的目的之一就是要替党国清除这些败类。"

"我们该怎样做？"

"对重点人物加强监控，对动摇者发现一个消灭一个。"

高平："是！"

在一个山坡的亭子里，一名特工人员在策反敌人的一个营长。

敌营长："我会得到你们的饶恕吗？"

特工人员："只要你起义投诚，人民会给你一条出路。"

敌营长："我听你们的。"

这时特工发现赵紫蝶带着别动队员围了上来，拔出手枪对敌营长说："你从后面的树林里走，我来掩护。"

敌营长跑到树林边回过头。

特工："你快走，记住今天咱们的谈话！"

敌营长点点头跑进了树林。

特工人员朝靠近的敌人射击，别动队员散开围了上来，特工人员撂翻一个敌人后，肩部中弹手枪掉到了一边，人倒了下去。

敌人朝他冲过去，特工朝掉到地上的枪爬去，终于他摸到了枪，举枪朝冲到前面的敌人射去，两名敌人中弹倒地。经过一阵激烈枪战，特工枪膛里的子弹打光了。

赵紫蝶大喊："给我捉活的！"

敌人靠了上来，将他围住。

特工取下弹夹，从衣兜里摸出最后的一发子弹压了上去，又将弹夹上到了手枪上。这发子弹是他留给自己的。

高平发现了他的企图，扑了上来想打掉他手中的枪，可他的枪响了，击中了自己的头部，英勇牺牲。

高平见没有抓住活口，气急败坏。赵紫蝶上来看到牺牲的特工，显得垂头丧气。

李禾和小武在商铺里忙着，一个肩头搭着褡裢，穿着布衣的男人走了进来。

小武迎上："客官要买些啥？"

那人："我从老家唐家湾来，家里有人得病，急着买些麝香回去。"

这是与师部约定的接头暗号，小武回头看了一下李禾。

李禾对来人道："对不起，只有鹿茸没有麝香，而且是往年的陈货。"

那人："行，我要十八两。"

暗号对上，李禾给他称了鹿茸，用纸包上捆扎好后递给他，他从怀里摸出一卷纸币递给李禾。

李禾收了钱："您慢走！"

那人拎着药包，走了出去。

不远处有两个赵紫蝶的手下在盯着对面的利源商铺，但没有发现异常。

李禾在柜台下悄悄打开卷着的纸币，里面裹着一封信，他将信揣入裤子口袋中，给小武示意了一下，朝后院走去。

李禾推门进了客厅，张瑶在缝补衣裳。

李禾走到她跟前，从身上摸出信："这是交通员送来的，二支队长龚明富的妻子写给他的。"

张瑶："他的家属找到了？"

李禾点点头："你要想法交到他手中，这样对他下决心投诚有帮助。"

张瑶接过："我明天就给他送去。"

李禾："你要加倍小心，保密局特务的嗅觉特别灵敏，我们的一个同志为掩护被策反人已经牺牲了。"

张瑶："我会的。"

第二天，张瑶以货郎的身份驮了商品来到二支队所在地。

那些士兵见她来了，买烟的买烟，买酒的买酒，不一会就将她所驮商品买光。

二支队长龚明富从屋里出来："你呀下次多带些货物来，如今没有了空投物资，这些当兵的就盼着你来呢！"

张瑶："现在进出趟山也不那么容易了，你们司令部那些盘查的侦缉队的人一不对头就不放行！人还要当共党分子抓起来。"

龚明富："他们这是守着司令部有糖吃，可就苦了我们这些兄弟。"

张瑶："龚支队长，上你屋讨口水喝行不？"

龚明富："看你说的，请！"

龚明富给她让开道，她进了屋。

龚明富亲自给她倒了热水，张瑶见四下无人，从身上摸出一封信，递给他："这是你媳妇给你的信。"

龚明富异常兴奋："你们找到她了？"

张瑶笑笑："干我们这行的走村串户，哪里不去，找人不难。"

龚明富试探地："这信？"

张瑶："放心吧，信的内容没人知道，我只是说一个朋友请帮忙打听。"

龚明富："这就好！"

张瑶喝了热水，手一抹嘴巴："我这就该回去了，晚了天就黑了。信看后想给媳妇说点什么，写好后我找人带出去。"

龚明富："感情好！"

龚明富在窗口看着张瑶牵马出了军营，下意识地看了看手中的信，连忙走到门口将门闩上，迫不及待地撕开信封抽出信纸打开。信是他媳妇亲笔写来的，信上写道：

明富：

　　得知你还活着，我和妈都很高兴，我们的孩子都满地跑得了，整天喊着要爸爸。国民党早已失败，你不要再做蒋介石反攻大陆的美梦了，弃暗投明才能给你自己给这个家一份希望。妈让我告诉你，识时务者为俊杰，不要一抹黑走到底，她还等着你给她养老送终呢！

　　切盼！

秀芬

龚明富看完信在屋里来回走着，思想上进行着激烈的斗争。

传 递 情 报

秋去冬来，大地笼罩在一片茫茫的白雪之中，这是入冬的第一场雪，彻骨的寒风夹着雪花肆虐着。

路上碎雪仍在飘，浅浅地覆盖着一层，踏上去沙沙作响。

通往黑水的最后一座山前的聂引村庄上。开拔来了一个团兵力的解放军队伍，独立师师部也靠前指挥在此驻扎，做着向黑水之敌发起攻击的态势。

当地群众在村口欢迎解放大军的到来，幺店子里的掌柜和伙计也站在人群里，看着开拔过来长长的解放军队伍面带惧色。

回到幺店子，伙计迫不及待地对掌柜道："五哥，这是解放军要攻打黑水了吗？"

掌柜："看这阵势，大战即将在春夏展开，我们要把这情况赶快报告给傅司令。"

司令部傅伯庸办公室，傅伯庸和赵紫蝶对坐着。

傅伯庸："我的眼线今天来电，说共军独立师推进到了山南一侧布防，而师部就驻扎在他所在的村庄，预计春夏会向我们发起进攻。"

赵紫蝶镇定道："决战的时刻就要到了，司令，我们不能被动防守，而应主动出击。"

傅伯庸看着她："你的意思？"

赵紫蝶："你的眼线不是说共军公安师的师部，就驻扎在山那边的村庄上

吗？"

傅伯庸："啊——"

赵紫蝶做了个奇袭的手势。

傅伯庸："你是说派出一支暗杀小组，袭击共军师部机关。"

赵紫蝶点点头："一旦偷袭成功，就会打乱共军的军事部署，提振我们的士气。"

傅伯庸赞许地点点头。

赵紫蝶："事关重大，得绝对保密，行动方案我来制定，到时你的侦缉队负责执行。"

傅伯庸点点头。

赵紫蝶起身要走，傅伯庸走过去："着什么急！"

赵紫蝶："怎么，司令还有事？"

"我们之间难道就没有其他可聊的？"傅伯庸看着她，"整天在这大山里呆着，还时刻得提防共军的进攻，多枯燥乏味。你这保密局之花到了这里，我心中的寂寞也少了许多。"

赵紫蝶斜视了一下傅伯庸："司令可是肩负党国重任之人，没有其他事我就告辞了。"说罢转身走到门口，开门走了出去。

傅伯庸看着她的背影鼻子里哼了一声。

夜色中的雪山，在月辉的映照下泛着莹莹的白光。

赵紫蝶的屋里没有燃灯，她在自己的住所穿着厚厚的棉布睡衣，双手抱于胸前，望着积雪的峰峦，思考着偷袭计划。

赵紫蝶心里想着此计划必须严密，一击而成功。成则提振士气，败则雪上加霜。

"叩叩"门外响起敲门声。

赵紫蝶回身，警觉地："谁？"

"是我！"是傅伯庸的声音。

赵紫蝶皱了皱眉头，走到门口，口气中带有不悦："司令，这么晚了有啥事？"

门外站着傅伯庸，刘副官在他后面离得很远。

傅伯庸："我想来听听你制定的计划完成得咋样了？"

门内的赵紫蝶道："还想着，制定好了我会交给司令的。"

"外面这么冷，你就不能让我进去说话？"

"对不起，我已睡下了！"赵紫蝶以不容置疑的口吻。

傅伯庸很没面子，但也没法只得理了理大衣愤然离去。

在利源分行李禾和张瑶接收到了师部已移师聂引村的电文，他们都非常高兴。

张瑶："看来总攻的时间就要到了！"

李禾："是呀，我们得加紧做好情报的收集和策反工作，多获取一份情报，多策反一个军官，解放黑水的战斗中，我们就会减少许多牺牲。"

张瑶点点头。

两天后赵紫蝶拿出了行动方案，来到傅伯庸办公室，将文本双手呈给他审阅："请司令过目。"

傅伯庸翻阅后把文本放在桌上，看着她。

赵紫蝶："司令有何指教？"

傅伯庸："这是一份非常大胆而且周密的行动方案，我不得不对赵小姐表示钦佩之至！"

"如此说来，司令同意了这个方案？"

傅伯庸对赵紫蝶献媚地："看来我们的赵组长不仅是保密局之花，而且这朵花是开在智慧之上的，可不是摆设的花瓶！"

赵紫蝶："原来我在司令心目中是只花瓶？"

"不、不！"傅伯庸极力辩白，"我可没这意思，我是说仅凭这一偷袭计

划，就比胡长官那些狗屁军师强百倍，不！强千倍！"

赵紫蝶："司令，不说这些没用的话了，接下来就看你的了！"

傅伯庸对外大声喊道："刘副官！"

"到！"刘副官应声走了进来。

"立即把廖大奎叫来！"

"是！"刘副官退了下去。

廖大奎穿着花格子的旧西服，手里拿着一顶毡帽，从傅伯庸的办公室领受任务出来，满脸怒容地快步走着。刚把毡帽戴在头上，一头撞在走过来的姚廷轩身上。

"廖队长，你这是怎么了？"姚廷轩道。

"找死！"

"你说谁呢？"

"对不起，不是说你！"

廖大奎要离开，姚廷轩想想追上去拉住他："走，找个地方喝酒。"

他们来到一个酒馆的僻静处坐下，这里暖意融融，姚廷轩要了几个下酒菜，他们喝起来。

廖大奎长吁短嘘。

姚廷轩："你今天怎么了，不会有什么事吧？"

"还不是那个什么台湾来的行动组长，你见过的。"

"她怎么了，你刚才说的找死是针对她的。"

"可不是，她制定了个斩首行动。"

"她要干啥？"

廖大奎将杯中酒一饮而尽："这是绝密？"

"既然是绝密，就别说，喝酒、喝酒！"姚廷轩又给他倒上。

廖大奎接连喝了几杯。

"我看自从那个姓赵的来后，你在傅司令那里就失宠了。司令对她可是言听计从。"姚廷轩抱不平地，"不就仗着是台湾来的，听说那天竟敢给你动手！"

"这个娘们，竟骑到我头上，明天要我的侦缉队去山外实施斩首行动。"

"好，今天算给你送行，等你为党国立功回来我再给你洗尘。"

"啥屁斩首行动，我看就是找死！能不能回来还难说。"廖大奎猛地喝下杯中的酒。

姚廷轩用探寻的目光盯着他。

廖大奎醉眼蒙眬："你知、知道斩首行动是啥？"

姚廷轩摇摇头："不知道！"

"就是，袭击共军的师首……首脑机关。"廖大奎酒喝得多舌头有些弹了。

姚廷轩一惊："你说的可真？"

廖大奎却趴在桌上睡着了。

姚廷轩摸出笔在一张小纸条上匆匆写了几个字，起身穿了外衣赶忙外出。他知道此情报非同小可，已等不到与康斌碰头时间，决定把情报直接交到利源分行李老板手中。

姚廷轩来到利源分行外面，左右看了一下，走了进去。

李禾见是姚廷轩，知道他前来一定有紧急事情："哟，是姚主任！"

姚廷轩："茶喝完了，我来买点。"

"好、你等会儿，我给你拿。"李禾从柜台里拿出一袋纸包的茶递给姚廷轩。

姚廷轩摸出一卷纸币递给李禾。

穿着军官服的赵紫蝶走了进来："姚主任，怎么是你？"

姚廷轩一惊，很快稳定下来："赵组长，你也来买东西？"

赵紫蝶走到跟前，一把将李禾刚接过的纸币夺了下来。

姚廷轩脸色都变了，李禾也愣了一下。

"敝人来此地，承蒙姚主任协助，还无以报答，这钱我来付。"赵紫蝶把钱还给了姚廷轩。

"赵组长这话见外了，都为党国做事哪用这样客气。"姚廷轩把钱又重新塞在了李禾手中，"钱就不用找了，赵小姐买的算在我头上。"

"好的！"李禾把钱收了起来。

"赵组长，公务在身我就先走了。"姚廷轩说着走了出去。

赵紫蝶疑惑地看着走出去的姚廷轩，直到李禾叫她："赵小姐、赵小姐！"她才回过身来。

李禾："你要买什么？"

赵紫蝶看了看店里的货："哦，对了！李老板，这里紫外线很强，有防晒霜吗？"

李禾遗憾地："还真对不起，店里没有了，下次一定给你进货。"

"这倒不必，我也就一说。"

"看你皮肤多白净，不保护好皮肤不行的。"

"那就以后再来。"赵紫蝶说着走了出去。

李禾来到后院客厅关好房门，打开手中姚廷轩给的纸币，看到了那张纸条，脸色大变。

一旁的张瑶："怎么了？"

"姚廷轩传来情报，明天黄昏敌人要偷袭师部！"

"啊——"张瑶惊讶！

李禾："这是敌人的一步险棋，不过非常凶险，得及时报告给师部！"

姚廷轩赶回了小酒馆，廖大奎还没醒来。姚廷轩把他摇醒："廖队长，咱们该走了！"

廖大奎仍半醒未醒，姚廷轩把他扶起往外走。

在路上，经冷风一吹廖大奎酒醒了一半，他抓住姚廷轩："姚主任，刚才我喝醉了？"

"没醉，就多喝了两口。"

"我没说什么吧？"

姚廷轩："你趴在桌上呼呼大睡，说啥呢！"

夜晚，万籁俱寂。在利源分行后院的客厅中，李禾在张瑶的配合下，从柜子夹板暗洞里取出发报机。李禾对张瑶："你去外面看着。"

张瑶点点头，去了外面商铺。

李禾安装好发报机后开始发报，发报机传出"嘀嘀嘀"的声音。

在一大院内，保密局特别行动小组的监测仪器监听到有人发报。自从赵紫蝶暴露了身份后，特别行动小组的大本营就搬到了县城里的这个大院内。

那人回头对一旁坐着的赵紫蝶："组长，发现共党电台。"

赵紫蝶从座位上弹了起来："什么位置？"

那人："在东城一带。"

赵紫蝶思量了一下，心想斩首行动计划刚出来，就有共党电台异动，一定与此计划有关，连忙对跟过来的高平："快带人跟我去搜！决不能让共军特工发出情报！"

赵紫蝶带着特别行动小组的人冲出了大院。

黑水县城不大，很快赵紫蝶他们就来到了东城。

赵紫蝶："给我挨家挨户搜！"

外面传来狗吠声，张瑶听见开门张望。夜色之中见赵紫蝶带着手下在四处搜查，往这边来了，连忙关了门闩上。朝后院跑去。

张瑶猛地推门进去："快，赵紫蝶带人来了。"

李禾连忙取下耳机，收好电台天线。商铺外面赵紫蝶的手下已在开始砸门了。

小武从后院跨进商铺："谁呀！"

高平："开门！"

小武应答："来了！"却迟迟不开。

门哐啷一声被砸开了，赵紫蝶冲了进来。

小武："你们——"

赵紫蝶推开他，朝后院奔去。

张瑶帮李禾将发报机藏入柜子里的暗洞中，摆放好那些瓶瓶罐罐。

赵紫蝶冲到了门口，使劲一推门走了进去。

李禾和张瑶正抱着亲嘴。

张瑶见他们进来："啊——"惊叫了一声。

赵紫蝶也显得颇为尴尬。

李禾："是赵小姐，你们——"

赵紫蝶扫视了一下屋内："对不起，李老板！"带人退了出去。

聂引村庄师部指挥所。师长和政委站在报务员旁边看着他接收电文。

报务员侧头对旁边的师长和政委："208信号中断。"

师长："检查一下是不是信号原因？"

报务员转动了一下旋钮，查看了天线："信号没问题。"

"看来是208发报遇到了困难。"政委道。

师长对报务员："不要离人，24小时接听。"

报务员："是！"

赵紫蝶带着手下搜查了城东片区，没有搜出他们要的电台。

高平跑过来："组长，没有搜到可疑电台。"

赵紫蝶对一个手下："这个片区你们给我重点监测！一出现发报信号，就给我冲进去抓人。"

那人："好的！"

利源分行后院，李禾把一张纸条递给小武："这里被赵紫蝶盯住了，你从墙头翻出去，让钟俊才连夜把这个情报送到聂引村庄的师部。"

小武接过纸条藏于鞋底。来到后墙根处，李禾蹲下，小武站在李禾的肩头，被举到墙头，翻了出去。

小武来到城郊特工小分队的院落前，敲了敲紧闭的大门，不一会门开了，露出康斌的头。

小武溜了进去，康斌把大门关上。

"有情况吗？"康斌问。

"头让我来找钟俊才，有紧急情报要送出去。"

"跟我来！"康斌领着他穿过院子，来到一屋前，"我去叫他。"

康斌进到屋里，钟俊才和不少小分队的人在这里。

康斌："钟俊才，你出来一下。"

钟俊才跟着康斌来到外面。小武说明来意，从鞋底把纸条给了他。

钟俊才接过纸条揣入怀里的口袋："我这就去。"

在保密局特别行动小组监测的那间办公室，赵紫蝶问高平："共军特工的电码破译了吗？"

高平："那是看似简单其实内涵很深的数字特别码，我觉得应该是共军新启用的高级特别码，凭我们目前掌握的资料和技术一时还很难破译它。"

赵紫蝶望着夜空，深深吸了口气："向毛局长报告，请求支援，尽快破译共军的密电码。"

"是！"高平一个立正。

赵紫蝶："还有你带人立马赶到垭口，在侦缉队得手之前严禁任何人员外出，共军特工发不出电报很可能派人去送情报。"

高平："好的！我这就带人去。"急忙转身而出。

夜冰凉，张瑶站在利源分行后院的树下，望着天空，一股凛冽的寒风吹来她不由打了个寒战。李禾从屋里出来拿了件大衣给她披上。

张瑶紧了紧衣领，看着李禾："你说钟俊才能将情报带出去吗？"

"我们的对手十分狡猾。"

"我这心里老是不踏实，唯恐有什么事发生。"张瑶道。

李禾："目前的斗争形势异常严峻，你的担忧不是没有道理，不过钟俊才是经验极其丰富的同志。"

张瑶将头靠在他的胸前，他们凝望着夜空。

穿着棉袄的钟俊才连夜出发，前往山那边聂引村庄师部。当他走到山垭时，发现关口已被匪军重兵严密把控。他朝关卡走去。有一个排的人在设卡，燃起两堆篝火。见他走来，一持枪者："什么人？"

钟俊才走上前："老总，接到家里人带的口信，老娘生了重病，我得连夜赶回家。"

那人："我们得到命令，两天之内任何人不得离开黑水。"

钟俊才："你就行行好吧，回去晚了怕见不到老娘最后一面。"

高平走了过来："怕是给共军送情报的吧？给我仔细搜！"

两个匪军上来搜身，钟俊才一掌将靠前的击退，迅速掏出手枪撂翻后面跟进的。朝垭口另一侧跑去，想强行突破敌人封锁，高平和守军边开枪边追了上去。

钟俊才跑过了几个山头，高平带人紧追不舍。钟俊才跑上一个高地眼看要钻入一片树林，高平从一个手下手中抓过一把步枪，举枪瞄准扣动了扳机，子弹追上了钟俊才击中了他的背部。

钟俊才一个趔趄倒在树林边上。

"打中了！"那手下高喊道。

高平带人围了上来。

炽热的鲜血不停地从钟俊才的身体里流出来，淌在他脚下这片大地上。他艰难地从怀中取出纸条塞进嘴里嚼烂吞了下去，他不能留给敌人任何信息。待敌人逼近，他猛然发出一声受伤猎豹的长啸站了起来，举枪打翻几个扑过来的追兵，直到子弹打光。

追兵见他没有了子弹，向他举起了枪。

"别开枪，抓活的！"高平大喊。

十来个追兵围了上去，举起枪托狠狠地砸他。

钟俊才双手护着头，深深地吸了一口气，又一声大吼，将手中的手枪反抓，在空中抡圆。顿时鲜血飞溅，围上来的追兵响起一片凄厉的惨叫，纷纷退后。

高平手中的枪响了，钟才俊左腿被击中，跛了下去。又一声枪响，钟俊才右腿也被击中，人栽到了雪地上。他挣扎着要爬起来，那些追兵再一次围了上来，七八把枪托一起对倒在地上的钟俊才狠狠砸下去。他们居高临下，枪托肆无忌惮地砸在了钟俊才的身上。钟俊才忍住疼痛反手抓住一把砸下来的枪托，一送一拉竟将长枪夺了过去。几声枪响过后几个追兵倒了下去，其他惶恐而散。

而这时高平抡起一把大刀从侧面的空中劈了过来，钟俊才扣动扳机的手臂被高平生生砍断，他望着自己的断臂，放声惨笑。敌人胆怯地看着他，有的竟两腿打颤，就连杀人如麻的高平也恐惧地向后退了几步。他对如此藐视他们的钟俊才恼羞成怒道："给我杀了他！"

追兵们一涌而上。钟俊才用剩下的一只手伸进棉袄里拔出了一颗手榴弹的拉环，然后将冒着青烟的手榴弹举了起来，戏谑道："老子死了还有这么多垫背的，你爷爷值了！"

冲上来的追兵刚才还狰狞的脸色瞬间变得苍白，还没来得及哀叫就听得"轰"一声巨响，硝烟弥漫中追兵倒下一片，钟俊才壮烈牺牲了。

过了好久高平才从雪地里惊魂未定地抬起头，头上鲜血长流，要不是他趴下得快，也与那些人一块去见了阎王。

侦缉队的50人在廖大奎的率领下倾巢出动，悄悄出了黑水走山岭小路，绕过解放军前沿阵地的布防。黄昏时分他们摸到了聂引村庄前，潜伏在树林中等待夜晚出击，实施斩首行动。

廖大奎要副队长张嗓看着队伍，自己独自扮着路人来到幺店子接头。

店里客人不多，只有两三人在吃饭。

伙计见他进到店里，连忙上前："客官住店还是吃饭？"

廖大奎："幺妹出嫁，爸妈死得早，我这当哥的得置备嫁妆，想跟你们掌柜的结些账！"

伙计看了他一眼："你家幺妹嫁的可是村头的贾家？"

廖大奎："不，是张村的甄家！"

暗号对上了，伙计："掌柜在账房，跟我来吧！"

廖大奎跟着伙计来到账房。伙计上前对掌柜的："山里来人了！"

掌柜看了看廖大奎，对伙计："去外面看着点！"

伙计跟廖大奎点点头，走了出去，把房门带上。

掌柜："叶桦怎么没来？我们跟他单线联系的。"

廖大奎："他死了！现在侦缉队由我负责。"

掌柜瞪大了眼睛："死了！怎么死的？"

廖大奎："被共军特工打死的，现在说说这里的情况，共军师部有变化吗？"

掌柜摇摇头："大部分的兵力都拉到前面布防去了，师部机关只有一个排的人在守卫。"

廖大奎："天一黑你就去他们的草料处点一把火，趁他们分兵救火之际，我带人马趁乱直取师部。"

掌柜点点头："声东击西，好！"

廖大奎："还有，共军特工进入了黑水，闹腾得厉害，你在这也帮查查，看有没有线索。"

掌柜点点头。

黄昏，利源分行打烊了。小武上完最后一个门板，门缝里一张纸条慢慢地塞了进来。他惊讶地逮住了纸条，外面一阵脚步声过后陷入一片沉寂。

小武一看，上面写着：人已死，情报未送出。小武连忙奔向后院。

李禾看了纸条："这是姚廷轩送来的。"

张瑶从她的房间出来："出什么事了？"

李禾悲痛地，"钟俊才牺牲了。"

张瑶惊讶："啊——"

小武："要不情报我再去送！"

李禾摇摇头："再去也只能是做无谓的牺牲，再说时间也来不及了。"

张瑶着急："那咋办？"

李禾来回走了几圈："看来还是只有发报。"

张瑶："敌人有监测，很快会知道方位。"

李禾："我得想想。"

商铺外传来急促的敲门声，小武："我去看看。"

小武来到店铺开了门，见是司令太太和两个勤务兵。

司令太太："李老板在吗？"

小武："在的。"

司令太太和两个勤务兵走了进来。

李禾也从后院来到店铺："哦，是司令太太，这都打烊了，你们来有什么事？"

司令太太："我侄儿一天天长大，我妹奶水不多，小孩吃不饱，饿得直哭，你这里有肥儿粉卖吗？"

李禾："对不起司令太太，没有的。"

司令太太："哎——"长长地叹了口气。

李禾灵机一动："司令太太，你别急，我会尽快组织货源。"

司令太太："就拜托李老板了！"

司令太太和两个勤务兵走后，李禾急急来到后院，对张瑶："明码发报！"

张瑶不解地："明码？电台不就暴露了吗？"

李禾："情况紧急，顾不了这么多，我要与赵紫蝶赌一局！"

131

李禾奔到客厅里，安装好发报机，"嘀嘀嘀"地发起报来。

在赵紫蝶的行动组房间，监听人员摆弄的仪器发出尖叫声，监听员："组长，又出现电台发报信号！"

赵紫蝶奔了过去："方位在哪？"

监听员："利源分行方向！"

赵紫蝶："快跟我来！"

赵紫蝶带着十几个人奔了出去。

公安师师部。

师长和政委正看着一张地图，不远处报务员在用电台接收着来电。

报务员回头："师长、政委，208又有了讯号。"

"哦！"师长丢下手中的笔奔了过去。

报务员起身把电文递给师长："这是一份明码电报。"

师长接过电文看了后递给政委，政委轻声念道："总行，利源分行急需婴儿食品50箱，今晚有人来取，务必准备好货源，不可受其他干扰。"不解地看着师长。

师长："李禾去黑水前，我和他有约定，一旦情况紧急可采用明码电报。总行指的是我们师部，婴儿食品50箱，今晚有人来取，这是在暗示今晚有50名匪帮前来偷袭师部。后面两句话的意思便是要我们做好准备，并不要被假象迷惑。"

"这个李禾，还真有他的！"政委道。

赵紫蝶带人跑到了利源分行门前，猛烈敲门。小武从里面开了门，高平一掌推开他。赵紫蝶冲了进去，直接朝后院奔去，高平带人跟上。

李禾坚持把电报发完，赵紫蝶破门而入，用枪抵住了他的头。

李禾镇定自若地将耳机摘下。

赵紫蝶："李老板，这下你无话可说了吧？"

李禾不屑地："赵小姐，我说什么呀！"

赵紫蝶一挥手："把人和电台给我带走！"

"凭什么？"李禾强硬道。

赵紫蝶感到受到了羞辱，是对她权威的挑战："被抓了现行还嘴硬！有治嘴硬的地方。"

他们要将李禾押走。

张瑶上前："哎，你们凭啥乱抓人？"

赵紫蝶："一边呆着，不然连你一块抓。"

李禾对张瑶："别担心，事情会搞清楚，我很快会回来的。"

头上缠着绷带的高平在背后推了他一把："走吧！"

张瑶着急地："李禾！"

李禾回头对张瑶："别怕，我是无辜的，如有危急可找司令太太。"

李禾被赵紫蝶带到侦缉处的审讯室拷问。

审讯室里有各种暴虐刑具，杀气腾腾，皮鞭、老虎凳，被带到这里审讯的人都会毛骨悚然。过堂一次不知晕死多少回，被抓进来的人，要是不招供十有八九不能生还。

李禾坐在一把椅子上，赵紫蝶坐在他对面，两边立着一个大汉。

赵紫蝶："说吧！"

"说什么？"李禾看着她，"我不明白你为什么把我带到这里来？"

赵紫蝶看了看一旁一同带回的电台："你用电台干什么？刚才给谁发电报？"

李禾跷起了二郎腿："黑水与外界山高路远，电台是用于商业，便于补充货源。"

"你胡说，不想说实话吧！"赵紫蝶起身，"先把他关起来！"

李禾被关进了牢房，赵紫蝶来到司令部傅伯庸办公室。

傅伯庸事前也得到了通报，他问赵紫蝶："怎么样，听说你当场将发报的

利源分行老板李禾擒获。"

赵紫蝶："可他却拒绝交代。"

"李老板我看不是一般人物，哪会轻易交代，你没有给他用刑？"

"对这样的人用刑是不管用的，一旦查实只有从肉体上清除。"赵紫蝶道。

阴森的走廊上，诺布土司和公子贡布跟在刘副官的身后，"咚咚"的脚步声在楼廊里沉闷地回荡着。走到一扇黑色木门前，刘副官示意他们等等，自己推门禀报："司令，诺布土司和他的公子来了。"

傅伯庸："哦！"

赵紫蝶："他来干什么？"

话音刚落，诺布土司和贡布就自行走了进来。

傅伯庸："哟，什么风把土司大人吹来了？"

诺布土司看了赵紫蝶一眼："是有人扇起的妖风！"

傅伯庸："快请坐，你们来此有何贵干？"

贡布对赵紫蝶："是不是你把利源分行的李老板给抓起来了。"

赵紫蝶："他是共军特工嫌疑人。"

"我不想介入你们汉人之间的争斗，他可是个好人，为我们藏民带来生活的必需品，还给我们藏人看病，都称他是好门巴。"诺布土司看着傅伯庸，"我可听说他还救过你家小姨子的命，你可不能恩将仇报。"

赵紫蝶："诺布土司，国共两党可是不共戴天的仇人。"

诺布土司："赵小姐，你怎么认定他是共军特工。"

傅伯庸："李老板正在发报，被赵小姐当场抓获，不是共党那是什么？"

贡布哈哈大笑："有电台就是共军特工呀，实话给你们说吧，在这里做买卖的生意人，还有上层人士有电台有啥稀奇的，就我们土司府里也是有电台的。"看着赵紫蝶，"你不会说我阿爸也是共军特工把他也给抓起来吧？"

"这——"赵紫蝶转过话题判断道，"李老板目光深邃，具有极强的穿透力，绝不是一个商人的眼光。"

"土司大人，贡布少爷，关于李老板是不是共军特工，赵小姐不是在甄别吗？搞清楚情况不是，自然会放了他的。"傅伯庸出来打圆场，"就委屈他在这里呆两天。"

伏 击 敌 人

天渐渐黑了下来，部队的草料库离师部有两里地，由两个解放军在巡逻看管。

掌柜和伙计手中一人提了桶煤油摸到了草料堆前，躲在一个土坯下观察。

两个解放军巡逻过去后，他们对视了一下拉下面罩，朝草料堆跑去。到了堆草料的地方，他们将煤油撒在草料上。

师部指挥室依然亮着油灯，张师长徐徐地抽着烟。

一旁的沈政委："这帮狗日的匪帮竟出此奇招，想先要了你我的脑袋。"

张师长走到桌前，用水瓶往瓷盅里倒了水，回转身对沈政委："幸亏李禾同志发来敌人袭击我师部的情报，不然后果难以预料。"

"是呀！疯狂的敌人在做垂死挣扎，我们要他有来无回。"

师部前面漆黑一片，门口有两个站岗的战士，如同往常一样。大门内侧堆放着沙袋，作为工事，一个排的战士占据有利地形，架好机枪、冲锋枪，黑洞洞的枪口对着外面。

另有两个排的兵力埋伏在师部前方两侧的屋顶上，盯着下面的动静。

廖大奎带着五十个侦缉队的人，摸到了公安师部外面。廖大奎观察情况，对手下道："草料场一着火，听我命令你们就给我往前面那栋院落里冲，把里面的人统统给我消灭，活的一个不剩。"

草料场的天空突然火光冲天，师部外面的岗哨大喊："草料场着火了。"

不一会从师部冲出二十多个战士往草料场方向奔去。

等了一会儿，廖大奎见时机成熟，他站起身手一挥："上！"

侦缉队的人冲向师部。突然枪声大作，从大门里射出密集的子弹，侦缉队的人纷纷中弹倒地。其他的人吓得趴在了地上。

廖大奎狂喊道："他们没几人，给我冲！每人两根金条！"

侦缉队的人又爬起来边开枪边往前冲，就在他们快接近大门时，他们两侧也响起了密集的枪声，不少人倒地。

副队长张嘹大叫："我们中了共军的埋伏！"

廖大奎知道上当，恐慌地大喊："快撤！"

剩下的侦缉队员慌忙后撤，可他们的退路已被切断，喊杀声一片。原来冲出去救火的二十多个战士，并没有去草料场，而是迂回到了侦缉队的后面。

侦缉队四面受敌，难以抵挡，死伤过半，纷纷抱头鼠窜。

廖大奎慌不择路，最后还是被我军俘虏。他的其余手下被打死的打死，缴械的缴械，侦缉队全军覆没。

黑暗中观察的掌柜和伙计悄然退下。他们回到幺店子里，掌柜对伙计："你在上面看着点。"他自己去了地下室，拿出藏着的发报机"嘀嘀嘀"给黑水发报。

师部指挥室。

得知全歼偷袭之敌的张师长，把瓷盅里的水喝干，高兴道："偷袭的匪帮被全歼，真是大快人心！"

政委："这群狗杂种，想不到会引燃草料场，企图转移我们的视线，而后浑水摸鱼。"

师长："是呀，要不是李禾同志事前有个提醒，很可能就中了敌人的调虎离山之计。"

政委："可这样一来李禾同志的处境就更加困难了，他用明码发来暗语，

137

不就完全暴露了吗？"

　　师长："李禾明码发报一定是万不得已，他是一名优秀的特工，不会让自己轻易暴露，既然使用的是暗语，就在保护自己。"

　　政委点点头："我看咱们得帮助他。"

　　师长看着政委。

　　政委："我们一来给他组织电文里提到的商品，给人感觉他发报就是为了做生意而已。另一方面，经过审讯俘虏，我们得知廖大奎和副队长张嘹因争队长位置有矛盾。我们巧妙地要廖大奎知晓，给我们情报的是那个叫张嘹的，想借我们的手除掉他，然后不露痕迹地让他逃走。"

　　"你是想让他告诉傅伯庸，泄密的事与李禾无关。"师长看着政委。

　　政委点点头。

　　师长："能换来李禾同志的安全，让廖大奎逃走是划算的，我同意。"

　　保卫科长在一间屋里审问廖大奎。

　　廖大奎被绳子绑着手腕，坐在一根独凳上。

　　保卫科长："说，谁派你们来的？"

　　廖大奎傲慢地："傅司令！"

　　保卫科长："想不到吧，你们制定的计划自以为天衣无缝，就这样失败了！"

　　廖大奎心有疑惑："我们的行动是绝对保密的，想不到你们却早有防备。"

　　另一位审问人员："哼，实话告诉你吧，你们一到村庄，我们就得到了线报。"

　　"妈的，是哪个龟儿子？"

　　保卫科长一拍桌子严厉道："看来你是想顽抗到底，押下去！"

　　门外两个持枪的解放军进来把他押了出去。

　　廖大奎被押往一看守处，前面一个房间的门开了，走出两人并没有看见他们，朝别处走去，后面还有两名战士跟着。

他看清其中一人大吃一惊，正是他的副队长张嘹。

只听那穿着解放军服装像首长的中年男子对张嘹道："多亏及时报信，你立了大功，放心吧，立功受奖！我们会宽大处理的。"

他们走远了，廖大奎还愣在那里。

一个押他的解放军："看什么看，往这边走！"

"那中年人是谁？"廖大奎问。

"你这个就要被枪决的人少废话。"那解放军道。

"老子死也要死个明白！"

另一个押解他的人快人快语："他就是你们要暗杀的人，我们的师政委！"

"啊——"廖大奎吃了一惊，恨恨道，"原来是张嘹这狗日的出卖了我！"

那解放军在他的后面推了他一掌："走！"

廖大奎被押着继续朝前走去，他眼睛滴溜溜地转着，想着逃跑的办法。

看守处就在前面，他们要经过一条水沟。一个押解他的解放军走在前头，在跃过水沟时，落脚的石头一松动，他脚下一滑，人跌倒在了水沟边。廖大奎一见机会来了，回身一拳打倒后面押解他的解放军，迅速跑到不远处的山林里。

两个押解他的解放军边开枪边喊站住追了上来，廖大奎没命地朝密林深处跑去，越过了两道山梁才甩掉了追赶他的人，他不敢多停留，连夜朝黑水赶去。

傅伯庸司令部。

傅伯庸得知执行斩首行动的廖大奎的侦缉队被共军全歼的消息，大为震怒："去的五十个弟兄，连共军的师部都没接近就这样完了？"

赵紫蝶在一旁道："司令，廖队长的人被围歼，我敢肯定，是共军事先知

139

道了我们的这次行动。"

傅伯庸："这是绝密行动，而且通往外界的道路在此期间是封锁的，不要说一个人，就是一只鸟也别想飞出去。共军是怎么知道的？"

"傅司令，你别忘了，利源分行的那个李老板，还被我们关押着。他可是最大嫌疑人。"

傅伯庸想了想，认为赵紫蝶的话有道理，决定亲自审问，对赵紫蝶道："走！"

赵紫蝶同傅伯庸一同前去审讯李禾。

细雨纷飞，寒风在大地肆虐。

张瑶悄悄来到特工人员的秘密驻地，与康斌他们商量怎样营救李禾。

张瑶："昨天诺布土司去找傅伯庸要他放人，可那姓赵的说要甄别。"

康斌担忧地："敌人对师部的偷袭失败，加深了对李禾的怀疑。"

一队员："这咋办？可得想办法营救。要不咱们去把他抢出来。"

康斌："关押李禾的地方，敌人防守严密很难得手，再说这样一来就完全暴露了，我们要想再进入黑水就不易了。"

张瑶："康斌说得对，我们的许多任务还没完成呢！"

"可我们不能眼睁睁地看着李禾出事呀！"那队员道。

张瑶："对了，李禾走时告诉我，如有危急可找司令太太，这一急我还差点把这事给忘了。"

审讯室和刑讯室隔着一道铁栅栏门，李禾被吊在刑讯室那边的刑架上，几个凶神恶煞的彪形大汉叉着腰，拧眉瞪目地盯着他。

高平坐在他的对面，瞪着一双死鱼眼睛，连腮帮子都鼓起来了。一拍面前的桌子："老实交代，你是不是共军特工。"

李禾不屑地："我不知你在说什么？"

高平："别在我面前演戏了，说，你给谁发电报？"

李禾："我给总行呀！不信你出黑水去总行问问。"

"我能出黑水，去共党的地盘问吗？"高平提高嗓子嚷道，"看来你不受点皮肉之苦是不会交代的。"给旁边一个袒露胸毛，满脸横肉的家伙努了努嘴。

那人抄起一根皮鞭伸进水盆沾了沾水，走到李禾跟前朝他举起了皮鞭。

这时外面传来皮鞋的踢踏声，傅伯庸和赵紫蝶走了进来。

李禾："司令，你快救我呀！"

傅伯庸走到他面前："你给我说，你为什么会有电台？"

"商业之用呀，傅司令你知道的，出趟山外往返得 2 个多月时间，期间需要货怎么办呀，要是派人去这黄花菜都凉了。"李禾道。

"那你给我说说，发的什么内容？"傅伯庸盯着他。

"我说司令信吗？"李禾看了看赵紫蝶，"你得问她呀！"

傅伯庸把脸转向赵紫蝶。

赵紫蝶拿过桌上的一个文件夹打开，递给傅伯庸一份电文。

傅伯庸接过念道："总行，利源分行急需婴儿食品 50 箱，今晚有人来取，务必准备好货源，不可受其他干扰。"抬头看李禾，"李老板，这是什么意思？"

李禾："上面不是写得很明白吗？"

赵紫蝶严厉地："李老板，你就不要耍花招了，傅司令问你这里面隐含的内容？"

李禾冷冷道："我不知道你在说什么？"

赵紫蝶掏出枪对准李禾："我对你够忍耐的了，不交代就打死你。"

李禾不屑地看了她一眼："看来你的耐心在一点点消失，我没隐含啥，交代什么呀！"

赵紫蝶打开了枪上的保险："我数到三，你还不说出电报所隐含的内容，我就只好成全你！一……二……"

这时只听得一声大喊："住手！"闯进司令太太和她妹妹苏娟。

司令太太："我来回答这个问题。"

傅伯庸："你们怎么来了，这不是添乱吗？"

"怎么就添乱了？"司令太太看了看赵紫蝶，"你不是想要知道真相吗？"

赵紫蝶："是呀，我有兴趣听你说。"

司令太太："前天我去利源分行给我妹出生不久的婴儿买食品，店里没有，就托李老板帮忙，他呢见我挺着急的，就答应立马跟总行联系。"看了看赵紫蝶，"不就是婴儿食品的事吗？至于把李老板抓起来？"

傅伯庸："你是说那电报是因你而发？"

司令太太："是呀！"

赵紫蝶："慢着，可侦缉队的人中了共军的埋伏可是事实？"

司令太太睐了她一眼："这就奇怪了，这偷袭的事不就只有你们几个人知道吗？怎么就赖到李老板头上了？"

苏娟："是呀，姐夫，李老板还救过我和孩子的命呢！为我们做事，你却把他抓起来，不知道的人还说我们忘恩负义呢！"

赵紫蝶接过话头："司令太太，我们不是在审问吗？一旦搞清楚了与他没关就放了他。"

司令太太冷笑道："这枪都抵到脑袋上了，怕是你泄了密，找人顶罪呢？"

赵紫蝶："你说我会是泄密的人吗？"

司令太太："谁能说得清楚，你来这里本来就不明不白！"

赵紫蝶："你——"

傅伯庸："不要胡说！"

司令太太："哼，胡说！那她来你这个司令事先怎么不知道，她不是有问题就是台湾方面对你不信任。"

赵紫蝶："司令太太，你误会了！"

司令太太睐了她一眼："你来这里明说是抓共军特工的，你敢说不是来监督我家老傅的！"

"我没法给你说！"赵紫蝶把脸转向傅伯庸，"司令……"

"你们先回去，有我在李老板不会有事的。"傅伯庸对他太太和苏娟道。

司令太太数落起来："别人都到了台湾吃香的喝辣的，你倒好，带着我们在这里吃苦受罪，还把好心的李老板抓起来要枪毙。"看着赵紫蝶，"不要被某些狐狸精给迷住了。"

赵紫蝶气歪了脸："你说什么呀！"

傅伯庸："好了快回去，别在这里给我丢人现眼！"

司令太太火气上来了，不依不饶："你这话怎么说的呢？我丢人现眼，你要是不被她迷住了，会听这个狐狸精的！"

苏娟也旁边帮腔："是呀姐夫，你可不要冤枉了李老板，没有他我和小孩都没有了。再说要不是李老板的利源商行在这里开分行，茶叶、盐呀什么的去哪里弄呀！"

刘副官走了进来，对司令耳语："廖队长回来了！"

傅伯庸："人呢？"

刘副官："在外面等候要见司令！"

傅伯庸："那就让他进来！"

刘副官出去后不久，廖大奎哭丧着脸跑了进来："司令，我的侦缉队就这样完了！"

傅伯庸："是谁泄的密，是他吗？"傅伯庸指着李禾。

廖大奎："听审讯我的人无意间透露，是副队长张嚓。他素来与我有仇，见我抢了他队长的位置，更是怀恨在心，一定是想借共军的手除掉我。"

傅伯庸半信半疑："哦！"

廖大奎："押我去羁押时，我还亲眼看见他与那个共军的师政委一路走着，共军政委还说，多亏他及时报信，立了大功呢！"

赵紫蝶对廖大奎："是你亲耳听见的？"

廖大奎瞪着眼睛："啊——"

赵紫蝶："他们看见你了吗？"

廖大奎摇着头："没有，他们朝另一个方向去的。怎么，你不相信我说的？"

"你别多心我也就问问。"赵紫蝶道。

廖大奎："他已经投靠了共军，后来还来对我劝降。"廖大奎添油加醋地把失败的责任都推到张嘹头上。

傅伯庸气得咬牙切齿："这个王八蛋！"

赵紫蝶用怀疑的眼神盯着廖大奎："那你是怎么逃脱的？"

廖大奎："对投降的事，我假意说要考虑一下。他们在押解我回屋时，路过一条水沟，我趁其不备，将前面的人推入水中，对后面的人我几记老拳将其打晕，跑入树林中才得以逃脱，不过要不是我跑得快就没命了！"

"司令，快给我松绑，事情不是已经清楚了吗？"李禾叫道。

司令太太："伯庸，还不快把李老板给放了！"

苏娟："姐夫！"

傅司令回头对赵紫蝶："放人！"

赵紫蝶："司令，这——"

傅伯庸："你找到证据再抓不迟！"

赵紫蝶只得一挥手，两个手下上去松开了李禾。

李禾舒活了一下筋骨："多谢司令、太太，"转向苏娟，"还有苏女士。"

随后李禾走到赵紫蝶面前看着她："我就告辞了，这里可不是人呆的地方。"

赵紫蝶仍不死心："李老板，你要是让我抓住把柄，到时谁都救不了你！"

李禾一笑："随时奉陪！"说罢大步朝外走去。

司令太太和苏娟也走了出去。

高平小声对赵紫蝶："组长，就这样把李禾给放了？"

赵紫蝶看着傅伯庸口气坚决："司令，你可知道这是放虎归山，我的直觉告诉我，那利源分行一定有问题！"

"诺布土司来要人，我那内人也要我放人，而你又没有确凿证据，我里外不是人，你让我咋办？"傅伯庸埋怨道。

赵紫蝶咬牙："我就不信抓不到他的证据！"回头对高平，"24 小时给我盯紧利源分行！"

高平点点头。

张瑶伫立在窗前，天空下着雨，院落里的大树树叶发出簌簌的雨打声。数日来张瑶心里压力越来越大，越来越忧心忡忡。

张瑶在与李禾相处的日子里，他英俊矫健的外形和那机智稳重的性格，还有那高超的武艺，都使她向往、钦佩。再艰难的日子，只要与他并肩作战，她就如坐春风、如沐春雨。李禾被带走后，生死未卜，作为同志加恋人的她，怎不心急如焚。

她看到李禾跨进了后院，奔出屋扑上去抱住了他："你终于回来了！"眼里流出了泪水。

李禾："你这是怎么了，我这不是好好的吗？"

张瑶破涕为笑："人家不是担心你吗？"

勇 闯 虎 穴

黑水的春天悄然而至。

这天黄昏，二支队长龚明富身着便衣，带着两个心腹来到利源分行。他要两人在外面等候，自己独自进了商铺。

门外远处蹲点监视的高平注视着这一动向。

小武见有来客招呼道："先生，想买点什么？"

龚明富："张瑶小姐在吗？"

小武："她送货去了，一会儿就回来。"

李禾从后面出来："是谁要找张瑶？"

小武指着龚明富："是这位先生。"

李禾看了看他："先生贵姓，有什么事可以给我讲吗？"

龚明富："你是李老板吧？敝人叫龚明富，想请张瑶小姐给我老家捎封书信。"

李禾立马意识到站在眼前的就是张瑶说的二支队长龚明富。

李禾下意识地看了看商铺外："既然如此，里边请。"

龚明富随李禾来到后院客厅，李禾把门关上，回过身给他倒了杯水放到他的面前："龚先生的情况张小姐已经给我讲了，你给老家的回信交给我就行。"

龚明富从怀里摸出信："其实也没有多少说的，就是说我很牵挂他们，让我老母放心，做儿的不会让他失望。"

李禾接过信："很好，我会安排人给你送到。"

龚明富："我知道李老板神通广大，也知道你是个好人，你认识山外的共产党吗？"

李禾看着他，想弄明白他话里的含义。

龚明富："哦，恕我冒昧！我没有别的意思，就是想传个话。"

李禾压低声音："我的驮队经常要外出，给什么人带个话还是能办到的。"

龚明富："就说我愿意一切听从指令，不过……"

李禾明白他的指向，知道他有所顾忌，但他摸不准龚明富是不是决心投诚，一步不慎就会给自己乃至整个小分队带来灾难。

李禾："你为什么给我说这些，就不怕我去傅司令那里……"

龚明富："虽然我不知道你是不是傅伯庸他们怀疑的共产党，但我相信你是个不会出卖朋友的人。"

"这点你没看走眼，我行走江湖就讲究一个义字。话既然说到这了，我可以托人带到，但他们相不相信我就不知道了。"

龚明富从怀里摸出一张表格："这是我们二支队连以上军官的名册，你可转交给他们，以表示我的一点诚意。"

李禾："好吧，我就按你说的去试试。有了回音我会及时告知。"

龚明富："不，我得有个条件。"

李禾看着他，不知他有什么条件。

龚明富："要他们来个跟我对等，说话算数的人跟我谈。"

李禾："你认为这样的要求他们会答应吗？"

龚明富："我可是押上身家性命，背着背叛党国的骂名干的。"

李禾压住自己的不满："你不认为这样的要求过分了吗？"

龚明富："只要你把话带到，他们会考虑的，我的支队驻扎在北面，那是傅伯庸退往红原草地的门户，我要是门户不开他就是共军的瓮中之鳖。"

李禾思量了一下："好吧，话我带到，行不行我可说不准。"

龚明富起身："多谢李老板，我这就告辞了。"

龚明富手中提着两瓶酒出了商铺，左右瞧了瞧，同留在外面的两名随从往前走去。

龚明富走后不久张瑶回来了，李禾讲了龚明富来的情况。

张瑶："让师首长来见龚明富很危险，万一是他设下的圈套。"

李禾分析道："他的妻儿老母都在郫县老家，他不敢这样做。"

张瑶："给师部发报吗？"

李禾："事关重大，我得亲自去汇报！"

"把小武带上吧，路上有个照应。"

"可这里……"李禾有些担心。

"我会应付的，不是还有小分队的同志吗？"张谣道。

"我们走后，你可得多加小心。"

张瑶点点头。

第二天，李禾便以出外运货为由，与小武前往黑水山外，黄昏在公安师部驻扎聂引村庄的那家幺店子住了下来。

掌柜的认出了他，热情招呼道："哟，这不是上次路过在我们这里住过一宿的老板吗？"

李禾盯了他一眼："掌柜的好记性。"

掌柜献媚地："生意还好吧？"

李禾："托你的福，还不错！"

"有啥好吃的，给我们弄些来，我可饿了！"小武道。

"好的，我这就叫人弄去。"掌柜冲里喊道，"三娃，给两位客官搞些酒菜来。"

不一会伙计用托盘端着一盘牛肉和二碗蔬菜，还有一壶酒走了出来，放到餐桌上。

李禾和小武吃起来。

伙计回了后厨，掌柜在他们不远处坐了下来。

掌柜："老板这次出来是进货？"

李禾："是呀，现在黑水可缺货了，走趟货也不容易。"

掌柜："听说里面共党也闹得厉害？"

李禾："可不，不过我们生意人有钱赚为大，可不管是共党还是国军。"

掌柜："那是，做生意不就为了赚钱吗？"

李禾和小武吃了饭，便上房间休息。

夜晚李禾悄悄溜出门，来到师部指挥所见到了师长和政委，他们先后紧紧地握住他的手表达了问候。

李禾向二位首长详细汇报了他们在黑水的工作开展情况，特意说了龚明富所提到的要求。

师长听后沉思道："如能争取匪帮二支队长龚明富阵前起义，一来可减少我军进攻的损失，二来断了傅部的退路，以绝后患。"

李禾表达了自己的担忧："他提出的让师首长与他在黑水碰面，这太危险了！"

"不入虎穴焉得虎子，冒这样的险我看是值得的。"政委看着李禾，"你回去告诉他，我愿意前往与他一谈！"

师长："也要明确告诉他，我们欢迎他投诚，但如果使诡计耍花招，他可得考虑后果。"

李禾："我回去安排好后就给首长带信。"

政委点点头："还有我们已经按你上次电文提到的货，在成都组织了货源，这样会减少傅伯庸他们对你的怀疑。"

李禾："还是首长想得周全，我这就去了。"

李禾告别师长和政委后出了师部，很快消失在夜色中。

掌柜和伙计在屋里悄悄议论。

伙计："五哥，你说来住宿的两人究竟是啥人？"

掌柜："这年头，进黑水的我看都不简单。"

伙计："会不会是共军的特工？廖大奎不是要我们帮助查找线索吗？"

掌柜思量了一下："你去给他们送壶水。"

伙计："给他们送水？"

掌柜："如果他们是共军特工，进货就是幌子，一定会想法给这里的共军取得联系。"

伙计："好的，我这就去探探虚实！"

伙计从火炉上提了茶壶走了出去，他来到李禾他们所住的客房门口，举手"叩叩"敲了敲门。

"谁呀！"里面传来小武的声音。

伙计："我，给你们送水！"

门开了，伙计提壶走了进去，往保暖瓶里加水，眼睛四处滴溜，水漫了出来也没看见。

小武："你、水——"

伙计回头，连忙收了水壶，用肩头的抹帕将洒在桌上的水抹干。看似无意地道："还有一位客官呢，出去了？"

小武刚要答复，李禾走了进来，还拴着裤带："伙计，你给我们吃的啥呀？害得老子闹肚子！"

伙计："客官放心，饭菜肯定没问题，一定是你的肠胃不好！"

李禾："老子的肠胃好着呢。"悄悄地给小武挤了个眼睛。

小武会意，也捂着肚子："哎哟，我的肚子也疼了，我要去茅房。"说完也冲了出去。

伙计连忙提壶走了出去，回到掌柜那里禀报去了。

掌柜对他道："那两人怎么样？"

伙计得意地窃笑："没事，二人正闹肚子，换着去茅房呢！"

春日黄昏。利源分行院落里的大树，雨后的树叶清新盎然，在夕阳的映照下，泛着绿色的莹光。

张瑶在树下凝神地望着树枝上两只跳跃的小鸟，李禾从外面走了进来。

张瑶回头高兴地："你们回来了！"

李禾点点头："在看什么呢？"

"看树上的鸟儿成双呢！"张瑶笑道，随后同李禾进了客厅。

张瑶："师首长同意见龚明富了吗？"

李禾点点头。

"可这太危险了！"

"政委认为不入虎穴焉得虎子，为了全歼傅部，防止其流窜红原草地，冒这样的险是值得的。"

张瑶："我们得做好安排，确保首长的安全。"

李禾点点头："你明天去对龚明富说，礼拜天我与他在城东的福德澡堂见面，敲定他与师首长的会面细节。"

张瑶："好的。"

礼拜天下午，龚明富和两个随从来到城东福德澡堂。龚明富看了看门上方福德澡堂的牌子，对两个随从："你们找个不起眼的地方呆着，我洗了澡咱们就回。"

两个随从点点头，龚明富径直掀开门帘走了进去。

两个随从走到一边的阴凉处卖茶水的摊前。

其中一个年长的："来两碗茶水。"

摊主："好呢！"给他们倒了两碗。

两个随从坐了下来。

在他们不远处跟踪龚明富的两名赵紫蝶手下，互望了一下。

其中高个子："他进了澡堂，还跟进去吗？"

另一矮胖："跟个屁呀，你我两个穿着衣服看他光着身子洗澡呀！不找死吗？"

高个子："那咋办？"

矮胖："我们就在这外面等着。"

澡堂里雾气弥漫，空荡荡的池子里李禾独自泡在水中，惬意地闭着眼睛。龚明富围着浴巾走了进来，李禾耳朵捕捉到了空气中的变化，睁开眼。

龚明富看见了他，匆匆走了过来，下到水池里。

李禾："来了！"

龚明富："托你的事办了？"

李禾："今天你我赤条条就来个坦诚相见！"

龚明富："当然！"

李禾："对方说了，你要是真有诚意，愿意见你！"

龚明富："这点请放心，古人云识时务者为俊杰，我东家气数已尽，这点我可看得清。"

"好，下面我们就具体商谈见面细节。"

龚明富点点头。

澡堂外面两监视的人在背静处窥视着澡堂门口。

高个子："你说这龚支队长会投共？"

矮胖："赵组长不是说了吗，对重要的人员都要实行监视，目前的情形谁他妈投共都不奇怪。"

高个子："你说，咱们空投黑水，不是自投罗网吗？"

矮胖狠狠地拍了一下高个子的头："你他妈不要命了，这话要是被赵组长听见，看你还有几个脑袋。"

不远处的澡堂门帘掀开了，走出李禾，他朝四下看了一下，朝前走去。

高个子诧异："那不是利源分行的李老板吗？他也来洗澡了？"

矮胖思考着。

高个："跟踪李老板吗？"

矮胖："跟踪个屁呀，我们的目标是龚支队长。"

不一会龚明富也从澡堂出来了，两个随从看见，连忙起身走了过去。

龚明富与他俩递了个眼色，他们朝城外走去。

跟踪的两人尾随了上去，龚明富回头，他俩立马躲开。

龚明富跟两个随从咬了下耳朵，他们快步走着，走到一条小街上一闪不见了。

两个跟踪之人跑到街口不见了龚明富，高个子："跟丢了！"

矮胖："四下找找！"

他们朝前跑去，路过一个门房，从他们身后闪出龚明富的两个随从，拿枪指着他们。其中一人："站住！"

跟踪的两人站了下来，回头见两支枪黑洞洞地对着他们。

高个子："别、别开枪，自己人！"

龚明富从前面走了出来，恶狠狠地盯着他俩。

高个子："龚支队长，别杀我们。"用胳膊碰了一下矮胖者。

矮胖一副临死不屈的样子，昂着脖子。

龚明富从身上摸出一把刀，揪住矮胖者的耳朵，用刀割他的耳朵，血流了下来。

龚明富："我就要了你这只耳朵。"

矮胖这才哎哟哎哟告饶："龚支队长，你就饶了我吧，我们也是奉命行事！"

龚明富放开他："回去告诉你们的上司，谁再跟踪我，我就要了谁的命。"

矮胖："我再不敢了！"

高个子："是呀，我们再不敢了！"

"滚！"龚明富一声吼，两个跟踪者，一溜烟跑得没了踪影。

两人跑到赵紫蝶面前哭诉，赵紫蝶大怒："这个龚明富真是无法无天，敢给我们保密局的人过不去，我看他八成有了叛骨！"

赵紫蝶立马上司令部通报给了傅伯庸。

傅司令疑惑地看着赵紫蝶："你是说二支队长龚明富跟利源分行的李老板有接触。"

赵紫蝶："是的！我手下亲眼所见，被发现后他竟然要割我手下的耳朵。"

傅伯庸："他要干什么？"

赵紫蝶："希望司令明察，共军特工无孔不入，利源分行是我们的重点怀疑对象，他在此敏感时期与之接触，值得我们警惕。"

傅伯庸："此事非同小可，没有十足的把握，不可轻举妄动。"

"我会严密监视！"赵紫蝶看着傅伯庸，"任何人有背叛党国之事，我都会执行毛局长的必杀令。"

刘副官进来报告："傅司令，利源分行的李老板来了。"

傅伯庸惊讶，并看了看赵紫蝶："他来干什么？"

李禾走了进来，拎起手中的几大袋肥儿粉："我送货上门来了，哟，赵小姐也在。"

赵紫蝶冷冷地看着他。

李禾把肥儿粉放到傅司令的办公桌上："总行接到我急需婴儿食品的电报，不巧一时也没有，立即派人组织了货源。我这次去就顺便带了回来，这不立马给司令拿过来。"

傅伯庸："李老板是有心人，我这就替内人和小姨子谢谢了！"

李禾转向赵紫蝶："哦，对了，你刚好也在。"从口袋里摸出两盒防晒霜，"这是给你的。"

赵紫蝶不解地看着他。

李禾："你上次来铺子上，不是提到防晒霜吗？看你一张白净的脸，变得快像锅底了。我也给你顺便带了两盒来。"

傅伯庸哈哈笑了起来："看来李老板真是有心人！"收住笑，"不，你还是个怜香惜玉之人。"

赵紫蝶接过，疑惑地看着他："那我就多谢了！"

　

师政委穿着便衣，扮成教书先生动身前往黑水，警卫员扮成随员一并前往。警卫排的人也换了便装，悄悄尾随在后面负责路上的保卫。

他们出了村口朝黑水而去，正在幺店子外招揽生意的伙计看到他们走了过去，连忙跑进屋里向掌柜报告："五、五哥！"

掌柜正在闭目养神，被他打岔，很是不高兴："嚷啥嚷，后面有鬼在撵你吗？"

伙计："我看见共军的师政委，穿便装朝黑水方向去了！"

掌柜一下站了起来："看清楚了？"

伙计："那师政委不是给村上的人讲过话吗？错不了！"

掌柜："扮成教书先生，前往黑水方向，他要干什么？"

伙计摇摇头。

掌柜："他去黑水，一定有重大使命。"一声冷笑，"可他这是在往虎口里送呀！"

　

夜晚，掌柜在地下室按动发报机，"嘀嘀嘀"把此情报发回了黑水。

傅伯庸得到了掌柜发送的电报，感到事情重大，立马叫来了赵紫蝶。

赵紫蝶接过电文看了一遍，傅伯庸问她："这事你怎么看？"

"共军的师政委前来黑水，一定有重大事件发生。"赵紫蝶沉吟道。

"会是啥事件？"

"只有一种可能！"赵紫蝶肯定道。

傅伯庸看着她。

赵紫蝶："策反，而且是级别不低的人员。"

傅伯庸点点头："可是他不会想到，一踏进黑水就会成为我的阶下囚，这

可是条大鱼。"

傅伯庸对外喊道："刘副官！"

刘副官应声而进。

傅伯庸："立即让廖大奎来见我！"

赵紫蝶一举手："慢！"对刘副官，"你去吧！"

刘副官退了出去。

傅伯庸不明白，看着赵紫蝶："你这是？"

赵紫蝶："这是一次绝密行动，廖大奎的侦缉队被灭后重新刚组建不久，还是让我的别动小组实施抓捕，不但要抓住共军师政委，还要抓住我们这里的变节分子。"

傅伯庸想了想："好吧，就按你说的办！"

姚廷轩从外面回到侦讯室，孙组长来到他办公室："姚主任，你带人去一支队修复电台回来了！"

姚廷轩："回来了，山高路远，可累死我了！你找我有事？"

"我叔叔让我问问你，他托你的事办得如何了？"

"你是说卖药材的事？"

孙组长："他还给你说了别的事吗？"

"放心吧，我记在心里呢，已托人捎了口信出去，就这两天就会有回音。"

孙组长高兴地："还是姚主任有办法！我这就给我叔叔回话去。"走出没几步又回过头来，"姚主任，这两天就会有大事发生啰！"

姚廷轩指着他："咳，不就是你叔叔药材的事吗？啥大事不大事的！"

孙组长走回他的跟前："你没回来前，收到内线一份情报，共军的一位师政委正化装前来黑水。"

"哦，消息可靠！"

孙组长："你就等着瞧吧！听我叔叔说由赵紫蝶的别动队实施抓捕。"

孙组长走后，姚廷轩感到事情重大，将情报写在纸上，利用外出买烟的机会将字条交给了女货郎张瑶。

李禾及时得到了情报，非常吃惊，决定立即阻止师政委进入黑水。

距黑水关卡不远处，事前约好接应的一个山洼地带，李禾和康斌，还有一名年轻特工小孔见到了师政委。政委所带的警卫排散在周围警戒，李禾向政委汇报了情况，建议改期再见龚明富。

师政委判断了形势，对李禾道："我大军进攻在即，龚明富驻守的位置非常关键，傅部一旦流窜红原草地，就如大海捞针。如能将他争取过来，就阻断了傅部的退路。"

"可是太危险，我得为首长的安全负责！"李禾道。

师政委："我个人的安危事小，全歼傅部事关整个黑水地区剿匪成败。"

李禾还想说什么，师政委阻止道："下面我们来研究如何进黑水，如何与龚明富见面的问题。"

警卫排留在原地隐蔽待命，作接应。康斌和小孔与政委和他的警卫员对换了衣服，上路前往关卡。

他们来到关卡处，钱排长："站住，干什么的？"

小孔上前，指着康斌："这是教书的沈先生，前往黑水访亲会友。"

在不远处一个山坡上站着的赵紫蝶和高平看着下面，对视了一下，而后会意地点点头。

高平拔出手枪："组长，我去把他两人抓了！"

赵紫蝶摇摇头："先不要动他，给我盯紧了，等他们接头时一网打尽！"

高平点点头。

康斌和小孔通过了关卡，高平和另两位别动队员尾随而去。

赵紫蝶随后离开。

康斌假装蹲鞋子，躬下身从脚下往后瞧，看见高平他们跟踪了上来。他直

起身："他们跟上来了。"

小孔："怎么办？"

康斌："我们就逗逗他们玩。"说完康斌朝前小跑起来，小孔紧紧跟上。

高平见他们跑了起来，带着另两人也朝前紧走。拐过一个山梁发现他们跟踪的人不见了，急得四下寻找，康斌和小孔却又在远处出现了。

高平他们又装着毫不关心的样子，若无其事地走着，其实高平心里恨得直痒痒。

黄昏，扮着商人样的政委和警卫员，坐在李禾驾驭的马车上大摇大摆地来到关卡前。

钱排长："谁，站住！"

"驭——"李禾停了马车，"钱排长，是我！"

钱排长："哟，是李老板！"看了看马车上的政委和警卫员，"他们是干什么的？"

李禾从口袋里摸出一串银元塞在他手中："生意场上的朋友，来看货的！你就行个方便。"

钱排长掂了掂银元，对手下一挥手，士兵抬开了木架障碍，李禾驾着马车离开了关卡。

暗 度 陈 仓

康斌和小孔进了黑水城，来到位于大街上有两层楼的悦来客栈。

康斌对店小二："住店。"

"好呢！楼上请！"店小二把他们带到楼上，开了 206 房，"你们先休息，我这就去给你们提壶水去。"店小二下了楼。

康斌和小孔进了屋，打量了一下房间，康斌走到窗前轻轻推开了一点窗户。楼下是热闹的街道，他看到了尾随过来的高平他们，正鬼鬼祟祟地指着悦来客栈。

康斌："他们果然中计跟了过来。"

小孔也走到窗前看了外面一眼。

康斌往床上一倒："现在的任务是睡觉，让他们折腾去！"

高平走进了悦来客栈，店小二给康斌他们提了壶水刚从楼上下来。

高平给店小二招了招手，店小二迎了过来："客官住店吗？"

高平："我想问问刚才住店的两人住几号房间。"

店小二看着他："你问这做啥？"

高平揪住他的衣领，掏出保密局的证件在他眼前一晃。

店小二害怕了："住楼上 206 房间。就在临街的位置。"

高平放开店小二，将证件揣了回去："不许声张，听见吗？"

店小二点点头，高平走了出去。

高平带着两个手下来到客栈对面的一家民房。

男主人和一家大小几口人在屋里，两个小孩害怕地看着闯进来的三人。

男主人诧异地看着不速之客："你们要干啥？"

高平打量了一下屋子，以不容置疑的口气："这房子我们要征用几天。"

男主人："不行，我们一大家子，让我们去哪？"

高平亮出证件，男主人："对不起，我不识字，不知这是啥玩意。"

高平的一个手下从背后摸出手枪，抵在那男主人脑袋上："这个玩意你不会不知道吧？"

男主人要抓起身边的一把铁锹，女主人抱住他，扭头对高平："好吧，我们去投靠几天亲戚。"

高平给那持枪的队员努了努嘴，他这才收了枪。就这样高平强行征用房子，24小时监视对面的动静。

康斌和小孔很少出去，要么就是去听戏，高平他们两天跟踪下来也没有什么收获。

师政委和龚明富会面的日期到了，龚明富骑马和一名随从换着便装前往黑水县城，他一出营房便发现有两人在跟踪。

随从告诉他："支队长，后面有人。"

龚明富一声冷笑："找死！"一挥马鞭朝前跑去。

后面两人也提了缰绳紧跟而上，他们是赵紫蝶的人。

龚明富和随从骑马越过一个弯道，后面跟踪的人不久也来到弯道处。突然弯道处闪出一队便衣，一色的卡宾枪，拦住去路。

两个赵紫蝶手下慌忙勒住马，可是已经迟了，持卡宾枪的便衣们扣动了扳机，"哒哒哒"子弹迎面射来，两人身中数弹栽到马下。

龚明富的随从听到身后的枪声，不明就里拔出手枪，紧张地对龚明富："支队长？"

"咬人的狗，死有余辜！"龚明富头也不回地继续朝前奔去。

悦来客栈对面屋内监视的高平，目不转睛地紧盯着街对面的客栈。

而客栈四周也暗中潜伏着众多赵紫蝶的手下，准备着随时冲进去抓人。

身着便装的参谋长迈着方步和姚廷轩来到悦来客栈门前，参谋长朝二楼206房间的窗户看了看，盯了一眼姚廷轩，姚廷轩点点头。他们走了进去。

高平露出惊讶的神情，他想难道与共军政委接头的会是参谋长。

参谋长和姚廷轩上了二楼，走到206房间门前，姚廷轩敲了敲门。

门开了，开门的是小孔。

姚廷轩："你们沈老板在吗？"

小孔点点头："等着你们呢，请进！"

姚廷轩和参谋长走了进去。

康斌坐在椅子上，见他们进来起身，双手抱拳："两位先生，有礼了！"

参谋长打量他："沈老板，听说你对我那批药材有兴趣。"

康斌："坐下说！"走过去拉上窗帘。

对面监视的高平对身边一个手下："有情况！"

有个手下匆匆进来报告："参谋长和姚廷轩进了206房间！"

高平："事关重大，让弟兄们不得轻举妄动。"

那报告的手下："还进去抓人吗？"

高平面露难色。

这时赵紫蝶走了进来："怎么了，高平？瞧你那焦愁的模样！"

高平："你可来了，组长！刚才参谋长和姚廷轩去了悦来客栈，进了206房间。"

赵紫蝶朝对面看了看："你怎么不进去抓人？"

高平："那、那可是参谋长！"

赵紫蝶坚决道："就是傅伯庸也照抓！行动！"

"是！"高平拔出手枪，对手下："跟我来！"

高平带着十几个人冲进了悦来客栈。

掌柜的看见，出来阻挡："你、你们干啥？"

高平一掌推开他，朝楼上冲去。几个别动队员跟着鱼贯而上，也有几个留守在楼下。

206房间里，康斌和参谋长坐在桌子两头。康斌拿过公文包，摸出一个纸包打开露出几根金条，推到参谋长这边："这是那批药材的定金，药材一旦出了黑水我会全额付上。"

参谋长高兴地："沈老板是个爽快人。"从身上摸出一张特别通行证，"有了它没人敢阻拦！"

康斌接过揣入衣兜，参谋长刚拿起金条，高平带人破门而入。

高平枪一举："都不许动！"

姚廷轩厉声道："你这是干吗！没看见是参谋长吗？"

赵紫蝶走了进来："就是傅司令在此，我也要抓！"

参谋长霍地站了起来，指着赵紫蝶："放肆！"

赵紫蝶走到他跟前，从他手中抓过金条："出卖党国利益，都给我带走！"

"你是谁？做生意你也抓？"康斌盯着赵紫蝶。

赵紫蝶得意地："你能告诉我你是谁，做什么的吗？"

康斌："敝人姓沈，生意人。"

赵紫蝶哈哈大笑，随后停住笑，像把玩猎中之物："我知道你姓沈。"突然变脸厉声道，"沈政委，你就别装了，我挺佩服你的胆识，竟敢到黑水来策反参谋长！"

"我，沈政委？策反参谋长？什么乱七八糟的！"康斌看着姚廷轩，"你耍我是吧，把我从成都叫来，要我帮助出货，我竟成了他妈的什么政委。"又看看参谋长，"好呀，原来你们是设了圈套让我往里钻呀。你们在这里演戏，不就想黑吃吗？还搞出他妈的什么策反！参谋长，我策反了你吗？"

参谋长的脸都气青了，指着赵紫蝶："你、你给我滚出去！"

赵紫蝶一声冷笑："这都人赃俱获了，你还这么猖狂！参谋长你不要逼我动手！"

这时廖大奎带着十几人冲了进来，他把枪对着赵紫蝶："叫你的人把枪放下！"

赵紫蝶："廖大奎，你这是干吗？"

高平："廖队长，你把枪对着赵组长，我们别动队可不是吃素的，你是不想活了？"

廖大奎："你看看窗外，是谁活不了？"

高平走到窗前撩起窗帘，看到楼下几十个新组建的侦缉队的人，团团围住了客栈，与几个留守在楼下的别动队员对峙着。他们的人明显处于劣势。

赵紫蝶也看到了，怒斥廖大奎："你竟敢这样对待我们保密局，就不怕承担后果？"

廖大奎："我只认傅司令和参谋长，少拿保密局压我，老子不吃这一套！"

参谋长走过去劈手从赵紫蝶手中夺过金条："赵小姐，我看你这是抓共党抓红眼了！"说罢要离去。

赵紫蝶："你，你不许走！"

参谋长回身："怎么，还要抓我吗？你告诉你们的毛局长，要抓我让他到黑水来！"对姚廷轩和康斌他们道，"我们走！"说罢走了出去。

廖大奎最后才带人离开。

就在赵紫蝶与参谋长纠缠的时间里，龚明富扮着打猎者手持猎枪和沈政委在树林里洽谈。

政委的警卫员和龚明富的随从掉到后面远远地跟着，李禾带着小分队队员在外围警戒。

政委对肩头扛着步枪的龚明富："龚支队长能审时度势，弃暗投明，我们欢迎呀！"

龚明富："我虽在国民党军队干了20多年，但还不糊涂。国民党腐败堕落，大势已去，共产党深得民心，如日中天。傅伯庸螳臂挡车，被灭只是时间

问题。"

"你对时局看得很清楚，欢迎你投诚，还有什么顾虑都可说出来。"

龚明富："与您交谈心里豁然开朗，一切顾虑都烟消云散，共产党不计前嫌令龚某诚服之至。"

政委："我解放大军大举进攻之日，就是你举事之时，事前得格外小心，"

龚明富点点头："我会的！"

一只野兔从他们的面前跑过，龚明富举枪射击，没有击中，野兔蹿到了灌木丛中跑掉了。

龚明富沮丧地放下枪。

政委拍了拍他的肩膀，哈哈笑了起来。

政委和龚明富交谈完后分别从不同方向离开。

政委走到警戒的李禾跟前，李禾投去询问的目光。

政委："他放下了包袱，同意在我大军解放黑水时举事起义，断傅伯庸的北蹿之路。"

李禾："太好了！"

政委："他还提供了一个消息，傅伯庸重新制定了一个针对我解放大军的防御计划。"

李禾："哦，他那里有吗？"

政委摇摇头："傅伯庸控制很严，只有少数核心人物知道，你要想法搞到手，不然会给我们的进攻构成一定威胁。"

李禾："我一定想法搞到它！"

政委点点头。

李禾："政委，你这次来黑水，知道的人极少，可敌人却知道了。"

政委看着他："你的意思敌人的眼线渗透到了我们师部的身边。"

李禾："我怀疑村口幺店子里的掌柜和那伙计，感觉他们的行为诡谲。"

政委思量："上次敌人实施斩首行动，所查就有接应之人，你说的这情况很重要，奸细必除。"

高平和赵紫蝶在路上走着，高平看着赵紫蝶："组长，我们怎么办？"

"得向毛局长汇报，你立即去办！"赵紫蝶站了下来，"我这就去找傅伯庸。"

高平："是！"转身而去。

赵紫蝶匆匆来到司令部，走到傅伯庸办公室前，刘副官拦住他："司令房间里有人！"

赵紫蝶推开刘副官推门而进，却见参谋长和司令太太都在屋里。

傅伯庸看着她："赵小姐，你来得正好！"

赵紫蝶看了参谋长一眼，走到傅伯庸面前："司令，与共军政委接头的正是参谋长！"

参谋长不屑地"哼"了一声。

"赵小姐，一定是误会了。"傅伯庸道，"参谋长和我内人有批药材要出售，参谋长是与要货的老板洽谈，哪是跟共军政委见面。"

赵紫蝶："我可是人赃俱获！"

傅伯庸："就那几根金条，就把参谋长收买了？"

赵紫蝶："那只是定金，事成之后一定会另有巨款。"

参谋长揶揄道："赵小姐，你怕是去美国受训脑子坏掉了吧！你见过共党用金钱收买人的吗？"

赵紫蝶被噎住了。

傅伯庸："是呀，赵小姐，你怎么认定跟参谋长见面之人就一定是共军的政委呢？"

赵紫蝶一时无法回答。

傅伯庸："共军的政委廖大奎是见过一面的，我也问了他，那沈老板根本不是啥政委，这点我是相信廖大奎的。"

赵紫蝶一惊，认为傅伯庸的话也不无道理，难道这是他们使用的障眼法。

这一想让她惊出一身冷汗。对傅伯庸道："司令，快，通知关卡，不许人员外出！绝不能放跑共军政委，我这就赶过去。"

日头偏西，路上几乎没有行人，李禾赶着马车，政委和警卫坐在马车上，朝出黑水的关卡急速而去。

赵紫蝶带着她的人骑马直奔黑水出山关卡。

关卡此时依然由钱排长他们守着，排查着来往行人。碉堡内一部电话机响了，一个士兵拿起接听，对钱排长："排长，司令部的电话！"

钱排长走过去接听："不放任何人出山，是、是，一只麻雀都不放过！"

钱排长放下电话，冲正放行的士兵喊道："把他们统统给我带回来。"

不明就里的士兵又把几个出山的老乡给追了回来。一个人不从挨了几枪托，被作为共党嫌疑抓了起来。

就在这时李禾的马车来到了关卡，几个士兵让马车停了下来。

李禾指着马车上的人："他们是我的客人，有急事要出黑水。"

一个士兵："下车，任何人都不得出山。"

李禾看到钱排长："钱排长，怎么我都不认得了么？"

钱排长走了过来："李老板，不是兄弟要为难你，是刚刚接到司令部的电话，任何人都不得出山。"

李禾摸出通行证："我可是有你们参谋长签发的特别通行证。"此通行证正是参谋长在悦来客栈拿给康斌的。

钱排长接过看了一眼，退还给他："李老板可是手眼通天，参谋长都亲自给你签发通行证。"看着马车上的政委和警卫员，"他们真是你所说的生意上的朋友？"

李禾把嘴凑近他耳边："财神爷！"

钱排长似乎明白了什么："有钱能使鬼推磨……既然这样过去吧！"

李禾收回通行证："谢谢！"跳上马车，一扬鞭，马车驶过了关卡。

李禾他们离开一袋烟功夫，赵紫蝶带人赶到了关卡。

赵紫蝶翻身下马，对钱排长："司令部禁止人员外出的命令你们收到了吗？"

钱排长："收到了。"指着那些被拦下的人道，"这些人都被弟兄们挡了下来。"

赵紫蝶走过去扫视了一下那些人："就这些？"

钱排长："就这些！"

赵紫蝶不相信地看着钱排长："说吧，有没有身份特殊的人出山。"

钱排长："经你这一说，半个多小时前，利源分行的李老板载着两个人出去了。"

赵紫蝶一听肺都气炸了："你怎么让他们走了？"

"他拿着参谋长签的特别通行证，我能有什么办法！"

赵紫蝶："那两人是什么人？"

钱排长把嘴伸到赵紫蝶耳边："财神爷！"

赵紫蝶一耳光给钱排长扇了过去："一群笨蛋！"

钱排长火了，拔枪指着赵紫蝶："你这个臭娘们！敢跟我动手！"

赵紫蝶的手下也把枪对准了钱排长和那些士兵。士兵们也端枪对峙，双方剑拔弩张，在进行狗咬狗的较量。而此时政委已与警卫排的同志汇合，朝师部所在地而去。

设 置 陷 阱

天空的月亮穿出了厚厚的云层，将月辉洒向大地。

不远处的山脉被勾勒出一个高低起伏的轮廓。

一片小树林中，月影斑驳，夜空中不时传来蛙鸣和鸟的叫声。康斌与姚廷轩在树林中接头。

康斌："傅伯庸重新制定了防御计划，你能拿到吗？"

"那是绝密的，我没法接近。"姚廷轩摇摇头道。

"知道放哪吗？"

"应该是在保密室的保险柜里，有重兵把守。"

康斌盯着他："你要想法搞到保险柜的钥匙。"

姚廷轩："我试试！"

"倏——"在他们一侧响起一个声音，康斌拔枪急侧身，一只鹰飞离树梢向夜空飞去。

康斌把枪揣回："我们分头离开。"

姚廷轩点点头。

康斌从东面离开了小树林。

姚廷轩从西面离开，朝营房走去，远远有个人影一闪不见了。

司令部保密室。

姚廷轩拿着一份文件来到保密室，保密室高主任看见："哟，姚主任，你亲自来存文件呢。"

姚廷轩："这不是人手不够吗？"他递过文件袋，上面有绝密字样，高主任接过文件袋，摸出一串钥匙去到墙边的保险柜前打开，把文件放了进去。

高主任走回后，在回执上签了字。

"我走了，"姚廷轩往回走了两步停了下来，"对了，一会儿我请你喝酒，我那里还有一瓶茅台！"

高主任高兴地："茅台，那可是好酒！饭可以不吃，酒不能不喝！"

"好嘞！"姚廷轩哼着小调离开了。

赵紫蝶此时来到侦讯室。

一人看见她，连忙起立："赵组长！"

"你们姚主任呢？"赵紫蝶扫视了一下屋子。

那人："去保密室存档了。"

"你跟我来！"赵紫蝶道。

赵紫蝶走到屋外，那人跟了出来。

"你们这里曾有个共军的特工是吧？"

那人点点头。

"叫什么名字？"

"马亮？"

"是跟你们一块撤退到黑水的吗？"

"不是，是后来姚主任推荐来的，说是他的一个老乡。"

"是这样？"赵紫蝶思量了一下"好了，我们今天的谈话你谁都不要告诉。"

"是！"

"没事了，你去吧！"

那人转身回了屋。

姚廷轩回到侦讯室，碰到正要离开的赵紫蝶。

姚廷轩："赵组长，你找我？"

赵紫蝶："没事，也就随便走走。"

赵紫蝶离开侦讯室后来到司令部，径直进了傅伯庸办公室。

傅伯庸看见："哟，什么风把漂亮的赵小姐给吹来了？"

赵紫蝶："我是来告诉你，侦讯室的姚主任很可能是内鬼。"

傅伯庸诧异："你说那姚廷轩会是共军特工？他可是跟我一块走过来的。"

"他已投靠了共党，上次那共军特工马亮就是他给安排进侦讯室的。"

"这也不足以说明他就是内鬼呀！"

"他行动颇为诡谲，昨晚我的人发现他去了营房外的那片小树林，今下午则去了档案室。"

"他们侦讯室不少需要存档的文件，去保密室很正常呀！"

"可平时都是机要员去，此时他亲自去说明啥？"

傅伯庸看着她："你是说他对保密室感兴趣？"

"据我所知，你们的防御计划刚重新制定好！"

"你是说他目标是防御计划？"

赵紫蝶点点头。

"妈的，我先把他抓起来！"傅伯庸大叫，"刘副官！"

刘副官应声而入："司令！"

"傅司令，不可操之过急！"赵紫蝶对刘副官，"你先下去！"

副官退了出去。

傅伯庸不解："你不是要抓共军特工吗？"

"现在还不是时候，得利用他！"赵紫蝶在他耳边低声耳语。

傅伯庸一拍桌子："好，就按你说的办！"将脸凑过去献媚，"赵小姐，你不愧是毛局长亲自派来的，对你的智慧我傅某不得不服。"

赵紫蝶厌恶地转过脸去。

黄昏，窗外的天空一片阴晦，细雨纷飞，凉风习习。

低矮的屋子里显得晦暗沉闷。保密室的高主任在姚廷轩的住处，他们饮酒作乐。高主任饮下一杯直呼："好酒！"

姚廷轩又给他斟上："酒好就得敞开了喝。"

高主任接过酒杯，一仰脖子喝干："你，你够意思！"

不一会高主任喝醉了，瘫在桌子上。

"高主任、高主任！"姚廷轩叫了两声，见他没有动静，走过去从他口袋里摸出钥匙，在一块泥坯上按了模子，又将钥匙放回他的口袋。

月黑风高，一个蒙面人从保密室的房顶上跳下，落在地上几乎没有任何声音，稳稳地，然后像弹簧一样竖起来。他轻轻地吹了一声口哨，黑暗中跑出姚廷轩，他向蒙面人招了招手。蒙面人在姚廷轩的接应下潜入了保密室，用姚廷轩配置的钥匙打开保险柜，拿出防御计划拍了照然后退出。

姚廷轩和蒙面人越墙迅速离开了司令部。黑暗中有一双眼睛监视着他们，那是赵紫蝶。她躲在一棵大树后看到姚廷轩和蒙面人离去，面部带着阴笑。原来他怀疑姚廷轩是内鬼后，劝阻傅司令没有动他，而是利用他拿到一份假的防御计划。

高平走了过来对赵紫蝶："我去跟踪那蒙面人。"

赵紫蝶摇摇头："那是受过特殊训练的，一旦发现有人跟踪会被甩掉不说，还会使他们怀疑到防御计划的真实性，我们将前功尽弃。"

李禾在后院客厅与张瑶焦急地等待着。

小武走了进来，返身关上门。

"咋样？"张瑶急忙问。

小武从口袋中摸出胶卷："防御计划拿到了。"

李禾："太好了！"

"明天一早我就送出去！"小武道。

李禾："你回来时发现有人跟踪吗？"

"这点我特别留意，进行了反跟踪侦查，没有发现异常。"小武道。

李禾有些担忧地："可我感到是否太顺利了一点。"

"不是有姚主任接应吗？"张瑶看着他。

李禾沉吟："那个赵紫蝶有着很强的嗅觉，我怕……"

小武："你怀疑这份防御计划？"

李禾："如果我们送出的是一份假的，军区首长据此制定作战部署，后果不堪设想！"

张瑶："那——"

"我们得核实这份情报的真伪！"李禾道。

张瑶和小武都点头赞同。

李禾对小武："你立即去找康斌，要我们的人尽快核实。"

小武点点头，将胶卷揣入怀中，转身而去。

这天，李禾和小武在铺子上做着买卖。

戴着毡帽的康斌走了进来："老板，来条藏茶。"

"好的。"李禾给他拿过一条藏茶。

康斌接过低声道："多方核实，拿到的敌人防御计划是假的。"

"看来姚廷轩已经暴露，他们是想利用他使我们送出假情报。"

康斌点点头。

李禾："我这就让人去通知他今晚8点转移，晚上你带人去接应。"

康斌点点头，付了钱，将藏茶扛在肩头离去。

李禾对小武："你看着点，我去添货。"李禾走向后院。

李禾在后院看到张瑶："姚廷轩已经暴露，你去通知他今晚8点撤离。"

张瑶："我这就去！"

侦讯室里姚廷轩在看一份文件。营房外面传来张瑶的吆喝声："香烟洋火，日用百货！"

　　姚主任走到窗前朝外看去，她看到了叫卖的张瑶。对身边一人道："这里的风沙大，我去买副平光镜。"

　　姚廷轩走到营房门口："有平光镜吗？"

　　张瑶："有的，老总。"

　　姚廷轩走上前："买一副。"

　　张瑶递了一副给他，低声道："你已暴露，今晚8点撤离，有人接应。"

　　姚廷轩接过平光镜戴上："还不错！"付了钱离开。

　　远处负责监视的高平的眼光一直没有离开姚廷轩。

　　司令部里赵紫蝶和廖大奎站在傅伯庸的办公桌对面。

　　赵紫蝶："估计共军特工已将拿到的假情报送了出去，姚主任那里我虽派人盯着，但为防万一逃跑可对其收网。"

　　傅伯庸对廖大奎："你今晚带人配合赵组长，将他秘密逮捕，我就不信从他口里撬不出我要的东西。"

　　廖大奎："是！"

逃 离 虎 口

夜色降临，姚廷轩宿舍里光线暗淡。桌前的油灯下坐着姚廷轩，他买了点酒菜独自喝着，抽着烟想今夜能否逃走，心绪有些不宁。酒喝到一半多的时候，听到窗外有一丝似有若无的响动。

姚廷轩本能反应地喝了一声："谁？"空荡荡的房间里寂静得他都能听见自己的心跳，此外别无动静。他觉得响动是从窗外传来的，在脚下踩灭了烟站起身，从抽屉里摸出一把手枪，检查了一下子弹夹，握住手枪走到窗边挑开窗帘往外瞧。可窗外除了摇曳的树影别的什么也没有，对面的瓦背上一只野猫翻檐而过，也如鬼魅一般无声息地消失在黑暗里。

他看了看表，指针指向 7 点 50 分。他吹灭油灯，开门溜了出去。

接应的康斌和小孔埋伏在营房外的一侧高处。

康斌拔出枪："屋里的油灯熄灭了，做好接应准备。"

这时赵紫蝶和廖大奎带人来到了营房大门口，廖大奎手中还牵着一条狼狗。

岗哨："谁？"

廖大奎："我！"

岗哨："哦，是廖队长。"

廖大奎："我有急事要找姚主任！"

姚廷轩来到离大门不远，看到前来的赵紫蝶和廖大奎带着人来，知道来者不善，躲到了黑暗处。

赵紫蝶带着他的别动队员进了大门去抓姚廷轩。

廖大奎则堵在大门口，对他的手下："把大门给我守好了。"

远处的康斌："糟了，敌人采取了行动！"

小孔："我们咋办？"

此时，赵紫蝶带人冲进了姚廷轩房间，见人去屋空。

赵紫蝶重新点亮了油灯，四下查看。

她从地上捡起那只被踩灭但仍有余温的香烟："人是才跑的！一定不远，给我搜！"

大门外的康斌对小孔："我们把守大门的敌人引开。"说罢站起举枪朝门口侦缉队的人射击。小孔手中的枪也响了，两个侦缉队员被撂倒。

廖大奎转向康斌他们所在方向："在那边，给我打！"

敌人开枪猛烈射击，涌了上去。康斌他们边打边撤。

这时姚廷轩冲了出来，撂倒一个侦缉队员，朝另一边跑去。

听见枪声赵紫蝶带人撤了出来，朝姚廷轩跑的方向追去。

姚廷轩边跑边回头射击，来到一个三岔路口，赵紫蝶带着人紧追不舍，情形非常危急。康斌和小孔甩掉了廖大奎的侦缉队后，从另一侧跑来与姚廷轩汇合。开枪压住了赵紫蝶他们，他们继续朝前奔跑。廖大奎的人也与赵紫蝶的人汇合一同追了上来。

毕竟敌人多，康斌他们人少，情形对他们极为不利。小孔持枪的手中了子弹，枪掉到了地上。随后腿部也被击中，跑不动了。敌人蜂拥而至，廖大奎将手中的狼狗放开，狼狗扑了上去对小孔进行撕咬。

小孔大喊："快打死我，我受不了刑。"

康斌端枪瞄准了小孔的脑袋，可就是下不了心扣动扳机。

小孔猛地站起身扑到一个靠过来的别动队员跟前，抱住他拉开了他腰间手榴弹的引线。那别动队员惊恐地要推开他，小孔死死不放。其余敌人吓得四处奔逃，只有狼狗继续扑上去撕咬。

"轰"的一声，手榴弹爆炸了，小孔与抱着的敌人同归于尽，那只狼狗也

被炸得飞了起来。

康斌悲愤地和姚廷轩朝一处山里跑去。

赵紫蝶带人紧追不舍。

来到一处山垭口，康斌见不远处有户藏家："我们去那里！"带着姚廷轩奔了过去。

康斌来到藏家窗户下用藏语："老乡、老乡！"

一位藏族大爷开了门（藏语）："你们是？"

康斌："大爷，我们被国民党的兵追杀，需要您的保护。"

藏族大爷没听明白，康斌给他连比带说，藏族大爷听明白了一些，把他们拉进了屋。

他们跟随藏族大爷来到屋后的一个小院坝，藏族大爷抱开地上堆着的几捆青稞杆，移开一块大石板，露出一个小地窖。

赵紫蝶带人追到山垭口四下不见了人。

廖大奎："他妈的，这人哪去了？"

赵紫蝶看到不远处的藏家："我们去那里！"

他们蜂拥地朝那户藏家奔去。

藏族大爷回身给康斌他们比了一根指头，示意可容身一人。

康斌伸头看了看对姚廷轩："你快下去！"

姚廷轩："你呢？"

康斌："不用管我，快！"

姚廷轩只得钻了下去。藏族大爷和康斌刚把青稞杆覆盖上，外面便传来了打门声。

门外廖大奎拍打着门："开门、快开门！"

门吱呀开了，藏族大爷（藏语）："你们干啥的？"

赵紫蝶走上去："看没看见有两个共匪探子？"

藏族大爷（藏语）："深更半夜的，你们这是要抢劫吗？"

廖大奎听不明白，不耐烦地推开大爷："给我搜！"

廖大奎带着侦缉队的人冲了进去。

藏族大爷："你们要干啥？"

赵紫蝶："老人家，不必惊慌，看看有没有我们要找的人。"

廖大奎进了后院，东翻西看没见着人。

有手下在一间屋里大喊："这里有人！"

听见喊声赵紫蝶冲了进去，廖大奎也从后院退到厅房。

两个手下从厅房旁一间屋里推出一个穿着藏装的中年人，那中年人揉着眼一副没睡醒的样子。

廖大奎冲那藏装中年人："你干啥的？"

藏族大爷从外面跟进："他是我的儿子！"

赵紫蝶用电筒光照着他的脸："你，这位大爷的儿子是吗？"

藏装中年人惊恐地用手遮住强光，嘴里叽哩哇啦地叫着。

赵紫蝶诧异地看着，又回头看藏族大爷。

藏族大爷（藏语）："他的哑巴！"用手指了指自己的嘴，示意他是哑巴。

赵紫蝶一挥手："走！"将人全部撤了出去，又往前追去。

藏装中年人从窗户中借着月光看到赵紫蝶他们走远了，这才到后院抱开青稞杆，移动石板，让姚廷轩出来。

姚廷轩出来看见他一惊，藏族中年连忙用手抹掉了脸上涂的一层黄油，原来他是康斌所扮。

康斌脱了藏装，和姚廷轩谢过藏族大爷，很快消失在夜色之中。

第二天下午，张瑶从外面回到利源分行，带回了康斌他们的消息。

客厅里李禾听罢，神情悲愤，一巴掌拍在桌上："赵紫蝶的别动小组非得给他灭了不可！"

张瑶："你想怎么做？"

李禾："这事得好好谋划。"

一个司令部的勤务兵来到铺面上，对小武："李老板在吗？"

小武："有事吗？"

勤务兵："司令小姨子的孩子病了，想让李老板给看看！"

小武："你等着，我去给你叫。"

客厅里，李禾："当然，我们目前最主要的任务是要拿到真的防御计划。"

小武推门走了进来，对李禾："李老板，司令部来了一个勤务兵，说是司令小姨子的孩子病了，让你去给看看。"

李禾想了想："你去给他说，我随后就过去。"

小武点点头退了出去。

张瑶："你要去给那小孩看病？"

李禾："那苏娟跟他们不一样，也许能争取过来。你去跟大伙说，要他们等候命令。"

张瑶点点头，李禾走了出去。

李禾来到傅伯庸家，给小孩把了把脉，看了看舌苔，对一旁着急的苏娟道："这里的海拔和气候不适合你的孩子。"

苏娟："李老板，这可如何是好？"

"唉，先吃我两服药看看吧。"

"要是还不见好咋办？"

"要是在内地你小孩的病会不治而愈。"

"我早就想回成都了，只是我这回去还不是找死。"

李禾见屋里没有别人，于是道："你跟你姐和姐夫还是不一样的，我有句话不知当不当讲。"

"你是我和这孩子的救命恩人，有啥你就说吧，李老板！"

"你认为傅司令在这地方能成气候？"

"那老蒋都被赶到台湾小岛去了，这地方说不定哪天就被解放军攻陷，还

178

能成啥气候！"

"所以呀，就是不为了你自己，也得替你小孩着想。"

"你说我该咋办？"小姨子着急道。

"这事我得好好想想。"李禾站了起来。

傅伯庸夹着公文包和太太在几个卫兵的护送下，回到了院落。

李禾刚好走出房门，便与他们打招呼："司令、太太！"

傅伯庸："李老板，你怎么来了？"

苏娟跟出："姐夫，是宝宝病了，我请他来看看。"

佣人走过来接过傅司令的公文包。

司令太太："李老板，我这侄儿病情咋样？"

"我已开了两付药，先吃吃试试，我过两天再来。"李禾随后对傅伯庸和傅太太，"我得走了，还得照顾铺子上的生意呢！"

傅伯庸看着李禾远去，托着下巴思量起来。

司令太太："你这在琢磨啥？"

傅伯庸："赵紫蝶说他值得怀疑，你们说他会是共军特工吗？"

司令太太满脸不高兴："又是那个小妖精给你灌的迷魂药吧，上次就把人家当成共党分子给抓起来，人家倒好不计前嫌，给我侄儿看病！"

苏娟："是呀，姐夫，我看李老板就是个大好人。"

傅伯庸："好了，他是好人对了吧！走，开饭，老子的肚子唱空城计了！"

赵紫蝶特别行动小组驻扎院落。

赵紫蝶在屋里对着镜子看着自己的那张脸，将防晒霜涂在脸上。赵紫蝶心想：难道是我对李老板的怀疑错了吗？可我的直觉分明告诉我他就是共军的特工。我一定要找到他的证据。

高平走了进来对赵紫蝶："组长，想不到已在囊中的姚廷轩，竟让共军特

工从我们的眼皮底下给救走了。"

"共军特工能量很大，姚廷轩这样的人也被他们拉过去了。"赵紫蝶略显悲哀地，"利源分行一定有问题，可就是抓不住他们的把柄。"

"那个李老板我看非常的精明，不是等闲之辈。"高平道。

赵紫蝶："我们的人中像他那样的人太少了。"

"不，我们的组长连毛局长都极为器重，称为保密局之花。"

赵紫蝶嘴角浮起一丝得意："是在为党国做事，尽绵薄之力而已。"

"我们下一步怎么入手？"

赵紫蝶看了看天空，意味深长地："我要学学齐天大圣孙悟空！"

高平不明白："孙悟空？"

"对，要像他那样钻到铁扇公主的肚子里去。"赵紫蝶两眼透出一股狡黠的目光。

潜 入 商 铺

黄昏的太阳虽然高悬，但显得浑浊无力，刮起的大风撩动着过往行人的衣襟。

一个衣衫褴褛的妇女，颤颤巍巍地走在路上，手中发黑的打狗棍在地面有节奏地敲击着。她刚走到利源分行商铺前，便昏倒在地上。

不少人围上前，张瑶也从铺子里奔了出来："大妈、大妈！"

有人道："看来是饿晕了。"

张瑶回头高声喊："小武、小武！"

小武跑出："怎么了？"

张瑶："快把大妈扶进去！"

"哎——"小武把昏倒的妇女扶进了商铺坐下，妇女慢慢清醒过来。

张瑶为她倒来了一杯茶水，妇女咕隆咕隆喝了下去。

"看来饿坏了，"张瑶对小武，"铺子你看着，还有些饭，我去热热。"

小武："好呢！"

不一会张瑶端来了一碗热饭，妇女抓过狼吞虎咽起来。

张瑶："大妈，慢慢吃，别噎着！"

妇女很快吃完了饭，给张瑶跪下："好人啦！"

"你这是干啥？快起来！"张瑶慌忙道。

"姑娘把我留下吧，什么粗活脏话我都能干。"

张瑶："我们人手够了，不需要的。"

"工钱我不要，管饭就行！"

"快起来！有话起来说。"

"姑娘，我知道你是好人，你不答应我可不起来！"

小武生气了："咳，你讹上了是吧！"

妇女："姑娘，你就可怜可怜我吧，离开这里我会饿死的。"

张瑶："好吧，你就先帮助打扫卫生什么的，有了去处你就得走！"

妇女给她磕了三个响头："你真是活菩萨哦！"

小武："这——"

张瑶："你去把厨房旁边的空屋收拾出来给这位大妈住。"

"是不是等李老板回来跟他商量一下？"小武道。

张瑶："他回来我会给他说的。"

正说着李禾走了进来："给我说什么呀？"

张瑶指了指那妇女："这位大妈在门前饿倒了，没有去处，我让她先在这里住几天。"

李禾犀利地向那妇女投过目光，她避开了他的视线。

李禾走了过去："你姓啥？"

妇女怯怯地："姓郑？"

李禾："干什么的？"

妇女："我来这里寻找我的闺女，钱没有了！多亏这位姑娘同意收留我。"

李禾："你先跟小武下去吧？"

妇女："哎——你们都是好人！"

妇女跟小武去了后院。李禾严厉地责怪张瑶："怎么能收留外人，你知道她是什么来路。"

"我看她饿倒了，没有去处，挺可怜的。"

李禾手点着地，压低声音："你算是老地下了！忘了这是什么地方？"

张瑶像是猛醒过来："糟糕，我只想到她怪可怜的！那咋办？要不我这就让她走。"

"你都同意她留下了，这又要她走，如果她真是坏人，不加深她的怀疑吗？"

"怪我欠考虑！"张瑶自责道。

"说啥都没用了，得小心一点，你让大伙平时不要来这里。"

张瑶点点头。

夜晚降临，李禾倚着被褥，双手抄在脑后，斜躺在床边，想着姓郑妇女的事。她是真的走投无路，还是别有用心，看来自己得十二万分的小心。

利源分行厨房隔壁的简易房间，桌上点着一盏油灯。油灯的光亮照着姓郑妇女阴冷的脸，她将脸皮扯下，露出的竟是一张赵紫蝶的脸。她内心冷冷道："李老板，想不到吧我钻进了你的肚子里。你到底是共党还是生意人，很快就知分晓。"

"笃笃"，外面传来两声敲门声。

赵紫蝶连忙将脸皮套上，从枕头下摸出一把小手枪，贴墙走到门前："谁？"

外面李禾："是我！"

赵紫蝶将手枪揣回衣服口袋，伸手打开了房门，李禾的身躯占据在门口。

赵紫蝶卑恭地弯下腰："李老板！"

她身后桌上灯盏中的火苗被门外吹进的风吹得快要熄灭，屋内短暂的一片黑暗后，微弱的蓝光升起，逐渐变红，夹杂着滋滋的声音，又将空间点亮。

李禾打量了一下房间："我来看看，你还需要啥？"

"谢谢，什么都不缺，你媳妇都给我准备好了！"赵紫蝶道。

"我可得跟你说，既然把你留下了就好好干，不得偷懒。她现在还不是我媳妇。"

赵紫蝶想到那日带人闯进客厅，撞见李禾和张瑶亲嘴的场面，略显惊讶地："还不是你媳妇？"

李禾："没过门而已，不过跟媳妇也差不多吧！对了，回头说说你女儿长成啥样，我让那些伙计们留意一点。"

"太谢谢李老板了。"

"好了，早点休息吧？"李禾走了出去。

赵紫蝶看着李禾进了自家屋，这才把门轻轻掩上。吹了桌上的油灯，从窗户中窥视着李禾的屋。

李禾对着隔壁的木墙板敲了敲，不一会张瑶推门进了李禾屋："你找我。"

"嗯。"

"你让我来做啥？"

"今天你就住这屋了。"

"啊——我们可……"

"虽然我们以表兄妹相称，但在外人眼里，你已然是我的媳妇了。同在屋檐下一年多，仍分居而栖，如果今天住进来的是个特务，还不怀疑上我们呀！"

"你、你不会趁机起坏心眼吧？"张瑶看着他。

"说啥呢！放心吧，我可是柳下惠。"

"柳下惠，什么柳下惠？"

李禾笑了："这个你不懂！"

张瑶要脱外衣，李禾："哎，你别脱！"

张瑶："为啥？"

"一大美女脱了衣服躺在我身边，我犯了错误咋办？"

"你不是柳下惠吗？"

"原来你懂的呀！"

张瑶笑了笑，和衣躺在床头。

在清晨蓝色的天光里，张瑶蜷缩在床上，谛听着窗外燕雀的啁啾和呼啸的风声以及出门人渐渐远去的马铃声。阳光从窗户的木板缝里漏进来，刺破了房中的黑暗。

她看了看另一侧还在梦中的李禾，从床上起来，打开窗户，看见阳光已经洒满整个院落。

张瑶坐在窗前的桌前，拿过桌上的一面圆镜照了照，自言自语："瞧你这高兴的。"随后脸颊飞上了一层红晕。

李禾睁开眼，看到了窗前照着镜子的张瑶，起身走了过去。

镜子中的脸出现了两张，张瑶回头羞涩地看了李禾一眼。

李禾："你这脸怎么了？红红的。"

张瑶没有理睬李禾对着镜子梳妆起来。

赵紫蝶拿着扫帚在庭院打扫，余光却瞟向李禾的房屋。

李禾的房门开了，李禾走了出来，见到她："大妈，这么早就在打扫了？"

"李老板怎么没多睡一会儿？"

"我得到前面铺子上看看，有没有需添的货。"李禾走了过去。

不一会张瑶也走了出来，去到厨房生火煮茶。

赵紫蝶跟了进去当帮手，将茶放到一个壶里，从水缸里舀上水，然后置于火上。

张瑶："大妈，在这里还习惯吧？"

"我呀，为找女儿风餐露宿，有房屋遮挡风雨呀就是天堂了。"

"你别着急，老李呀会让人帮你找到女儿的。"张瑶将一根柴放进灶膛。

"你先生也是个大好人，听他说你还不是他媳妇？"

张瑶停下生火的手："这没良心的，人都是他的了，还想赖账！"霍地站了起来，"我这就去找他说理去！"

赵紫蝶连忙拦住："他说了只是没有拜堂成亲而已，跟夫妻也没多大差别。"

张瑶这才气呼呼地坐下，对赵紫蝶道："让大妈见笑了！"

赵紫蝶："这有什么呀！同在一个屋檐下，孤男寡女要是没在一起，才不正常呢！"

"是吗？"张瑶看着她。

赵紫蝶点点头。

店铺里，李禾和小武在整理商品。

李禾："那个新来的妇人你得多长双眼睛。"

小武："你怀疑她？"

"目前斗争形式很复杂，我们得提高警惕。"

小武点点头。

午后，阳光眩目。

赵紫蝶在房间里从口袋中摸出防晒霜在脖子上以及手上涂抹后这才开门走了出去。

赵紫蝶从后面来到铺面对李禾："先生，我想到寺庙去一趟。"

李禾："大妈，你要去寺庙？"

"我要去求佛祖保佑，让我及时找到孩子。"

"是这样，那去吧！"李禾道。

赵紫蝶走了出去。

李禾对小武："你看着。"

李禾快步来到赵紫蝶住的房间查看，张瑶看见也走了过来："你在看什么呢？"

李禾在床上和柜子里翻看着。

张瑶："大妈不在，你这样不好吧？"

李禾："她在我能翻吗？"

李禾继续查看，鼻子嗅了两下："我闻到一股什么味。"

张瑶也嗅了两下："我可啥都没闻到。"

赵紫蝶折身从外面回来了，小武："大妈，你不是去寺庙了吗？"

赵紫蝶没理他径直朝后院走去。

小武冲她喊："大妈回来是忘了什么东西吧？"

赵紫蝶仍没理睬快步朝自己的屋里走去。

屋里的李禾和张瑶对视了一下，想退出门去为时已晚。

赵紫蝶走到自己的屋前，推门走了进去。

她看到李禾和张瑶正在将一张兽皮铺在她的床上。

赵紫蝶疑惑地看着他们。

"你这床太硬了，夜晚睡着也冷。"李禾道。

张瑶："铺上这个呀，可暖和了。"

赵紫蝶没看出破绽，只得道："谢谢！"

李禾："对了，你不是上寺庙了吗？"他以进为守。

"走到半路我才想起去寺庙没有香火钱怎么行，李先生你们能借我点吗？我会还的。"赵紫蝶反应极快，滴水不漏。

张瑶从身上摸出两个铜板："拿去吧！不要说还不还的。"

赵紫蝶接过："你们真是活菩萨！"

赵紫蝶走后，李禾："我看她不是回来借香火钱的。"

张瑶不解地："那她是？"

李禾："是在看我们在背后做了什么？"

"啊——"张瑶倒吸口冷气，"这样说来她的警惕性很高。"

"是呀，作为一个普通妇女有这样的吗？不过就此断定一定有问题还有些过早。"

赵紫蝶在寺庙上了一炷香起身，高平进到大殿四下张望。

赵紫蝶走到他跟前，低声道："来了！"

高平疑惑地看着她："你是？"

赵紫蝶："赵紫蝶！"

高平想说什么。

赵紫蝶："这里不是说话的地方，外面去。"

他们一前一后来到一个僻静之处。

"赵组长，你这易容术搞得连我都认不出了。"高平道。

赵紫蝶："我已成功进入利源分行，你要派人在外围协助我，一旦发现是共党的联络点，就统统抓起来，不能跑掉一个。"

高平点点头。

赵紫蝶："还有，给我搞一套窃听装置。"

高平："好的。"

寺庙内前来虔诚叩拜的人不少，不远处发生了争吵。

两个廖大奎的便衣手下在调戏一个姑娘，姑娘的父亲上前说理，却遭到了那两人的暴打。

赵紫蝶皱了皱眉走了过去："住手！"

其中一个胖子便衣蔑视了她一眼："一个妇道人家还敢管闲事，他妈的也想讨打是不是？"

赵紫蝶："这里是佛教圣地，岂容你们在这里作孽！"

另一个瘦高的："哟，你也不自量力！"挥拳打来。

赵紫蝶侧头让过，一掌将他击退丈远，一屁股坐到了地上。

胖子一脚踢来，赵紫蝶也不避让，抓住他的脚一送，他一个仰天倒地。

围上来的人拍手称快。

那两人恼羞成怒从地上爬起来，掏出手抢，对准赵紫蝶。

胖子："看我不给你身上打几个窟窿。"

高平走了过来给了胖子和瘦子各人一耳光。

那两人调转枪口对准了他，正想发作，高平撩开衣服快速一闪，露出里面的保密局证件："你们他妈瞎眼了！"

瘦子捂着脸："我们针对的不就是一妇人吗？"

高平："一妇人用得着你们这样吗？滚！"

两人只得狼狈离开。

姑娘和姑娘父亲再寻赵紫蝶，她已在人群中消失了。

暮色中，赵紫蝶背了一背篼垃圾出去倒在拐弯处的垃圾坑里。

高平扮着捡垃圾的，拿着一个箩筐在那里捡着垃圾。看着她倒出了垃圾提着箩筐靠了过去，四下看了一下没人注意，将箩筐中的用油纸包着的一大包东西放在了她的背篼里，然后提了箩筐迅速离去。

赵紫蝶背了背篼往回走去。

赵紫蝶回到利源分行，在商铺门口张瑶看见："大妈，倒垃圾去了！"

赵紫蝶："嗯！"

张瑶上前："大妈，你辛苦了，背篼给我吧！"说罢伸手要接。

赵紫蝶连忙躲开："很脏的，这可不行！"说罢径直回了商铺。

夜晚李禾和张瑶和衣躺在床头。

李禾："你发现大妈有啥情况没有？"

"没有，人倒是挺勤快的。"

"咱们可不能放松警惕。"

"我知道！"张瑶道，"对了，获取防御计划有眉目了吗？"

"傅伯庸的防御计划要得以实施，必然会下达到支队一级，你近期再找找龚明富从他那里想想法子。"

张瑶点点头。

第二天早上，张瑶和李禾在前面商铺忙碌。

赵紫蝶在屋里从窗户中看了看外面的动静，从梁上拿出那包油纸打开，里面是窃听器，有耳机等接收部分和两个像大纽扣般的金属窃听部分。她拿起那两个金属片揣入兜里，将其余的重新包好放回梁上。

赵紫蝶打开房门溜了出去，她走到客厅门口回头又看了一下，除了她没有别的人影，她推门而进反手把门掩上。

进了屋的赵紫蝶四下看了看，走到桌上的花瓶前，拿过花瓶将一个金属片

放入底部粘贴好，又重新将花瓶放回原处。随后她又溜到他们的卧室里，四处查看金属片放置的位子。

这时李禾从商铺走进了院落，从库房中搬运了一件商品出来，无意间朝卧室看了一下。潜意识中他感到有些不对劲，快步轻捷地走了过去，猛地推开房门。

赵紫蝶正背对他弓着腰趴在地上。

李禾一纵身跃了过去："在干啥？"

赵紫蝶："妈呀！"叫了一声。

赵紫蝶惊恐地看着他，随后惊恐未定地："原来是李老板，可吓坏我了！"

李禾："你趴在地上这是？"

赵紫蝶提了提手中的一张抹布："地板脏了，很费劲的，还没擦干净呢！"说罢又扑下身子要擦。

李禾拦住她："好了，把抹布给我，我来吧！"

赵紫蝶："不可以的，李老板，你不会是怕我擦不干净吧？"

李禾从她手中夺过抹布："大妈，屋里的卫生我们自己来好了，你把院子和商铺的卫生做了就行。"

赵紫蝶伤心地："我知道了，这是李老板嫌弃我做不好呢！"还从眼里挤出了几滴泪水。

李禾："大妈，你别误会，我这不是减轻你些负担吗？"

赵紫蝶用手抹着眼泪："既然李老板这样说，我以后照办就是。"说着出了卧室，转眼露出得意的狞笑。

随后，赵紫蝶挎着一个篮子出外买菜去了。

张瑶在屋里打开防晒霜正要往自己的脸上涂抹。

李禾从外面进来："哟，干什么呢！"

张瑶："不是你给的防晒霜吗？"

李禾走近闻了闻："青草香，"指了指防晒霜，"是这里面发出的吗？"

张瑶笑道："不废话吗？不是这里发出的，是哪里发出的呢？"

李禾思量片刻："快跟我去大妈屋。"

"干啥？"

李禾已出了门，张瑶只得放下防晒霜，一头雾水地跟上。

李禾推开妇女的屋，用鼻子猛嗅起来。

张瑶："你闻什么？"

"闻到了吗？青草香！"

张瑶也闻了下："闻到了，跟我那防晒霜一样的香味。难道大妈也涂防晒霜。"

"你见过这里的大妈有涂防晒霜的吗？"

张瑶摇摇头。

"她不是大妈，是赵紫蝶！"

张瑶瞪大眼睛："啊——"

"防晒霜我给过她两盒，一定是她！"

"你说是赵紫蝶伪装前来。"

"我了解过，赵紫蝶在美国中央情报局受过训，易容化妆都在行。"

"那还不把她除掉！"

"她来这里，手下那帮人一定知道，要是出了事，就会知道是我们干的。"

李禾和张瑶回到客厅，李禾在屋子里四下搜寻起来。

张瑶："你找啥？"

李禾没搭话，继续找着，在桌上的花瓶底座上找到了一个金属片。

张瑶："这是啥玩意？怎么会在这里？"

"窃听器。"

张瑶惊讶："窃听器？"

"我们在这里说话，"李禾指了指窗外，"她在那屋里就能听见。"

"啊——早知她是特务，我当初就不该收留她！"

"这就叫请神容易送神难，好了现在说这些都没有用了。"

李禾又仔细查找了房间，在卧室的桌下又找到一个，最后确定没有窃听器了，他们才在客厅里坐了下来。

"我们在这里的一切行动，包括我们在这屋里说的话都在她的监视之中，那咋办？"张瑶道。

李禾："先稳住她，不过我们说话做事得更加小心。"

张瑶点点头。

李禾将留声机放上，一曲音乐流淌了出来。

赵紫蝶拎着一些菜进了后院，在窗户观察的张瑶："她回来了！"

赵紫蝶朝自己屋中走去，听见客厅传来的音乐走了过去。

赵紫蝶走进客厅："李老板，你们在听戏呢！"

李禾："这是音乐！买菜回来了？"

赵紫蝶把菜篮子往前一举："今天卖菜的人不多，只有土豆和青菜。"

李禾："大妈，现在的世道有这些呀，已经不错了！"

赵紫蝶："我一会儿就做饭去。"赵紫蝶走了出去，去到厨房放下菜篮，然后回到自己的小屋前。

李禾从窗户中观察她走到门前，回首往这边望，连忙把头移开。

李禾把张瑶拉到远离窃听器的一边，小声道："我有了除掉赵紫蝶特别行动组的办法。"

张瑶："哦！"

"我要给她来个反间计！"

"反间计？"张瑶看着他。

李禾点点头。

赵紫蝶回到屋里后，闩了门，从梁上拿出耳机戴上。耳机里出现了李禾的声音："时局恐有变，你这就去通知所有货郎，明天傍晚五里铺汇合。"

张瑶："好的！"

李禾："不得让其他人知道！"

张瑶："我明白！"

赵紫蝶取下耳机放回梁上，取出纸笔写了几行字揣入衣兜，出门去了厨房。

在厨房里她边择菜，边用眼睛从窗户中悄悄观察外面。

不一会李禾和张瑶出了房门，路过赵紫蝶的房间朝外走去。

赵紫蝶连忙取出写的纸条，揉成一团丢入装择下烂菜叶子的竹篓，并用烂菜叶子盖好。

赵紫蝶拿着纸篓出外，路过商铺，李禾："大妈，倒垃圾呀！"

"这些烂菜叶子不倒掉会发臭的。"赵紫蝶道。

"大妈，我来吧！"李禾走上去。

赵紫蝶把竹篓换向另一边："你可是大老板，怎么能做下人的活。"

李禾笑笑："大妈，你见外了！"

赵紫蝶走了出去，把烂菜叶子倒在了拐弯处的垃圾坑里。她刚离去，一只带皮手套的手在垃圾堆里刨着，发现了那团柔皱的纸条，打开看了一下，揣进兜里迅速离开。从背影中可以看出，那人正是她的手下高平。

野 外 狙 击

虽已是春天，山头冰雪仍未融化。晌午时分，空中鹰序临头。

经过化妆的李禾带领特工小分队的人披着一层白色伪装衣，扼守在栗子沟的山头上，此地离下面的峡谷有 200 多米距离，他手中握着一把狙击步枪。

来路空荡荡的，并不见一人。虽然头顶有太阳，但总有莫名的凉风在他们的身上穿梭，他们趴在雪地里的滋味很不好受。

一个高个特工见没有动静："头，不是说保密局特别行动小组的人会来吗？"

李禾："哪有闻到腥的猫无动于衷的，只是他们想不到那些将送他们上西天的炸药还是台湾空投而来，被我们巧取的呢！"

此时的赵紫蝶恢复了原貌，带着她 20 多人的行动小组匆忙赶往五里铺。

高平："组长，你说共军的特工人员会在那里集合。"

赵紫蝶："要么他们就是共军特工组聚会，要么就真的是一次与货郎们的碰头会。不管是什么，去了抓来一审就明白了。"

高平："你怎么不叫上廖大奎他们！"

赵紫蝶不屑道："一帮饭桶，成事不足败事有余。"

看着前面陡峭的山路，赵紫蝶心中犯着嘀咕，不由放慢了马速。

高平："组长，怎么了？"

赵紫蝶："我这心里有些打鼓。"

"组长多虑了，你潜入商铺不就是要探得情报，寻机剿灭共军特工吗？"

高平道。

赵紫蝶："对容易到手的情报，我总有些不踏实，拿地图来！"

高平从公文包里拿出一张牛皮地图，赵紫蝶抓过打开看着。

赵紫蝶指着地图："前面不远就是栗子沟，我们得穿过一条两头狭长，中间开阔的峡谷，此时积雪覆盖，易于隐藏部队设伏。"

高平："组长的意思，会有共军特工等着我们？"

赵紫蝶："谁能说得准！"

高平："我们的行动，组长是临时才通知大家的，共军特工不会那么快知道，这可是一次一网打尽的机会。"

赵紫蝶点点头："让大家快速通过前面的峡谷。"

在等待了两个时辰后，康斌指着远处而来的赵紫蝶他们，对李禾："他们来了！"

李禾用狙击枪的狙击镜看到峡谷那端骑进的赵紫蝶他们，对大伙道："等他们完全进入伏击圈，我用狙击步枪先射杀那个赵紫蝶，康斌你就引爆炸药随后我们的人冲下去全歼他们。"

康斌点点头，手中按着一个引爆器。

赵紫蝶的人，警惕地走着。

敌人已经全部进入了峡谷，来到李禾他们设伏的跟前。时机成熟，李禾将狙击步枪靠在隆起的雪坡上，瞄准了骑在马背上的赵紫蝶。

赵紫蝶骑在马上警惕地望着山坡的方向，突然她发现积雪的山坡上有个镜面一闪，经过特殊训练的她，知道那是狙击步枪上狙击镜反射头顶太阳光芒的原因。

"呼！"这时李禾扣动了扳机，子弹以超音速的速度朝赵紫蝶的头颅飞来。赵紫蝶由于事先发现有闪光后，本能地头一埋，子弹从她的头顶呼啸而过。她连忙滚下马，不断做着军事闪避动作。

连续射击的李禾，子弹打在她脚下溅起积雪，居然没有伤到她，可见她过

硬的军事素质。这时的康斌将手中的起爆器手柄往下一压，炸药成带状在路上爆炸，赵紫蝶的人马死的死伤的伤。

赵紫蝶的别动队遭到突然袭击，没死的哇哇乱叫，连忙趴在地上胡乱放枪。

李禾趁起身："给我冲下去灭了这帮狗娘养的！"说罢带着人马冲了下去。

赵紫蝶嚎叫着："没死的，给我顶住！"

赵紫蝶的手下没死的开始了负隅顽抗。

高平举枪射击，一个特工人员肩膀被击中。

李禾举枪将他击倒，又击毙两名顽匪。

康斌举起大刀杀入了敌营，与一个顽匪肉搏，一刀将他劈死。一个顽匪冲了上来截住康斌厮杀，最终被康斌一刀砍翻在地。

赵紫蝶举起手枪向李禾射击，李禾闪过，丢掉狙击步枪用比猎豹更敏捷的动作，跃过十米的距离，以老虎扑鸡的姿态撞到赵紫蝶的身上。大手一抓抓住赵紫蝶持的手枪，赵紫蝶将手一放，闪电般地拔出一柄军刀，一刀刺向李禾的心脏。李禾跳开，回手一枪，赵紫蝶猛然朝后躺倒，子弹飞了出去，就在背部接触坚硬冰雪大地的瞬间，她的右脚狠狠蹬向扑上来的李禾手腕，手枪竟被踢飞了出去。赵紫蝶一个鲤鱼打挺站了起来，举刀刺来。李禾也从腿间拔出一把藏刀迎了上去。他们都将刀比到前方，不同的是李禾正手握刀属于进攻型，想直取赵紫蝶。赵紫蝶则反手握刀，要发起致命攻击的瞬间，才会露出锋利，想以柔克刚。

两个人突然都踏前一步，闪电般向对方挥出手中的刀。

"当！"军刀和藏刀在空中对撞，发出清脆的响声，两人都后退了一步。赵紫蝶的手臂虽然没有李禾长，但她的军刀长于李禾手中的藏刀，攻击范围总体优于李禾。她在美国受过严格的格斗训练，步伐敏捷灵活，平时对付三五个汉子不在话下，现在居然占不了上风让她很是气恼。她瞄准了李禾的胸膛，猛刺过来，以军刀的锋利，加上她的精准，一旦被刺中，不死也是重伤。李禾没有跳开躲避，而是挥刀迎上，两把明晃晃的刀在空中划出两道笔直的平行线，都狠狠地刺向对方的心脏，就在刀尖已经嗅到鲜血和死亡味道的时候，两人同出左手抓住了对方持刀的手腕，而拼命把自己手里的刀要送进对方的胸膛。

两人就这样身体前倾，瞪着眼睛咬牙切齿地对视着。毕竟赵紫蝶是女子，比力气处于下风，而她的手下一个个被歼，再僵持下去对她极为不利，她突然抬起右腿一个高撑踢，踹向李禾的下巴。李禾一个闪身让开，赵紫蝶趁机挣脱僵持，见大势已去，转身往回跑。

李禾从雪地中捡起手枪，追了上去。

赵紫蝶跑过倒在地上的高平身边，李禾追了上来，高平一把抱住了李禾的脚，死死不放手。李禾回身将他的头一扭，耷拉了下去。

当李禾再去追赵紫蝶的时候，她已翻身骑上一匹马独自跑远了，李禾举枪射击，赵紫蝶躲闪没被击中，竟让她跑掉了。

剩下的赵紫蝶手下，纷纷缴械投降，来时的骄横气焰，此刻变成了凄惨的挣扎。她的特别行动小组就这样被歼灭了。

赵紫蝶逃回县城来到司令部，傅伯庸见她那狼狈样："赵小姐，你这是怎么了？"

赵紫蝶一屁股坐到板凳上，垂头丧气："完了，全完了！"

傅伯庸："什么全完了，一向信心百倍的赵小姐，怎么会说出如此丧气的话？"

赵紫蝶："我上了利源分行李老板的当，我的手下全完了！"

"等等，你给我说说这到底是咋回事？"傅伯庸不明白。

"我设法打入了利源分行，偷听到李老板要召集货郎开会，我就准备给他来个一锅端。哪想到他竟在半路上给我设了伏，我从台湾带来的别动小组，就只剩下我一人了，我怎么向毛局长交代！"

"如此说来你现在是光杆司令一个了？"贾参谋长道。

"可以这样说吧！"赵紫蝶站了起来，强硬地，"司令快去把李老板和他

店铺里的人抓起来！"

贾参谋长不满地："成了光杆司令，你还敢这样跟司令说话！"看着赵紫蝶，"再说了，李老板要召集货郎开会这也正常呀，你被共军特工路上设了伏，就怪在李老板身上，也太牵强了吧。"

"我的直觉告诉我，利源分行一定有问题。我的计划如此周密，共军特工却给我下了陷阱，差点把我也搭了进去。"

傅伯庸接过话茬："感情你就是凭直觉办事的呀！上次就因你认定李老板是共军特工抓了起来，结果搞得我很被动，你今又要我凭你的直觉去抓人？"

"我可是窃听了他们的谈话，说要召集货郎集会，我才布置的这场行动！"

"那五里铺是四通八达的交通要道，商行召集货郎集会做生意这很正常呀！"贾参谋长道。

"好，我会给你们证据的，怕到时你们后悔就晚了！"

"你要怎样？"

"回利源分行！"

傅伯庸："你不是说李老板是共军特工吗？不怕他把你给做了？"

"他做了我，不说明他是共军特工无疑了吗？你就可以去抓人了！"赵紫蝶气呼呼地走了。

赵紫蝶在门口与进来的廖大奎擦肩而过。

廖大奎指着怒气而走的赵紫蝶问贾参谋长："参谋长，她这是怎么了？"

贾参谋长："她的别动小组被共军特工全歼了！"

廖大奎幸灾乐祸地："想不到她也有今天！"

傅伯庸："你这是什么话呢？"

廖大奎："司令忘了，我带人去偷袭共军师部，结果中了埋伏，我只身逃回，她骂我是饭桶、笨蛋！我没这样骂她算给她留面子的了。"

"好了，让她长点记性也对，不过都是为了党国的事，也不要那么计较。"傅伯庸思量了一下，"她有一点说得对，利源分行确有不少疑点，她的别动队完了，你派人给我盯着点。"

廖大奎点点头。

利源分行后院客厅中，留声机中放着圆舞曲唱片，李禾和张瑶坐着。

张瑶："情况怎么样？"

"赵紫蝶的别动小组被打掉了，可她却跑掉了！"李禾惋惜道。

张瑶："战果已经不错了，她没有了手下那帮人，也就成了落魄的凤凰。"

张瑶走到窗户前看着对面："她还会回来吗？"

"这次赵紫蝶中了埋伏，吃了大亏，会更加怀疑这里，不会轻易放弃。"

"她就不怕我们正好除掉她？"

"她不是一般的特务，对我们这里也只是怀疑，如果我们一动她，就彻底暴露了。她要是回来，我们要像什么事都没有发生一样。"

张瑶点点头。

"你不是去找龚明富了吗？关于防御计划他咋说？"

张瑶："他说如果计划下达到他那里，他会想法弄出来。"

李禾点点头。

黄昏时，赵紫蝶又化妆成妇女回到利源分行。

张瑶从屋里出来："大妈，你这去哪了？今一大早就不见人！"

赵紫蝶："听说有个走失了的小孩在乡下，就去看了看。"

"哦，怎么样？"

赵紫蝶痛苦地："人见着了，可不是我的小孩。"

张瑶看到她脸上有伤痕："哟，你这脸咋了，看划的？"

"路滑不小心摔到沟里去了。"赵紫蝶掩饰道。

李老板后脚跟了出来："大妈，你也不要着急，会找到的，不过你以后出门可得小心一些。"

赵紫蝶打量着李禾："谢谢，你们是好心的人，怎么李老板今天也外出了？"

李禾："是呀，近来生意不是不好做吗？去跟那些货郎们问问情况，打打气。"

"我做饭去了！"赵紫蝶进了厨房。

夜晚赵紫蝶躺在床头，两手枕于脑后，想着被灭的别动小组，充满着沮丧。她的直觉告诉她自己的别动小组在路上遇伏被歼，就是这商铺的李老板给自己下的套，她回到利源分行就是要拿到直接证据。

卧室里，李禾和张瑶和衣躺在床上。

张瑶小声道："想不到赵紫蝶还敢回到这里来！"

李禾在张瑶耳边轻声道："说明她的心理素质特好，还有就是更加怀疑你我的身份。"

张瑶："啊——那他们……"

李禾："你是说还没有对我们采取行动对吧？"

张瑶点点头。

李禾："她上次就把我当共军特工抓了进去，不是没有结果吗？她一定是回来寻找证据的。"

张瑶："对她一时又不能除，那我们咋办？"

李禾："这戏我们还得陪她继续演下去，而且越逼真越好！"

那边的赵紫蝶躺在床头在想，张瑶真是李禾的未婚妻吗？表面上看是这样的，可给她的感觉是在她面前装出来的，如果能证实他们是假扮未婚妻，他们是共党的身份就确凿无疑了。想到这她翻身起床，走到窗前看了看李禾他们的卧室，然后从梁上取下窃听的耳机戴在头上。

卧室里的李禾起身走到床头，双手握住床架，摇动了起来，床发出"嘎吱"的响声。

张瑶不解正要发问，李禾手指伸到嘴唇边做了个静音的手势。

那边的赵紫蝶耳机传来床摇晃"嘎吱"的声音，她气馁地放下耳机。

台湾保密局大楼，毛人凤在办公室看着一份文件。

秘书手中拿着文件夹匆匆走了进来："局座，傅伯庸来电！"

毛人凤头没抬，两眼仍注视着手中的文件，用握着的红色铅笔勾出重点："讲！"

秘书打开文件夹，看着电文："赵紫蝶的特别行动小组被共军特工剿灭！"

毛人凤勾着的笔停了下来，眉毛动了动。

秘书继续道："只有赵紫蝶一人生还。"

毛人凤闷了半天，双手握住红色铅笔，一使劲铅笔断成了两截。他内心想到，我让她去消灭共军特工，却反被剿灭。失望至极，嘴中嘲讽地狠狠地冒出一句："保密局之花！"

防 御 计 划

黑水的天空乌云翻滚，随风聚集起厚厚的云层。

傅伯庸在自己的办公室召集高级军官开会。屋子里的空气比较浑浊，让人感到心情郁闷。傅伯庸的脸在昏暗的光影下显得愈发惨然，赵紫蝶也换了军装参加会议。

傅伯庸："据我们的情报，共军大军压境，积极备战，很快会向我们发起进攻。"

军官们面色各异，感到末日来临。

"慌什么慌，"傅伯庸手指着开会的军官，"瞧你们这副德性！黑水四面环山，易守难攻，共军奈我何哉！"

贾参谋长："司令说得对，这里的地形地貌共军的大部队无法施展，而这里又是民族地区，只要按照司令制定的防御计划执行，定能拒共军于黑水之外。"

傅伯庸回头看了一下身后的保险柜："一会儿我会把防御计划交给你们。"

赵紫蝶站了起来："司令，防御计划对确保黑水安危至关重要，目前共军特工渗透厉害，千方百计想要得到它。上次就发生了进入保密室盗取防御计划事件，幸好被及早识破以假计划搪塞方未得逞。"用眼扫视了一下与会者，特别在龚明富脸上停留了片刻，"因此我建议每个支队不但不能带走计划，而且只能在这里看到他执行的那部分。"

傅伯庸点点头："赵组长考虑周全，一旦泄露也只是局部。"回头对参谋长，"按赵组长的意见办！"

贾参谋长点点头。

傅司令点名："龚支队长！"

龚明富站了起来："到！"

傅伯庸："你对当前的形势有什么看法？"

龚明富："我完全同意司令的分析，愿为党国效力，与司令共生死！"

傅伯庸满意地点点头，示意他坐下，扫视了一下开会人员："在座的各位都要像龚支队长一样，在党国危难之际，挺身而出。"说着他掏出手枪啪地放到桌上，开会的人不知发生了什么，一惊。

傅伯庸杀气腾腾地："今天我把话撂到这里，谁他妈要是有二心，我第一个让他去见阎王！"

午后，装扮成妇女的赵紫蝶拿着扫把，在商铺里清扫地上的尘土。

身着军服的二支队长龚明富，带着两个心腹来到利源分行。他要两人在外面等候，自己独自进了商铺。

门外远处蹲点监视的廖大奎手下注视着这一动向。

小武看见招呼道："老总，买点什么？"

龚明富："李老板在吗？"

小武点点头："在的。"

李禾从后面出来："是谁要找我？"

小武指着龚明富："是这位老总。"

李禾看了看他："官爷，有什么事？"

龚明富："我想找你进批货。"

扫地的赵紫蝶用余光瞄着他们。

"既然先生是来购货的大客户，里边请！"李禾做了个请的手势。

龚明富随李禾走向后院，赵紫蝶很快清扫完地也进了后院。

李禾把龚明富让进客厅里，放起了留声机，对他示意有人监听，然后给他倒了杯水。

李禾压低声音："傅伯庸重新制定的防御计划有消息了？"

龚明富："上午召开了军事会议，傅伯庸听从赵紫蝶的主意，防御计划各个支队都只知道属于自己的那一部分，总的计划掌握在傅伯庸的手上。"

"这个赵紫蝶还真不简单！"李禾道。

赵紫蝶回到屋里，从梁上拿出耳机监听客厅。耳机里传来的是音乐声，听不清屋里的对话。她想了想溜出了屋里，摸到客厅后面的窗户边，侧耳偷听。

传来屋里李禾的声音："放心，你要的这些大米面粉，我们商行会尽快给你组织。"

随后听龚明富道："不瞒你说，老弟！自从空运物资中断，弟兄们是饭也吃不饱，就拜托李老板了！银子少不了李老板的。"

李禾的声音："做生意嘛，不就为了赚钱，不用客气！"

龚明富："那我就告辞了！"

李禾的声音："请！"

随着一阵开门声，李禾和龚明富走了出去。

赵紫蝶见他们出了后院，这才摸回自己的屋子。

第二天赵紫蝶来到司令部，对傅伯庸道："司令，昨天二支队长龚明富去了利源分行。"

傅伯庸："哦，他去干啥？"

赵紫蝶："好像是找李老板帮助购粮，不过值得我们警惕。"

傅伯庸点点头。

公安师部指挥部，四处点着煤油灯，一片繁忙。

一个报务员收到一个电报起身："师长，军区首长来电。"

师长快步走过去，接过电文。

政委："说什么了？"

师长："询问敌人重新制定的防御计划何时能拿到？"

政委："看来离总攻的时间越来越近了。"

师长："这个李禾怎么搞的？"

政委："敌人现在把目标锁在了利源分行，他们的行动会很困难，在这样的情形下开展工作，不仅需要胆量，更需要智慧。"

利源分行客厅。

司令部的刘副官走了进来，对李禾双手呈上一张请柬："司令的侄儿今天满一百天，明晚在礼堂举办舞会，请李老板光临！"

李禾接过："谢谢，请转告傅司令，我一定前去祝贺！"

送走了司令副官，李禾回身对张瑶："明晚也许是拿到防御计划的绝好机会，据龚明富讲，防御计划在傅伯庸办公室的保险柜中，你去找康斌，要他实施行动。"

张瑶点点头："我这就去！"

第二天晚上，夜色渐渐从四周围拢过来，远处的山峰已变得模糊不清。

礼堂前燃着两堆篝火，照亮着周边的路径。傅伯庸和太太在礼堂门口迎接前来道贺的人。来的都是军中的中高级军官和黑水的上层人士。

诺布土司和贡布少爷在几个卫士的簇拥下来到礼堂。

傅伯庸看见上前："土司大人前来，很给我傅某面子！"

诺布土司："傅司令的面子谁敢不给呀！"两人说完哈哈大笑。

李禾走了过来抱拳："恭喜傅司令！"

傅伯庸："李老板来了，请！"

李禾："你侄儿满一百天，我让人给你府上送去了藏茶十条，权当一点心意！"

傅伯庸："李老板是个有情有义的人，多谢了！"

李禾："以后还望司令多多关照，说不定什么时候又被当作共军特工给抓起来了。"

司令太太和苏娟走了过来，司令太太："李老板，那是我家伯庸听信了谗言。"

傅伯庸对李禾："这样的事情以后不会发生了！"

"可我做生意的电台还被扣着，货源不能及时补充，商铺说不定哪天就垮了！"李禾道。

司令太太："你的商铺可不能垮，"看着傅伯庸，"伯庸，人家电台是为了生意，你怎么还给人扣着？"

傅伯庸："李老板，明天我就让人给你送回，这下可以了吧？"

李禾："多谢司令、太太！"

"不过可得约法三章！"赵紫蝶身着军装从一边走了过来。

司令太太蔑了她一眼。

李禾："哦！"

赵紫蝶："为了避免再次误会呢，你每发送商业电文要事先通报；其二呢必须明码发送。"

李禾："其三呢？"

赵紫蝶："这其三嘛，电台只能放置在利源分行内，发报时得要有侦缉队的人在场。"

李禾看着傅伯庸："司令，这样一来我还有商业秘密吗？"

"放心吧，你认为我会抢了你的生意？"赵紫蝶盯着李禾道。

"赵小姐对我这不还是不信任？"李禾将头扭向一边，"得了，电台我也不要了！"

苏娟："李老板可不要生气！"

司令太太不满地对傅伯庸："伯庸！"

傅伯庸拍了拍李禾的肩："李老板，你也不要耍小孩子脾气了，赵小姐这也是为了减少双方误会，非常时期就先这么着。"

李禾瞟向赵紫蝶，"哼"了一声。

赵紫蝶："李老板对我有气我能理解，怎么你漂亮的媳妇没有来？"

李禾嘲讽道："还没过门呢，啥媳妇媳妇的，再说她呀就是一个土包子，哪像赵小姐这样见多识广，来这里还不是受洋罪。"

傅伯庸哈哈笑了："没来也好，一会跟赵小姐跳一曲，和解和解，免得她在边上吃醋。"

李禾："好呀，我要不跳倒显得我小肚鸡肠，就不知赵小姐肯不肯赏光？"

赵紫蝶："听说李老板以前在上海也做过生意，十里洋场没少去吧？"

李禾："咳，不提了，就因为迷恋十里洋场，荒于生意，结果被人算计亏了血本，只好回了四川。"

司令部院落。

月黑风高，康斌从房顶上跳下，落在地上几乎没有任何声音。

有两个匪兵在院中巡逻，康斌摸了上去。

一个匪兵听见什么异动，刚回身，康斌扑上去一拳打在他的肚子上，那人闷声地倒了下去。另一个正要从肩上取下枪，他一飞镖插在那人的脖子上，那人倒在了地上。

康斌潜入了傅伯庸办公室。

廖大奎在一个土墙前，盯住了他。

廖大奎感叹："那娘们真是神机妙算！"原来在傍晚赵紫蝶找到他，说给他一个立功的机会，抓住盗取防御计划的共军特工。起初他还不信，赵紫蝶与他打赌，他才半信半疑，事情果不出她所料。

一个手下："立即抓捕吗？"

廖大奎一挥手，带着人持枪悄悄围了上去。

松明灯将礼堂照得很亮。

军乐队演奏起了圆舞曲，是慢四，人们纷纷下池起舞。

李禾走到赵紫蝶面前，很绅士地做了个邀请的动作，然后带着赵紫蝶滑向舞池旋转起来。

李禾舞步娴熟，乐感很强，而赵紫蝶不但人美丽而且舞也跳得很好。随着音乐两人翩翩舞动十分和谐，很快他俩成为舞会中的佼佼者，人们都停下来观看他们的舞姿。

赵紫蝶盯着他："李老板，你绝不是一般的商人。"

李禾："赵小姐抬举我。"

赵紫蝶："你不承认你是共党，那我就换个角度，共军的特工今晚有行动。"

李禾心咯噔一下，但仍保持平静："这可不是我关心的！"

赵紫蝶："我还知道他们的目标是傅司令办公室保险柜里的防御计划。"

李禾看似不经意地在她脸上扫视了一下。

赵紫蝶："上次共军特工盗取的是一份假计划，当然还会惦记着，而今晚正是他们认为行动的最佳时机，不是吗？"

李禾看着眼前的赵紫蝶真想撕了她，但不得不佩服她的敏感嗅觉和推理能力，天生一个做特工的料。

李禾表面上仍不动声色。

赵紫蝶直视他："廖大奎的人很快就会将他逮住！我不信从他口里撬不出我要的东西。"

李禾："我不明白你说的这些，就怕到头来竹篮打水。"

赵紫蝶嘴角挂起一丝得意的微笑："你很快就会明白的。"

康斌在傅伯庸办公室的保险柜前，嘴里含着发出亮光的小手电，一只手旋转着密码锁，一只手握住听诊器，听着开保险柜锁齿轮咬合的动静。

在外围高处土坯前接应的几个特工人员，握枪在手，他们发现了廖大奎一行，一个高个特工用嘴学布谷鸟叫向里面的康斌报信。

康斌听到外面传来的布谷鸟叫声，知道有敌人靠近，但他沉住气仍专心地扭动着保险柜的旋钮。终于他把保险柜门打开了，他将里面的一份资料拿起一看不是，又翻找起来。

司令部礼堂。

舞曲终于停了，人们对李禾和赵紫蝶的舞姿报以热烈的掌声。李禾把赵紫蝶送回舞池边。

傅伯庸走了过来："你们俩人的舞可谓珠联璧合。"

李禾："司令过奖！"

赵紫蝶："李老板，你也不要谦虚，跟我跳过舞的人不少，但真正懂舞的不多，想不到在这里还有跳舞与我如此默契的人。"

李禾："本来应该陪赵小姐多跳一曲，怎奈今天有些累了！"

赵紫蝶："那你记得欠我一曲舞。"

李禾："好，有机会我会给你补上。"李禾走到一边相对清净的地方。

赵紫蝶看着他的身影。

傅伯庸看着她的视线："赵小姐，能入你眼的男人，先前我还没看见。可对李老板看得出你还是有几分好感的！"傅伯庸酸溜溜地道。

赵紫蝶："就一个男人来说，他非常精明！"看了看正给一个姑娘献媚的军官，"比你手下那些人强多了。"

苏娟来到李禾面前："李老板！"

李禾侧头看见是她，问道："小孩最近怎么样？"

苏娟："吃了你上次开的药呀好多了。"

李禾："小孩子的病不可大意，哪天我再开两付药吃了巩固一下。"

苏娟："太感谢了！"

李禾："不瞒你说，吃了药呀，只是把表面的症状减轻了，病根在于这里的气候不适合你的小孩，说不定哪天病又犯了。"

苏娟："唉，孩子他爹就是因不适宜这里的高海拔，才得病去世的。我可

209

不想这孩子有什么三长两短。"

李禾看看左右无人，试探地压低声音："听说解放军就要打来了。"

苏娟："早打来好！"

李禾看着苏娟。

苏娟怨气道："在这里我受够了！"

保险柜前，康斌拿出一个档案袋翻看，正是他们要的防御作战计划。他将计划揣入怀里，灭了电筒光，奔到门口侧耳细听。他知道敌人已经接近了门口，猛地拉开房门，就地一滚出了傅伯庸办公室，举枪朝扑来的廖大奎手下的人射击，有摸上来的两人被撂倒。

康斌从地上爬起来，朝院墙处跑去。

廖大奎的手下也开枪猛烈射击。

与此同时外围接应的特工手中的枪也响了，掩护康斌撤离。

参加跳舞的人都从礼堂跑了出来，站在山头望着枪响的方向。

傅伯庸："这是什么情况？"

贾参谋长："枪声从司令部方向传来！"

赵紫蝶淡淡地道："这是共军特工在司令的办公室盗取防御作战计划！"

傅伯庸大吃一惊："啊——"

赵紫蝶："司令不必担忧，我已让廖大奎带着他的手下设伏，潜入的共军特工很快就会被抓获！"她的目光不经意间瞟向李禾。

李禾面无表情，冷冷地听着枪声。

傅伯庸："赵小姐不愧为我党国精英，傅某佩服！"

司令太太嗤之以鼻将脸转向一边。

康斌边打边来到墙边，一纵身翻了出去，朝接应的特工方向跑去。

廖大奎的人围了上来，他们人多，情形异常危急。

土坎前一个特工："妈的，怎么冒出这么多敌人。"

一个高个特工："一定是敌人察觉了我们的行动。"

那个特工："必须掩护康斌撤离！"说罢扔出一个手雷，在敌人中间炸开。

康斌跑到土坯前，一颗子弹擦伤了他的肩部，他一个趔趄。一个高个特工跃出土坯上前扶住他往回跑着，刚越过土坯，一颗子弹飞来击中了一个高个特工的背部，炽热的鲜血不停地从他的身体里流出来。

康斌抱住他："你坚持住，我来背你。"

一个高个特工喘着气："我、我不行了！你们走，我来掩护你们！"

康斌："不行，一块走。"执意要背他。

一个高个特工："带上我谁都走不了！你们快走呀！"

康斌只得含泪对几个特工："撤！"

一个高个特工看到康斌他们跑远了，回转身子靠在土坯上，借助土坯掩护向敌人射击。敌人的子弹密集射来，打在土坯上，使得他不敢轻易露头。

毕竟他受重伤在身，敌人又占人多，很快逼近了土坯。他猛然站了起来，举枪打翻几个扑过来的追兵。

与此同时他也完全暴露在敌人的枪口之下。

一排子弹射来，击中了他的胸膛，他靠在土坯上站立着英勇牺牲。

跑出去回头看到这悲壮场面的康斌他们被震撼了。

傅司令、贾参谋长和赵紫蝶回到司令部。

廖大奎沮丧地上前报告："司令，潜入您办公室的共军特工带着防御作战计划在他们人的接应下逃脱了！"

傅伯庸："啥！防御作战计划丢失了？"

廖大奎点点头。

傅伯庸一耳光打在廖大奎的脸上："笨蛋，你几十号人，竟然让共军特工跑了！共军拿到了那份计划，就相当于老子把啥底牌和怎么出牌都给对手了，

这仗还怎么打！"

贾参谋长："得重新再制定！"

傅伯庸："制定个屁，一把牌和最佳的出牌方案对方都知道了，改有屁用！"掉头对赵紫蝶："赵小姐，你说，接下来该如何是好？"

赵紫蝶："共军特工拿到防御作战计划后，一定会先鉴别真伪，我们要阻断他们情报送出的途径。"

傅伯庸看着她。

赵紫蝶："通往外界的路一律封死，任何人只准进不准出。还有24小时加强电台监测，一旦有人使用就地正法。"

傅伯庸点点头："好，就按你说的办！"扭头对廖大奎，"快，吩咐下去！"

"是！"廖大奎转身而去。

赵紫蝶："司令，利源分行应是我们监控的重点。"

傅伯庸："你不是化妆潜入利源分行，也没发现什么吗？"

"虽然没有发现直接证据，但那里的人说话做事很谨慎，不像是一般的生意人家。"

傅司令："那你想怎样？"

"严密监控利源分行，一有动静立即抓捕！"

"好！我让廖大奎的侦缉队，听你指挥！"

李禾回到利源分行，小武给他开了门。

与此同时墙头一人越墙而入，那人正是变回大妈的赵紫蝶。听见前面有动静，闪身到了暗处。

李禾走进院落，朝客厅走去。他刚要推门而入，身后传来一个声音："李老板！"

李禾回身，变回大妈的赵紫蝶像幽灵一般出现在他的身后。

李禾："大妈，你还没睡？"

赵紫蝶："李老板没回来，我们这些做下人的哪敢去睡！"

李禾看着她："如此说来你一直在这里没有出去。"

赵紫蝶："看李老板说的，晚上了我出去干吗？"

李禾："哦，没事了，你去睡吧！"

赵紫蝶："好的。"走到自己的屋前推门走了进去。

回到房间的赵紫蝶，从梁上拿下耳机，戴在头上。

李禾进了客厅把门反手关上，张瑶迎上来想说什么，李禾摆了摆手。

李禾走到留声机前摇动摇手柄，将指针放到歌盘上，屋里响起了音乐声。

音乐声传到赵紫蝶的耳朵里声音被放大，震得她只得摘下耳机。

李禾把张瑶拉到一边。

张瑶低声道："货拿到了？"

李禾点点头："待康斌他们鉴别真伪后，立即送出。"

送 出 情 报

经过康斌他们对防御作战计划的鉴别，特别是跟从龚明富那里拿到的部分对照，认为这是一份真的防御作战计划，于是决定派人送出去。

两名特工来到出山的垭口，见三步一岗五步一哨，任何人都不许通过，只得无功而返。

李禾让小武去康斌处打探消息，正遇两名特工折回驻地，只得把防御作战计划带回了利源分行。

在客厅，李禾和张瑶得知后都非常着急，李禾神色严峻地思考着如何才能把防御计划送出去。

"我回来时见这条街也布了不少廖大奎的暗探。"小武道。

张瑶："是不是他们发现了些啥？"

李禾："赵紫蝶一直盯着咱们！"

张瑶着急："那咋办？"

李禾来回走了几圈："傅伯庸不是把电台还给咱们了吗？"

张瑶："敌人有监测，很快会知道是这里发出的，要不我夜里去外面发。"

李禾："还是我去！"

张瑶坚定地："不行，你身上担有更大的责任。"

小武："头，我跟她一块去，就把任务交给我们吧！"

李禾还是下不了决心。

张瑶："你就快下命令吧！我军进攻迫在眉睫，个人的牺牲事小。"

李禾凝重道："好吧，我同意你们夜间采取行动。"

张瑶点点头。

斜对面的房间中，赵紫蝶从窗口窥视看着客厅，脸上浮起一阵阴笑，心中得意道："即使你们得到防御作战计划，送不出去，还不是如同废纸。"

夜幕四起，月出山头。

起风了，一股呜呜的气息在院子里游走，吹得窗户上的纸哗哗颤抖。

卧室里燃着一盏酥油灯，李禾把发报机用皮箱装好。

李禾在张瑶的耳边道："大门不可走，从侧面的窗户出去，翻后墙小武在外面接应你，发完报后电台携带不便可以抛弃。"

张瑶在他脸上亲了一下："我记住了！"

"对了，我有一样东西要送给你。"李禾走到一个抽屉前拉开，伸手摸索了一阵，拿出一个小包走回，小心地打开裹了几层的布包，露出一只玉镯。

张瑶诧异："你这是？"

"你的玉镯不是坏了吗？这是我母亲留下的，要我有一天交给她的儿媳妇。"李禾看着张瑶。

"你是说你会把它给我？"张瑶指着玉镯。

李禾点点头："我说过要送给你的，不会拒绝吧？"

张瑶："如此说来，你是在向我求婚？"

李禾："你愿意吗？"

张瑶点点头："我呀早就盼着这一天了，不想来得这样快！"

李禾拉过她的手，把玉镯戴在她手腕上。两人对视着，都有一种甜蜜的感觉。

张瑶幸福地将头靠在李禾的肩头："黑水解放了，我们就立马结婚好吗？"

李禾几乎有了一种想立刻把这个魂牵梦绕的女人揽进怀里的冲动，最终他

只是笑了笑点点头。

张瑶给了李禾一个拥抱，随后他们从侧面的窗户中翻出了屋。李禾拎着皮箱领着张瑶悄悄来到后墙下，李禾蹲下身让张瑶站在自己的肩头把她举到了墙头，李禾把装电台的皮箱递给张瑶，张瑶又递给了在墙外接应的小武，随后自己跳了下去。他们很快消失在夜色之中。

赵紫蝶在屋里躺在床头，好像听见什么动静，翻身起床。走到门前侧耳听了听，回身穿起外套开门走了出去。

赵紫蝶朝后院墙走去，李禾从一侧走了出来。

李禾："大妈，你这是？"

赵紫蝶："我好像听见有什么动静，起来看看。"

李禾："是只野猫，被我赶走了。"

赵紫蝶："是这样？"

李禾："没事了，回去睡吧？"

赵紫蝶只得随李禾往回走。

赵紫蝶："她睡了！"

李禾明白她问的是张瑶："睡了，睡得很死的！"

李禾把她送进了房门才折身走进了自己的卧室。

赵紫蝶躺在床头思量着，感觉这是个不寻常的夜晚，随后起身来到后窗开了窗，一纵身射了出去。她回头看了看李禾的房门，悄悄来到后院越墙而出。

夜雾遮天，笼罩着县城。也不晓得什么时候月亮落下了西山，夜岚如乳，那山、那屋、那树都像沉入了黑暗的泥潭。

小武和张瑶走在空旷的街头，一队巡逻的宪兵走了过来。他们立即躲在一间房子侧面的暗处，宪兵走过后他们又才走了出来。他们穿过一条小巷，来到东城门前，见有一队哨兵严密把守，又调向北门仍然有卫兵。

"看来我们是出不去了！"小武道。

张瑶："走！"

最后他们来到一栋废弃的房屋前。

张瑶指了指："我就去那发报。"

"城里发报会很危险！"

"这份情报非常重要，必须及时发出去。"张瑶坚定道。

小武从腰间拔出手枪："我在这掩护你，一有情况我就学猫头鹰叫。"

张瑶点点头，从小武手中接过皮箱走向那栋废弃房屋。

她来到二楼一个角落，从皮箱里拿出发报机，安好天线，"嘀嘀嘀"开始发报。

聂引村庄的公安师部，戴着耳机的报务员失声叫道："208来电！"

另一旁的台长："注意接收，我去报告师首长！"立马奔了出去。

报务员紧张地收录着。

不一会师长和政委都赶来了，守候在电台旁。

傅伯庸的司令部侦讯室也是一片忙碌，敌人一监听员在调频，突然他叫了起来："出现共军特工发报信号！"

一旁的廖大奎奔了过去："在什么位置？"

那监听员锁定着方位："大致在北边，离城门不远处。"

廖大奎奔出了门，对外面等候命令的侦缉队员喊道："快，跟我去缉拿共军特工！"

一窝蜂的人朝外跑去。

张瑶专注地按动键钮发着报，一支枪抵在了她的额头上，她侧头一看是潜入商铺的赵紫蝶。

张瑶淡定地："是你？"

赵紫蝶："我就知道你和那姓李的是共军特工，想不到吧！知道我是谁？"

张瑶蔑视地："撕下你的画皮吧，保密局特别行动小组的组长赵紫蝶小

姐。"

赵紫蝶很无奈地用左手扯下易容的脸皮，露出赵紫蝶的真实面目。

赵紫蝶："是李禾告诉你的吧？想不到我这个专门受过美国特工训练的竟瞒不过他的眼睛。"

聂引村庄师部，报务员："208信号中断！"

师长："怎么回事？"

报务员："信号突然消失！"

"一定是遇到了危机。"政委分析道，

师长沉重地走到窗前点燃了一支香烟。

廖大奎带着侦缉队的人跑到了城北，他舞着手枪指挥手下："快，给我在这一片仔细搜查！"

侦缉队的人朝四处奔去。

远处传来狗的叫声，小武警惕地注视着，他发现了远处人影晃动。

废弃的民房处，张瑶看了看电台还想按动键钮，赵紫蝶枪一指："别动，站起来！"

张瑶只得慢慢站了起来。

外面传来小武学的猫头鹰叫。

赵紫蝶："我知道，你是想给你们的上级报告防御作战计划，出黑水的路已被我封死，要是没有了这部电台，你们拿着情报也是枉然，对吧？"

张瑶没有理睬她。

赵紫蝶："好，我倒要看看你们怎么把情报传出去。"

赵紫蝶把枪口对准了发报机。

张瑶本能地叫了声："不要呀！"

赵紫蝶扣动了扳机，张瑶用身子扑在了电台上，子弹击中了她的后背。

猫头鹰的叫声戛然而止。

正在参与搜寻的廖大奎站了下来："什么地方打枪？"

赵紫蝶也愣了一下，摇了摇张瑶，这时一枪从远处打来，从赵紫蝶的耳边擦过，她回手开了两枪，小武边躲闪子弹，边冲了过来。

赵紫蝶只得往一边跑去。

廖大奎的一个手下指了方位："在那边打枪！"

廖大奎："给我上！"带着人跑了过去。

小武冲到张瑶身边，看到倒下的张瑶，忙将她的头抬起。

张瑶睁开眼，断断续续道："报只发，发了一半。"从手腕褪下玉镯，指了指电台，"快、快，一并交给李、李禾！"说完头耷下牺牲了。

小武悲痛地连忙将玉镯揣入衣袋，把电台装入皮箱。提着皮箱，又朝赵紫蝶处开了两枪，这才跑入夜色中。

廖大奎带着人跑了过来，他来到刚才发报处发现了已死的张瑶。

一个手下过来报告："队长，没有发现电台！"

赵紫蝶走了过来："廖队长，一个人带着电台朝那边跑了！"

廖大奎："给我追！"

一行人追了上去。

他们追到一岔路口，已不见要追踪的目标。

赵紫蝶想了想，对廖大奎："去利源分行！你带人从左边我带些人从右边包抄过去。"

他们掉身各带一队人马朝利源分行而去。

李禾在屋里来回走着，然后走到窗前，对着赵紫蝶紧闭的房门沉思。随后出门来到赵紫蝶住的那间屋门前，敲了敲门："大妈、大妈！"见没有应答，又重重敲了两下，撞门冲了进去。

屋内空无一人，赵紫蝶已不知去向，李禾一惊，急忙返身出门。

李禾刚来到前面店铺，就听见一阵拍门声。

"谁？"李禾从腰间拔出手枪。

外面小武："是我，快开门！"

李禾拉开门闩，小武急忙跨了进来。

李禾往门外看了看："张瑶呢？"

小武沉痛地："她、她牺牲了！"

李禾震惊："啊！"

小武："报发到一半，赵紫蝶和廖大奎的人就来了，她牺牲前要我把电台交给你，要你继续发完。还有这个……"从衣袋里摸出玉镯。

李禾悲痛地接过玉镯，抚摸了一下，他知道现在不是悲伤的时候，必须立即把情报发出去。他拎过皮箱跨出门外，朝左边看到廖大奎带着一拨人而来，他又转向右边见赵紫蝶也带人而来，他只得退回了商铺，将门闩上。

李禾："他们来了！"

小武紧张地："头，咋办？"

李禾："赵紫蝶认出你了吗？"

"当时天很黑，应该没有？"

李禾："你尽量拖延他们，然后想法脱身。"

小武："那你？"

李禾："不要管我，这是命令！"

李禾朝后院匆匆而去。

李禾刚回到客厅，门外就传来"咚咚咚"的打门声。

小武："谁？半夜三更的！"

廖大奎："快给老子把门打开！"

小武用一根碗口粗的柱子将门杠上："你们是强盗！再打门我报警了。"

外面的廖大奎："把门给我砸开！"

侦缉队的那帮人，"砰砰"地砸着门，不一会破门而入。

小武："你们这是干什么？"

廖大奎用枪抵着他："怎么这半天才开门！"

小武："半夜三更打门，怪吓人的，谁知道你们是谁？"

赵紫蝶带着人冲进了后院，客厅燃着酥油灯，传来圆舞曲的旋律。

赵紫蝶和廖大奎的人把客厅围了起来。那伙人要持枪闯入，赵紫蝶示意其停下，自己推门走了进去。

　　李禾坐在正对面的椅子上，欣赏着音乐。

　　赵紫蝶双手击掌："不愧是共军的王牌特工，此时此刻还有心情听音乐。"

　　李禾："赵小姐，如此说来你是来抓我的。"

　　"你说呢，不过在抓你之前呢，我有几个疑问想请教。"赵紫蝶道。

　　李禾："请讲！"

　　赵紫蝶："你是怎么知道打入你利源分行的郑妈，就是我赵紫蝶？我可是做得天衣无缝！"

　　李禾一笑，打开身边的一个抽屉。

　　赵紫蝶紧张地拔枪在手："你要干什么？"

　　李禾拿出一盒防晒霜："你还认得我曾送你这个吧？"

　　赵紫蝶点点头。

　　李禾："一个下人的屋里怎么会散发防晒霜的青草味道？"

　　"于是你就利用我窃听谈话，用反间计灭掉了我的别动队。"赵紫蝶盯着他。

　　李禾哈哈一笑："不得不佩服赵小姐思维的缜密，可惜让你逃脱了。"

　　赵紫蝶恨恨道："真是百密一疏。"

　　李禾淡淡一笑："爱美是女子的天性，不经意间就会显出真实的面目。"

　　赵紫蝶耿耿于怀自责道："就是这一疏，导致我的别动队全军覆没。"

　　"覆没的不仅是你的别动队，还有傅伯庸的匪帮也只是苟延残喘而已，离覆没没几日了！"李禾看着她。

　　赵紫蝶冷笑道："防御作战计划虽然被你拿到，可还不是没法送出。张瑶死了，你又落入我的手中，跟我走吧！"

　　"跟你一走，我就成了你的阶下囚，我可有一个承诺未了。"

　　"啥承诺？说罢！也许我会满足你。"

"我不是还欠你一曲舞吗？"

赵紫蝶看着他："你真有此雅兴？"

"这一去，生死难料，我可不想欠别人什么。下曲便是贝多芬的《命运交响曲》！"

廖大奎走了进来："别听他的！带走！"

冲进几个侦缉队员。

"你们都退下！"赵紫蝶止住他们，对李禾，"好，我就满足你。"

李禾走到留声机前，摇了摇手柄。命运交响曲的旋律响起，李禾带着赵紫蝶随着旋律有节奏地旋转起来。

公安师部，正在紧张搜听的报务员突然叫了起来："208恢复来电！"

在窗边焦急守候的师长急回身，快步走到收报机前。政委也围了上来，报务员紧张地接收。

李禾带着赵紫蝶激烈地旋转。命运交响曲接近了尾声，李禾跳出了几步奇怪的舞步。音乐戛然而止。

师部报务员站起身："报告首长，接收完毕，208最后是明码电文：同志们，为了黑水的明天，前进！"

师长满怀感情沉重地："这份情报来之不易，立即转呈西南军区首长！"

报务员："是！"

对李禾奇怪的舞步，赵紫蝶纳闷地看着他。猛然她想起在美国受训，美国教官曾用生硬的中国话对他们讲："一个技术过硬的报务员，是可以通过跳舞来发送电文的。"

赵紫蝶猛一惊，恍然大悟，盯着李禾："想不到你竟当着我的面，把情报发了出去。"

李禾哈哈大笑："你们的末日就要来临！"

赵紫蝶气急败坏："带走！"

廖大奎和几个手下簇拥着李禾，将他推搡了出去。

身 处 险 境

司令部傅伯庸办公室。

傅伯庸对廖大奎："想不到李老板竟然是共军特工，给我拉到刑场上毙了！"

廖大奎："司令放心，我这就去安排！"

赵紫蝶沉吟道："公开执行恐怕不易。"

正朝外走的廖大奎站住不解地看着她。

傅伯庸："为什么？"

赵紫蝶："共军特工很可能劫法场不说，诺布土司会不惜与你闹翻，要求你放人。"

傅伯庸看着赵紫蝶："依你之见？"

"我要与李老板下盘最后的棋局。"赵紫蝶道。

廖大奎："下棋？跳舞就让李老板钻了空子，这又要下棋？"

赵紫蝶睖了他一眼，对傅伯庸，"我们布个局！不但要处死他，还要将共军特工一网打尽！"

一旁的贾参谋长点头赞同："好，明的在刑场上绞刑，暗的就地拉到后山枪决。"

廖大奎在县城的闹市口摆设刑场。刑场上戒备森严，靠北的当头搭了个台子，竖着一个绞刑架，两个刽子手立在两边。

223

傅伯庸和贾参谋长端坐在台子下面，台子周围拥了不少市民，廖大奎的一帮便衣混在其中。

康斌带着特工队员也化妆成围观的百姓，来到了刑场。

不远处的一栋屋里藏着几十号宪兵，虎视眈眈地注视着外面的动静。

诺布土司和贡布在几个护卫保护下走了过来。

傅伯庸起身："哟，土司大人也来了！"

诺布土司脸露愠色："听说你要处决的是利源分行的李老板！"

傅伯庸："他是共军的特工！"

诺布土司："我不管他是否是共军特工，只知道他是个好人！希望你能看在我的面子上刀下留人！"

傅伯庸表现大度和客气地："土司大人，来，坐下！有话好说！"

李禾被关在牢房里。一阵开锁声，赵紫蝶独自走了进来。她走到李禾的牢房前，隔着木栅栏。

李禾嘲弄地："怎么，赵小姐是想来继续和我跳舞的？"

赵紫蝶一声冷笑："我是来给你下最后一盘棋的。"

"是呀，黑水就要天亮了！"

"可惜你看不到那一天了！你的特工们今天会被一网打尽。"

李禾不屑地看了她一眼："痴人说梦！"

"在闹市口的刑场上为你准备了一场绞刑，不过那是做给你手下特工看的。"赵紫蝶手往外一指，"你则会在这后山去见你的张瑶。"

李禾心头一惊："他们不会上你的当！"

"我敢打赌他们明知山有虎，也要拼死救你出去。"

李禾把头扭向赵紫蝶，不再搭理她，可内心颇为紧张。他知道那些出生入死的弟兄，绝不会坐视不管，可这样一来不就正好上了眼前这女人的当吗？

有两个便衣和一个狱警走了进来，其中一个便衣："赵组长！"

赵紫蝶一挥手，狱警打开了牢房门上的大锁。

224

他们用绳子绑着李禾的双腕，赵紫蝶和十几个便衣将他带出监狱大门，朝后山走去。

在上山的道上，傅伯庸的小姨子苏娟提着一个菜篮坐在道中央，挡住了去路。

赵紫蝶狐疑地："你来干什么？"

苏娟站起身："赵小姐，我来送送李老板！她对我有恩的。"

赵紫蝶看了看她篮子里的一壶酒默许了。

苏娟用酒壶在一个碗中倒上酒，端到李禾面前："李老板，我和儿子的命都是你救的，你就喝了这碗酒再上路吧！"

李禾用绑住的双手接过碗，一口干了。

苏娟收回酒碗，放回菜篮子。

李禾被继续押往后山。

刑场上此时人群骚动起来，一辆马车拉着囚笼在重兵押解下来到了刑场。囚笼里的人被五花大绑，头上罩着面罩。

康斌对小武："让大家见机行事，拼死也要救出李禾。"

小武点点头。

诺布土司侧身对傅伯庸："傅司令，你快下令把李老板放了！"

傅伯庸在他耳边耳语："好戏还在后头。"

诺布土司不解地观着事态发展。

赵紫蝶他们押解李禾来到山间荒野。

一个便衣把他推到了一个断壁前，十几个便衣持枪而立，等待赵紫蝶下令。

赵紫蝶："李老板，从执行特工任务来看，你赢了。可从个人来看你却落入了我的手中。"

李禾："作为特工完成任务是最高目标，哪怕牺牲个人。"

赵紫蝶："好，我就成全你的气节！"一举手。

那些便衣举起了手枪。

刑场上，傅伯庸起身宣布："午时三刻已到，执行绞刑！"

围观的人群拥动起来。两个刽子手朝囚笼走去，打开了囚笼的门，把罩着面罩的人带了出来，将绞绳套在他的脖子上。

诺布土司急道："傅司令，你怎么还不放人？"

傅伯庸："放心吧，那人不是李老板。"

诺布土司："啊——那李老板？"

傅伯庸手比作枪，对着自己的脑袋："呼——正在另一地被执行枪决！"

诺布土司恼怒："你——"

傅伯庸冷冷道："对李禾这样的共军特工我是不会放过的。"

山间荒野。

就在便衣要开枪的时刻，绑着李禾手腕的绳子突然断开，李禾一甩手一把刮胡刀片飞了出去，一个举枪者的喉咙被刺破，栽到了地上。同时李禾的身体也跃了出去，还未等那些人回过神来，几人就被跃上来的李禾挥拳击倒，并乘机冲了出去。

赵紫蝶以及其余便衣举枪朝李禾射击。李禾跳闪着躲开，很快跑进了一片树林。

便衣们追了上去。赵紫蝶走到那名被刺死的便衣前，拔出喉咙上的刀片，两眼露出惊愕的表情，不解李禾哪里得来的。

原来傅伯庸小姨子苏娟在给他端酒时，在碗底放上了一把傅伯庸平时刮胡用的刀片，李禾用绑住的双手接过酒碗时，手碰到了碗底的硬物，在她暗示下不露声色地将刀片攥在了手中。

刑场上的康斌他们并不知道敌人有诈，康斌给小武递了个眼色，他俩拔出手枪边开枪边冲过去，两个刽子手被撂倒。

四下里围观的人们如雀群惊起，顿时慌乱四散，眨眼间跑得精光。

隐藏的特工也向敌人开枪射击。

傅伯庸被周围的卫兵护着，贡布和护卫也把诺布土司围着。

小武冲到罩着面罩的人跟前："头，快跟我走！"

那人套在头上的绞绳竟然脱落了，举起一只黑洞洞的枪抵住了小武的腰。

"你——"小武惊讶！

那人伸手抓下头上的面罩，竟是廖大奎。

小武大吃一惊，反应敏捷，反手挡开了他握枪的手，举枪要射击。

廖大奎抢先扣动了扳机，小武一闪子弹擦着他颈部划了过去，血冒了出来。

廖大奎正要再次射击，一颗子弹射来击中他的胸部。李禾举枪骑马冲了过来，那子弹是从他的枪管里射出的。

廖大奎一只手捂着伤口，想要再次举起枪来。小武对他连发数枪，他枪口在他的手中掉来朝下，随后枪从手中滑落到地上，最后人仰天倒地，结束了罪恶的一生。

在一片惊愕过后，便衣和宪兵冲了上来。

傅伯庸嚎叫："给我灭了他们！"

李禾骑马冲到了小武跟前："快上马！"

小武一跃而上，李禾骑马朝前跑去。康斌和特工也边开枪边朝外退去。

便衣和宪兵射出密集的子弹，追了上去。

敌人毕竟人数占多，情形非常危急。

李禾他们在上到一个山岗上时，追兵逼近了。

突然一排子弹从敌人的侧面射来，冲在前面的敌人纷纷倒下。

地下党负责人吴祖德带着十几个人员居高临下在外围接应，敌人怕中埋伏不敢再拼命追赶。李禾他们和地下党同志会合后边打边退，钻进山沟甩掉了敌人的追击。

等傅伯庸带着追兵上到山岗时，李禾他们已跑得无踪无影，傅伯庸气得垂头丧气。

　　赵紫蝶也赶来了，责怪地："傅司令，你手下那么多人参与围堵，怎么让李禾他们给跑了？"

　　傅伯庸气不打一处来："我还问你呢，那个李老板不是由你执行枪决吗？怎么跑到刑场救人去了？"

　　赵紫蝶拿出那把刮胡刀片呈到傅伯庸眼前。

　　傅伯庸不明白："你这啥意思？"

　　赵紫蝶："他手上怎么会有这刀片？"

　　傅伯庸接过一看："这是我用的美国货，"看着赵紫蝶，"怎么会到了你手里？"

　　赵紫蝶："李老板临刑前，你小姨子特意赶来给他送行。"

　　"你是说这刀片是她给的。"傅伯庸瞪大了眼珠。

　　赵紫蝶点点头。

　　傅伯庸恨恨地："这个婊子！"怒气冲冲地朝山岗下而去。

　　苏娟在家里坐卧不安，不知李禾的生死。

　　司令太太从外面进到屋里看到她在房间里走来走去，纳闷地："你怎么了？"

　　苏娟掩饰道："没、没事！"

　　司令太太："走，几个军官太太来了，去陪我打几圈麻将。"

　　苏娟："我有些不舒服。"

　　司令太太只好自己去了。

　　司令太太和参谋长太太等几人打着麻将，一个勤务兵进来："报告司令夫人，门外有个人，说是给苏小姐的孩子送药来的。"

　　司令太太："送药？是什么人？"

　　勤务兵："他说是李老板叫送的。"

　　司令太太："利源分行的李老板？"

　　勤务兵："是的！"

司令太太："不是听伯庸说他是共党被抓起来了吗？"

参谋长太太："不会也是个共党吧？"

司令太太："啊！"对那勤务兵，"快、把他抓起来。"

苏娟听见他们的对话从里屋走了出来："姐，事情没有搞清就抓人不太好吧，把他叫进来问清楚了再抓不迟。"

司令太太对勤务兵："去吧！"

不一会勤务兵和两个士兵把一个身穿长衫的人带了进来，他手中提着中药纸包。

司令太太："你说是利源分行的李老板叫你来的。"

那人："是的！"

司令太太："这是什么时候的事。"

那人："几天以前了，利源分行的草药大都是我给提供的，前次我去送草药李老板给我讲，司令夫人的侄儿还需要调理，要几味草药，当时我没有就答应过几天给送去。不想今天去商铺，见已被查封，李老板也不知去向，我就寻思这给小孩治病可是大事，就直接把这草药给拿来了。"

司令太太："真是你说的这样？"

苏娟插话："姐，人家好心来送草药，你还这样对人家！"苏娟走过去从那人手中接过药包，"你走吧。"

那人："哎！"退走了。

苏娟拿着药包回到自己的房间，关上门将药包打开。草药中有张纸条，她拿过一看，上面写着：你目前处境危险，速带上小孩去寺庙，有人带你们去安全地方。原来那人是我地下党的同志，受李禾的安排负责转移苏娟。

苏娟看完字条将它撕碎，想了想，从床上抱起小孩走了出去。

司令太太看到她："你这去哪？"

苏娟："我去寺庙给孩子烧炷香。"说罢匆匆离去。

苏娟走后不久，赵紫蝶随傅伯庸急急忙忙赶了回来，司令太太和几个军官太太麻将打得正酣。

看到傅伯庸气冲冲地走了进来，司令太太："你怎么了，火急火燎的。"

傅伯庸："你妹呢？"

司令太太："带着孩子去寺庙了。"

傅伯庸："去了多长时间？"

司令太太："有半个时辰了！"

傅伯庸转身而出，对刘副官："快去寺庙！"

司令太太感到不对，起身追上拉住傅伯庸："你找她做啥？"

傅伯庸盯住她："你妹放跑了共军特工李禾！"

司令太太："啊——"呆住了。

寺庙里的人不少，苏娟抱着孩子焦急地东张西望。

她走过通往寺院的小径，白塔后面转经的人群中，走出先前去到她家的那位穿长衫的人。他走到她跟前："跟我走！"

苏娟跟着那人从寺庙后门出去，一辆马车停着，那人从马车上拿出一件乡下人穿的衣服递给她："把你身上的脱了，换上这件！"

傅伯庸和副官还有赵紫蝶等几人，从前门冲进了寺庙，四处寻找苏娟。

寺庙里上香的人纷纷躲避。

苏娟换好衣服，抱着孩子坐上马车，那人一扬马鞭，马车朝前跑去。

赵紫蝶和副官也来到后院门口，已不见人影。

赵紫蝶和副官返回院中，副官对傅伯庸："司令，这前后所有的地方找遍了不见你小姨子。"

赵紫蝶："快去四周城门，防止她出城。"

副官："是！"

苏娟坐着马车来到西城门，两个把守城门的士兵拦住："干什么的？"

那人把马车停了下来，跳下马车："有人带话说我丈母娘病了，送我媳妇回娘家看看。"

一个士兵上前看了看马车上的苏娟和怀中的孩子，冲苏娟："是这样的吗？"

苏娟点点头。

士兵一挥手："去吧！"

那人："哎，谢谢老总！"跳上马车，"驾——"一声吆喝，驾着马车出了城门。

他们前脚走，赵紫蝶骑马带着人后脚来到城门前，对士兵："看到有个抱小孩的女人出城门吗？"

士兵："是抱着男孩的女人吗？"

赵紫蝶："你看见了？"

士兵："出城一会儿了，坐着马车。"

赵紫蝶："快追！"

赵紫蝶一甩马鞭带着人追了出去，追出几里路远远看见了前面的马车。她从腰间掏出手枪，朝天鸣了两枪："站住！"一行人疾驰上去。

赶着马车的那人回头看了一眼后面，一抖缰绳："驾——"马车加快了速度。

紧紧抱着孩子的苏娟显得非常紧张。

赵紫蝶他们渐渐追了上来，情形非常危急，突然前面的一排树林中射出一排子弹，赵紫蝶急忙埋下头，子弹从她的头顶飞过。又一排子弹向他们扫来，后面两人中弹落马，赵紫蝶知道有埋伏，滚下马鞍钻进了路边的青稞地。

从树林中冲出十几个穿便衣端着卡宾枪的人，朝追赶的人一阵猛烈射击。

赵紫蝶所带的人抱头鼠窜，被打死的不少。

马车趁机跑远了。

赵紫蝶从青稞地里往外看，那些端卡宾枪的人搜索了过来，她急忙又趴了下来。她思考了一下，以青稞为掩护朝外爬去。青稞上如针的小刺肆意地伸展，在她的脸上划出一道道伤痕。她顾不了这些，终于悄悄爬过一个弯道跑掉了。

马车拉着苏娟在一个藏民房前停了下来。

那人道："到了！"

苏娟下了车，打量起眼前陌生的环境。

从屋里走出穿着军官服的龚明富。

苏娟恐惧地："龚支队长！"

龚明富走了过来："你不要害怕，来我这里你是安全的，你和孩子就委屈一下，暂住在这里。"

苏娟："你……"她哪敢轻易相信龚明富的话。

龚明富："我是李老板的朋友，是他让我保护你，路上那些拦截追兵的是接应你们的。"

苏娟："是这样，那谢谢你了龚支队长！"

龚明富："不客气，请！"

龚明富陪同苏娟进了藏房。

司令部傅伯庸办公室。

一脸被青稞刺花的赵紫蝶，沮丧地诉苦道："我们正要将她追回，不想树林中突然冲出几十号人，清一色的卡宾枪，我要是跑得不快就见不到司令了。"

"你是说遇到了共军特工？"傅伯庸看着她。

"我看不像，共军特工多半使用的是手枪，何来那么多卡宾枪？"

"你是说会是……"

赵紫蝶："如是这样就太可怕了！"

"你说是二支队的人干的？"

"仅是二支队手下的人干的，倒也没啥……"赵紫蝶担忧地。

傅伯庸："你是说会是龚支队长参与的。"

赵紫蝶："这是我所害怕的。"

"奶奶的，如是这样，我毙了他！"傅伯庸气急败坏。

"司令，共军进攻迫在眉睫，不可轻举妄动，但不得不防。"赵紫蝶道。

在郊外特工驻地，李禾和康斌同吴祖德在谈话。

吴祖德："傅伯庸的那个小姨子和她的孩子，已安全送到二支队防区。"

李禾："很好！"

脖子上缠着绷带的小武，领着一个藏族服装打扮的人进来。

小武兴奋地："头，师部派人来了！"

来者是上次来过黑水的那名交通员，他给李禾敬了个礼，从身上摸出一封信，双手呈给他："这是师长给你的！"

李禾接过，从桌上拿起茶壶，用茶杯给交通员倒了杯水，交通员端过一饮而尽。

李禾："小武，你带他下去休息！"

小武他们走后，李禾扯开信一看，高兴叫道："太好了！"

康斌和吴祖德用征询的目光看着他。

李禾："西南军区首长下达了命令，后天拂晓我解放大军将从东、西、北三个方向，出动二万兵力，进剿黑水之匪。"

吴祖德："这一天终于来了！"

康斌："师部又给了咱们什么任务？"

李禾："师部要我们配合解放大军，突袭敌人的司令部，使他们群龙无首。"

康斌："以其人之道还治其人之身，不过司令部位于小山头之上，背靠海拔 4000 多米的大山，只有一条独路上去，明碉暗堡，戒备森严，我们只有十几个人怎么攻得上去。"

李禾在竭力思考着，他目光落在了茶壶的嘴上："有了？"

康斌和吴祖德看着他。

李禾指着茶壶嘴："这就是老鹰嘴，"又将一个茶杯反扣到桌上置于茶嘴下方，"这就是傅伯庸的司令部。"

康斌和吴祖德还是不解。

李禾："我们上次接收蒋匪空投物资时，不是埋有降落伞吗，我们就从老鹰嘴空降下去。"

康斌恍然大悟，兴奋道："这是个好主意，可怎么上老鹰嘴？"

李禾："上次救过我们的那位藏族老人，是采药的老乡，听他说以前采药去过老鹰嘴。"

吴祖德："是扎西大叔，我认识他。"

李禾："那就请他帮我们带路，明早行动！"

吴祖德点点头。

袭 敌 首 脑

翌日天刚亮，李禾他们就上路了。

高山之间，特工小分队人员，每人背上背着一顶降落伞朝老鹰嘴登去。

走在前面带路的是藏族采药老人扎西，吴祖德跟在他的后面。

前面出现一个丈多宽的断崖，拦住了他们的去路。

采药老人解下身上背着的一捆绳子，绳子一头前端有个铁爪。

采药老人持着那头绳子，把铁爪在空中旋了几圈，一松手铁爪带着绳子直飞断崖对面的一棵树杈。

铁爪反扣住了树杈，采药老人收紧了绳子来到悬崖边，一蹬腿人射向对岸，他双脚登在岩壁上，随后拉着绳子攀了上去。

采药老人把绳子收拢朝李禾他们这边甩了过来。

李禾接住，照着采药老人的样子过了断崖，其余队员也陆续过了，他们继续朝着老鹰嘴攀去。

经过一天的跋山涉水，在天擦黑时，李禾他们终于来到了老鹰嘴上。从上往下瞧，敌人的司令部就在下面三千来米处。

李禾："大家原地休息，明天天一见亮就空降下去，直取敌司令部。"

解放黑水的战役从 1952 年 7 月 20 日拂晓打响，解放军大举进攻，炮兵阵地几十门大炮齐鸣。炮弹就像长了眼睛，匪帮碉堡和炮兵阵地陷入一片火海，不费吹灰之力就摧毁了傅伯庸的前沿阵地和炮兵阵地。匪帮四处逃散，溃不成

军。

隆隆的枪炮声从黑水方向传来，聂引村口幺店子里的掌柜和伙计站在窗前，脸上露出惊恐的神色。

伙计："五哥，怕是共军开始攻打黑水了吧？"

掌柜："怎么事前没有看见他们调动，就突然进攻了，傅司令还等着咱们报告确切时间呢！"

伙计："现在我们咋办？"

掌柜："我们走，再不走就来不及了。"

他的话音刚落，一队解放军冲了进来，将两人团团围住。

掌柜的故作冷静："你们这是干什么？"

保卫科长走了进来："你们就别给我装蒜了！"一努嘴，两名战士上前，各从他们身上搜出一把手枪。

几名战士对幺店子进行搜查，很快将搜出的电台摆在屋里。

掌柜和伙计知道彻底暴露，耷拉下脑袋。

掌柜不甘心地对保卫科长："我不明白，我们是怎么暴露的？"

保卫科长："实话告诉你吧，这里有地下电台异常活动早被我们察觉，而黑水的我方特工更将怀疑的对象直指二位，使我们及时锁定了目标。"

掌柜："黑水特工！你说的是那个李老板吧？"

保卫科长："事到如今，也没必要隐瞒，他是我方一名非常优秀的特工。"

掌柜："可你们怎么没有立即抓捕我们？"

保卫科长："抓了你们，傅伯庸还会派人来。既是已成死棋，留着也不能给我们造成危害了，而且他布下的死棋还会将死他自己。"

"此话怎讲？"掌柜看着保卫科长。

保卫科长："按照他制定的防御作战计划，重要一环便是在我们发起攻击的时刻，先发制人打击我们的炮兵阵地，炸毁进入黑水的山头要道，使我方的重型武器无法进入黑水。可在他的眼线没有提供我军调集部队情报的情况下，我军突然发起攻击，首先击毁了他的炮兵阵地，抢占了进入黑水的关隘，这就彻底打乱了他的防御部署。"

掌柜垂头丧气，如丧家之犬。

保卫科长："带走！"

解放军战士把掌柜和伙计押走了。

敌人司令部作战室一片狼藉，傅伯庸接着电话："什么？榴弹炮群被炸毁，无法组织还击！"接完电话傅伯庸神情沮丧，如丧考妣。

刘副官跑了进来："报告傅司令，镇守黑水西大门的一支队被共军击溃，西大门失手。"

傅伯庸："怎么，他们没有炸毁要道？"

刘副官："还没来得及就被共军突破了！"

傅伯庸怒骂："一群废物！还有那眼线老五，共军发起进攻得进行大规模调动吧，他妈的难道眼瞎了！"

赵紫蝶："看来他们早被共军识破，但并没有动他们，而是蒙蔽起来，给我们传递错误的情报。"

傅伯庸："共军太狡猾了！"

贾参谋长接完一个电话走了过来："司令，下面报由于你的防御作战计划各支队只掌握了属于他们自己的部分，而不能快速的协同作战，正被共军各个击破。"

傅伯庸睐了赵紫蝶一眼，因为当初是赵紫蝶害怕计划泄密出的主意，如今却成了反制自己的障碍。

傅伯庸对参谋长，"快增调二支队！"

贾参谋长摇通了电话："给我接龚支队长！"脸色突然大变，"什么？"沮丧地放下电话。

傅伯庸惊异："怎么了？"

贾参谋长："龚明富率部起义，还劝我们放下武器！"

傅伯庸："妈的，果然叛变！平时老子待他们不薄，要么不堪一击，要么背信弃义！"

赵紫蝶："这些都跟共军特工的活动有关。"

傅伯庸："老子还有第三支队和直属支队！"对刘副官，"传我指令，部队朝北撤退！进入红原地区与之斡旋。"

贾参谋长走到沙盘前，用木杆指着沙盘："北边的正面是二支队，龚明富投诚后我们过不去，绕道行走，从目前的情形判断，共军的大部队已从我薄弱环节穿插，实施分割包围，退往红原的道路已被彻底封锁。"

"难道我的 5000 人马，就这样说完就完了！"傅伯庸指着贾参谋长："快，指挥余下的战斗部队，组织有效还击！"

就在这时，突然外面的天空传来枪声。刘副官走到窗前一看，大惊失色："共军、共军的空降兵。"

傅伯庸、贾参谋长和赵紫蝶赶忙来到窗前朝外看。

李禾他们从空中朝下扫射着，冲上来的匪帮纷纷倒地。

双方空对地一场恶战。很快特工们降落到地面，解开降落伞，边朝冲上来的敌人射击，边朝司令部冲去。

企图阻挡的匪帮在英勇善战的特工面前，逐渐处于劣势。

屋里看着的刘副官："司令，还是快走吧，我看他们抵挡不了多久！"

傅伯庸看了看参谋长，参谋长点点头表示快撤。

傅伯庸从腰间拔出手枪："走！"掉头出了司令部。

傅伯庸和参谋长、赵紫蝶等在卫队的掩护下朝山下逃去。其余匪帮见司令都逃走了，哪里还有斗志，四下逃窜。李禾他们很快占领了司令部，但四处寻找没有发现傅伯庸他们的踪迹。

在傅伯庸的第一支队被灭之后，第三支队和直属支队因失去了司令部的指挥，又被我大军进剿，一时树倒猢狲散，投降的投降，击毙的击毙，很快溃败。解放军从三个方向开了进来，黑水地区迎来了解放。

在一个山坡上，一面红旗迎风招展，张师长和沈政委见到了李禾和他的特工小分队。

师长紧紧握住李禾的手："李禾同志，你们深入虎穴圆满地完成了任务，我们要向西南军区给你们请功！"

李禾："一切为了新中国！敬礼！"

特工队员们给两位首长敬了军礼。

随后李禾和政委走在山坡上。

政委："傅伯庸的队伍被全歼，可他和家眷还有几个亲信不知去向，必须要将他们尽快抓捕归案。"

李禾："我怀疑是去了诺布土司处躲避。"

政委："你可去给诺布土司做些思想工作，让他交出或者做到不收留他们。"

李禾点点头："诺布土司对他们没有好感，只是他为人仗义，加上受他们蒙蔽。只要给他讲清道理，相信他会站在人民一边，做出正确选择。"

诺布土司府膳房，傅伯庸和太太，参谋长及其太太，还有赵紫蝶在诺布土司的陪同下用餐。

傅伯庸端起酒碗对诺布土司："我等避难于此感谢您收留，这酒我喝了。"说完一口干了下去。

赵紫蝶："土司大人放心，第三次世界大战很快打响，美国支持我们，国军很快会反攻大陆。"

诺布土司："我不想过问你们国军和共军的事，我收留你们是出于义气。"

贾参谋长打圆场："对、对，出于义气！"

大管家走了进来："土司老爷，利源分行的李老板来了！"

诺布土司："哦！"

大管家："说找您有要事相谈。"

诺布土司："让他在客厅等候！"

大管家："哦呀！"退了下去。

赵紫蝶："他一定是嗅到我们在此。"

傅伯庸紧张起来："土司大人，你不会把我们交出去吧？"

"傅司令放心，我诺布是讲义气的，我去去就来。"诺布土司走了出去。

司令太太忧心如焚："这可如何是好？"

客厅里公子贡布陪着李禾和小武，诺布土司走进来，李禾和小武起身。李禾按藏人礼节给诺布土司鞠了一躬。

诺布土司："李老板，坐！"

双方坐下，诺布土司："真看不出来，你不仅是利源分行的李老板，是百姓称道的好门巴（医生），还是共产党的人。"

李禾："我们在黑水期间也承蒙您的帮助，我们共产党人分得清谁是敌人，谁是朋友。"

诺布土司："解放军进入黑水不扰民，还帮助百姓做好事，我诺布也是看在眼里，你们与国民党的军队不一样。"

李禾："黑水解放了，国民党的残余被清剿，可如今傅伯庸等极少数人漏网，不知诺布土司可知他们的下落？"

诺布土司："我还不清楚，我可让下面的人帮助打听打听。"

土司公子贡布想说什么，诺布土司用眼神制止了他。

李禾将这一切看在眼里，对诺布："好吧，就有劳您了！我们改日再来听信。对了，我们的首长还让我转告你，如果傅伯庸他们前来投靠，请你交出或者做到不收留他们。"

诺布土司："我明白了！"

李禾和小武告辞诺布土司出了土司府。

小武不平："傅伯庸他们一定就躲在土司府，他却说不知道，要不咱们带人进去搜。"

李禾："对少数民族的上层，我党是有政策的，多给他一点时间，相信会觉悟的。"

李禾和小武走后，贡布对他阿爸不满道："阿爸，明明那姓傅的就在咱们土司府，你却说不在。"

诺布土司："汉人之间的事我不想介入，傅伯庸如今落难前来投靠，我却将他交出去，人们会怎么看我？"

贡布："阿爸讲义气我不反对，可解放军和国民党的部队谁能受到民众的拥护，阿爸难道看不出来吗？明辨善恶乃为人之本。"

诺布土司："如此说来，他们还留不得？"

贡布："其实看得出来，李老板已经知道傅伯庸在我们土司府，之所以没有采取行动，是在给阿爸一个争取主动的机会。"

诺布土司："我也不是不明事理的人，我这就去给傅伯庸说，让他们自行离开。"

歼 灭 顽 敌

夜色刚刚降临，土司府的大门开了一条缝，傅伯庸一行相继挤出，趁着夜色朝后山而去。

埋伏的李禾特工队人员，悄悄跟了上去。在一个山垭口，李禾一声呐喊："傅伯庸，你们跑不了！"随之带着人马扑过去。

傅伯庸心中一阵绝望，腿脚一软，踉跄几步扑通扑倒在地上，提着的手枪和褐色的皮包也摔了出去。

司令太太战战兢兢地站着不敢动弹。

贾参谋长刚掏出手枪想还击，被康斌一枪击中手背，枪掉了下来。几名特工冲了上去用枪对着他们。

走在最前面开路，与傅伯庸他们拉开一段距离的赵紫蝶，听见动静不对，一个就地打滚，滚入路边灌木丛，爬起后朝山上狂逃。

李禾提枪快步走到傅伯庸跟前："傅伯庸，站起来！"

傅伯庸吃力地站起身，举着双手借着还未消尽的暮色，看清站在自己面前提着手枪的李禾，垂下了头。

李禾："大陆都解放了，你们却盘踞黑水继续与人民为敌，可谓罪恶累累！"

司令太太胆怯地："李老板，你、你可不要杀了我们！"

"法网恢恢，你们会受到人民的公正审判！"

傅伯庸仰脸长叹："唉，你若念在以前的情分上放我一马……"从地上抓起那个褐色皮包打开，露出一叠叠美钞，"这几万块钱的美钞都是你的了。"

李禾："住口！你恶贯满盈，死心塌地替老蒋卖命，杀害我多少共产党人，休想逃脱历史的惩罚。"

傅伯庸无言以对，和参谋长无力地耷拉下脑袋。

小武跑来对李禾："头，赵紫蝶往那边山上跑了！"

李禾："你还有康斌随我去追，其余的人把他们带走！"

十几个特工人员押着傅伯庸他们往回走。

李禾带着康斌和小武朝赵紫蝶逃跑的方向追去。

追过两座山头，赵紫蝶躲在一块岩石后面，对追击的李禾他们射击，小武不幸被击中了大腿，流血不止。

赵紫蝶又往前跑去。

李禾看着受伤的小武："康斌，小武必须得到及时治疗，你送他回去！"

小武："抓赵紫蝶要紧，你们不要管我！"

李禾："听我命令！"

康斌只得背着小武，往山下而去。

李禾单枪匹马前去追赶赵紫蝶，他和赵紫蝶之间进行了一场逃亡与追逐的生死游戏。

李禾和赵紫蝶在山脊上，一个在前面飞跑，一个在后面拼命追赶。赵紫蝶回首不停地扣动手中的扳机，李禾就像是一只猎豹，身体充满不可预知的爆发力，左挪右腾地前进，让赵紫蝶一次次的判断失误，子弹打不中要点。

而李禾也发现赵紫蝶对山地作战并不陌生，奔跑自如，并不停地在地上翻滚，自己精准的射击技术，在她训练有素的规避动作面前，竟然伤不了皮毛。他不顾一切全力追击，他知道她一旦消失在他的视野中，缉拿的难度将大大加大。

夜空中，他们射出的子弹头闪着银白的小亮点，急速地飞来舞去。枪口所连续爆射出的火花，如同一朵朵盛开的生命之花，而又让人觉得凄凉般的恐怖。

来到一片原始森林边缘。双方子弹打光了，赵紫蝶慌不择路钻入深山老林，李禾别无选择地追了进去。

深山老林，树木参天，怪石林立，阴森恐怖。夜间更是漆黑，想要前行或发现对方都很难。赵紫蝶爬上了一棵树上过夜，而李禾也不敢贸然前行，在一块大石背后歇息。

第二天，天刚投下一丝亮光，赵紫蝶便下到树下，迅速在丛林中穿行，对走过的一些路段她会用树枝扫平走过的痕迹。李禾也动身继续搜寻，他时不时停下来弓腰观察赵紫蝶留下的脚印，或者弯腰从地上拾起被人踏过的干枯树叶，辨别方向后，继续跟踪追捕。就这样从小在山里长大的李禾，用自己的眼睛，用自己的判断，一路上沿着赵紫蝶无论如何小心也会留下的各种线索快速跟进。

午后，天上的阳光很烈，森林中的空气显得闷热。由于深山老林根本就没有山路可寻，逃亡的赵紫蝶和追缉的李禾只能在乱刺林和杂草缠杂中，艰难前行。走了大半天路的赵紫蝶口干难忍，她摘下随身携带的军用水壶，拧开盖子送到嘴边，可只倒出几滴水，她无奈地放下水壶。

跟踪的李禾也口干舌燥，嘴唇还起了泡，望望头顶的骄阳只得继续朝前，边走边找水源。

一处岩石里竟然流出一股清泉，赵紫蝶狂喜地奔了过去，捧起水喝了个够，随后又将身上的水壶灌满。一切妥当后她朝前走了几步又停了下来，她想跟随而来的李禾体力也应该快到达极限，在此情况下一定会来此寻找水源。与其拼命地逃亡，不如杀掉追赶的李禾。她与李禾交过手，知道面对面的搏杀她占不了便宜，不如躲在暗处，搞一次暗袭行动来得轻松。

赵紫蝶于是躲在了清泉不远处的岩石后面，坐在地上养精蓄锐。

果然过了不到半个时辰，赵紫蝶听到了一个很轻的脚步声，由远而近。她拔出军刀，警惕地盯着来路。李禾果然寻水源来了，他看到清泉后奔了过去。躲在岩石后的赵紫蝶把目光落在李禾身上，她发现他显得异常疲惫。

只有她能看出，他微微弯曲的腰，使他全身拥有随时可产生的爆发力。他是一个绝对可怕的敌人，赵紫蝶心想，他虽然一头疲惫，但仍然保持着绝对警觉与可怕的战斗力。

再警觉的人也有松懈的时候，再可怕的猎豹也有露出软肋的地方。赵紫蝶选择在清泉处下手，就在等待这样的机会。

李禾看到泉水，并没有急于奔过去，而是观察了一下四周的动静。赵紫蝶将身子紧贴在岩石上，控制住自己的呼吸，空气中细微的变化李禾都有可能捕捉到。

李禾没有发现异常，这才来到泉水处蹲起身子，将嘴伸到从岩壁处流出的泉水上。清凉的泉水涌进胃里，李禾感到非常的惬意，随后他又用双手掬起泉水浇在自己的脸颊上，清凉舒爽的感觉使他全身一振。

赵紫蝶双眼的瞳孔瞬间射出一束危险的光束，她认为此时正是时机，持刀蹑手蹑脚地逼进了他，在可及的范围内纵身一跃朝李禾的背部狠命刺去。就在刀尖触及肉体的瞬间，李禾反手一格，挡开了致命的一击。另一只手朝她胸前拍出一掌，把他打出一丈远方才收住脚。赵紫蝶又举刀扑了上来，李禾也拔出藏刀与之对峙。

刚才还宁静祥和，带着原野风情的密林，此时变成两人对决的场地。一阵山风吹过树梢，整片山林的树叶一起迎风招展，发出"哗啦"、"哗啦"的声响，满眼枯黄的树叶从空中飘落下来。

天地之间，一片肃杀！

两人一来一往斗了二十多个回合，李禾因是追赶体力消耗过大，而赵紫蝶则是以逸待劳，体力上优于李禾，但也不能取胜。赵紫蝶见久拖对自己不利，于是虚晃一刀，趁李禾后仰躲避时，转身朝深山老林跑去。

在极度的惶恐中，赵紫蝶有点辨不清方向。人进了密林深处，本来就容易迷失方向，现在，高度紧张的她更没有方向感了。

密林遍布的山峦起伏绵延，高低不平。赵紫蝶翻过这座山，又遇一座，山山相环，似乎永远也走不到尽头。她踏着绵软的腐叶，像惊慌失措的兔子一

样在深山老林中转了两天，也没找到出去的路，身上吃的也没有了。她忍饥挨饿，已经非常疲惫。

这天傍晚，太阳消失在远方的群山之下，浓浓的夜色不断吞噬着广阔无垠的天幕。一直被太阳的光芒彻底覆盖的圆月，终于一点点在属于自己的领域中，绽放出银色的光彩。

赵紫蝶发现自己又转回了原地，绝望地瘫坐在地上，沮丧道："看来我是走不出这大森林了！"

群山在黑暗中愈发显得狰狞起来，在一种死寂的沉默中，只能听到山风掠过树梢的沙沙轻响，以及赵紫蝶自身压抑的呼吸声。这时她发现不远处有被吃得只剩下骨架的野牛，这一看不打紧，只看得她浑身抖颤，毛骨悚然。

正在她恐怖间，又见吹来一股妖风，霎时山鸣谷应，树枝沙沙摇晃，一股腥膻气味冲鼻而来。

赵紫蝶惊魂未定，对面树林中猛蹿出两只饿狼，几个纵身一左一右停在她前面一丈之远，瞪着铜铃般大的绿眼睛死死地盯住她，随时向她扑上来。赵紫蝶拔出军刀，刀刃在银色皓月的照耀下，反射出冷厉的寒光。

饿狼不会因为她手中握有刀而退缩，而是一前一后把她夹在中间。

头狼发出一声令人恐怖的低嚎，两只狼同时扑了上来。赵紫蝶知道碰硬不死必伤无疑，迅速蹿了出去。两头饿狼空中交错扑了空，头狼又纵身一跃，扑向赵紫蝶。赵紫蝶将军刀在它脖子前一横扫，头狼的脖子被划开长长的口子，鲜血喷了出来。可它的前爪抓破了赵紫蝶的衣服，并将前胸抓出了几道深深的血印，军刀也被它扑掉，随后才倒了下去。而此时另一头饿狼也疯狂地扑了上来，已无半分力的赵紫蝶自知无力再与饿狼相斗，绝望地闭上了眼睛。

这时李禾出现了，他大吼一声冲上前。

李禾的吼声竟让另一头饿狼停了下来，侧头看着手中挥舞一柄藏刀扑过来的人，掉头迎了上来。李禾也不避让，对扑上来张着血盆大口的饿狼，将藏刀送进了它的口中，饿狼一声哀叫倒了下去。

赵紫蝶睁开眼看到这一幕，淡然地对李禾："掉入狼之口是死，落在你手中也是死，横竖是死，就给个痛快吧！"

李禾看到了她撕破衣服的前胸上的伤痕。

赵紫蝶拢了拢衣服，遮住露出的前胸："你要干什么？"

李禾没有回她话，从身上摸出一急救包，丢在她的身上："看来没有伤到内脏，自己处理一下伤口！"李禾转身走出了她的视野。

赵紫蝶处理完伤口后李禾走了回来。

赵紫蝶："我是逃亡之人，不顾生死钻进原始森林是为了有个活路，你追进来就不怕出不去，被我拉着垫背？"

李禾："你杀害了我的未婚妻，我必须要亲手逮住你。"

"在我将被狼吃的时候，你为什么要救下我？"

"因为我们同属于人类，我不能看着你被狼吃掉。"

赵紫蝶："你刚才说张瑶只是你的未婚妻？"

李禾："当初在一起是为了做掩护，一个多好的姑娘，竟然被你……"李禾咬牙切齿，举起了藏刀。

赵紫蝶闭上眼睛："你现在就把我杀了吧！"

李禾稳住了自己的情绪，放下藏刀："我不会杀你的！"

赵紫蝶睁开眼："难道你要放了我？"

"我要让你受到人民的审判！"

太阳之西，月亮之东，幽蓝的雪山反射出神性的光芒。

深夜，星光寥寥。森林里气温下降，与白天的温度相差十来度。李禾和赵紫蝶分别坐靠在两棵树下等待天亮。赵紫蝶感觉鼻梁越来越冷，睁开眼睛。她的视线从天穹顶端与山脉线交汇，最后驻足在对面李禾的脸颊上。李禾侧面对着她，两眼平视前方。赵紫蝶从内心觉得世界就这样静止也未尝不好。突然她感到一丝悲哀，人啊，沧海一粟，何须末日审判，不如消失，不如寂灭。

表情一直没有变化的李禾突然道："睡吧，明天还得往外走呢！我看着那

些狼什么的。"

赵紫蝶着实吓了一跳，胸口一紧，还好未形于色。她只得重闭上眼睛，心想如果不是分属两个阵营，从一个女人欣赏男人的角度，这是一个值得信赖的男人。她也不愿意因迷路在原始森林中死去，成为野兽的口中食，她盘算着如何逃走。

黎明前的黑暗笼罩着群山，黑黝黝的峰峦重重叠叠，像奔涌的乌龙，追逐着黎明的曙光。

经过一夜的等待，黎明终于来临了。天渐次地亮了，山岭的轮廓逐渐清晰了，烟雾在空中升腾，鸟儿发出了叽叽喳喳的叫声。一轮红日在鸟鸣中慢慢地冒出了头，徐徐升起，向浩荡的丛林里播撒着绚丽的红光。

李禾押着赵紫蝶朝回走，走了大半天。黄昏，在走过一片灌木时，李禾用藏刀劈着灌木在前面开路，一只毒蛇突然蹿出向赵紫蝶攻击。

"啊——"赵紫蝶一声尖叫。

李禾回头一看，来不及思考，跨上去一掌推开了她，自己的左脚后小腿却被蹿下的毒蛇所咬。李禾生了火，把藏刀在火上烤了后，要赵紫蝶用它帮自己刮去伤口周围的肉以消毒。

赵紫蝶迟疑地看着他："你让我来？"

李禾："我使不上劲。"

赵紫蝶接过藏刀，拉直李禾的小腿一刀下去，割去了一块乌肉。

李禾嘴里咬着一根树枝，痛得大颗大颗的汗水直往下掉。

赵紫蝶很快给他清理干净伤口，并在自己衬衣上撕下一布条为他捆绑。

夜间因伤口李禾昏迷了过去，赵紫蝶从他腰间拔出藏刀，在他的头顶举起。李禾眼睛猛然睁开了，赵紫蝶把刀插到一边的地上，转身要逃走。李禾趁起身想追，浑身无力又跌倒晕了过去。赵紫蝶停下脚步，想了想脱掉身上的外衣给李禾盖在身上，转身跑走了。

第二天李禾醒来，见身上盖着的赵紫蝶外衣，而她已无踪影，非常懊悔。就在他准备离开时，赵紫蝶又回来了。

李禾愤怒地："你不是要逃吗？"

赵紫蝶气馁地："我找不到出去的路！"

李禾艰难地站起来，把她的外衣甩给她："你放老实一些，只要向人民投降，是会有活路的。"

"我效忠的是蒋委员长，绝不会投降。"赵紫蝶道。

李禾蔑视地："你是我的俘虏，我军优待俘虏。"

赵紫蝶："这里不是久留之地，我们得往外走。"

李禾杵着一根树枝，一瘸一拐地辨别方向走着，赵紫蝶跟在他身后。

康斌带着特工分队的同志和不少部队的同志，在森林中四处寻找李禾。

一位特工队员焦急地对康斌："这都三天了，还能找到头吗？"

"我相信他一定还活着！"康斌望着不远处的密林，"看来为追赵紫蝶，他是钻进了原始森林深处。"

康斌对那人："叫上队员，进入密林。"

李禾和赵紫蝶终于走出了密林深处，树木明显稀少起来。

李禾对赵紫蝶道："看来我们很快就出密林了。"

赵紫蝶的表情复杂起来。

他们再往外走了不久，远处传来康斌和同志们的喊声："李禾、头！"

李禾高兴地大声回应："我在这！"

康斌看见了他，和两名战士朝这边奔来。

赵紫蝶猛地推开李禾，朝山头另一侧跑去。

李禾："你给我站住！"

赵紫蝶还是拼命地跑着。

康斌和两名战士来到了李禾的身边，李禾从一名战士手中抓过长枪，准星瞄准了奔跑中的赵紫蝶后脑勺，又滑向后背，再滑向快速奔跑的小腿，就在她即将拐弯消失的瞬间，扣动了扳机。子弹出膛射向了赵紫蝶，赵紫蝶腿部被击中倒下了。李禾在康斌的搀扶下，奔了过去。

就在快到赵紫蝶跟前时，她又从地上艰难地站了起来，拖着腿一步步往前到了悬崖边。

赵紫蝶回转身对李禾："我们要不是分属两个阵营该多好！"脸上露出微笑。

李禾意识到什么，大喊："不！"

赵紫蝶已转身跳下了万丈深渊。

李禾来到悬崖边，看着悬崖下空荡荡的深谷，愤然道："中毒太深！"

尾 声

黄昏，蒋介石官邸。蒋介石坐在树下的桌子旁品茶，蒋经国走到他身边：
"父亲，毛局长来了！"

毛人凤随之走到正端起茶杯的蒋介石跟前："校长，黑水被共军攻陷，傅
伯庸和参谋长被俘！"

蒋介石脸色剧变，将茶杯放回桌上，手一哆嗦，茶水洒了出来。

蒋介石一言不发坐着。

一旁立着的蒋经国和毛人凤不敢吭声。

良久，蒋介石悲哀道："想不到苦心经营的陆上台湾，反攻大陆的基地就
这样完了！"

李禾的特工小分队受到了西南军区和西南局领导们的亲切接见。李禾代表
全体队员，从师长手中接过一面印有"英雄小分队"的红旗。

师政委和李禾走在黑水山头的路径上。

政委："李禾同志，你提出的留在黑水参与建设的申请，组织上已经批准
了，我们不但要砸碎一个旧世界，更要建设一个新世界！"

朝阳初升，高高低低的山梁上镀着一层金色的阳光。开满山间的红色花
朵，在微风中轻轻摇曳；蓝天白云下，几只山鹰在飞翔，尖锐的飞行撕破了宁
静的空气。

李禾手捧一束鲜花，来到一座竖立着一块石碑的坟前，将鲜花摆放在墓碑

前。墓碑上刻着"爱妻张瑶同志"字样。

李禾抬手抚摸着石碑，泪流满面。

"张瑶，上级批准了我的请求，我留在了黑水这片土地上，建设好这片土地是我们的共同愿望，也是我对你的承诺。"李禾自语。

李禾来到山头，将深邃的瞳孔投向远天，找寻当时与张瑶看到的那片绯红的云。风再次撩动着故人的心弦，如果他们都还能听到。随后他收回目光，久久地凝视着山下的县城，定格在朝阳的霞光之中。

蓝天上，几只山鹰张开阔大的双翼在高空飞翔。